천재 바이올리니스트와
아버지

천재 바이올리니스트와
아버지

초판 1쇄   2016년 8월 16일
2쇄   2024년 10월 1일

지은이   오종재
발행인   김재홍
교정/교열   김옥경
디자인   박상아, 이슬기
마케팅   이연실

발행처   도서출판지식공감
등록번호   제2019-000164호
주소   서울특별시 영등포구 경인로82길 3-4 센터플러스 1117호(문래동1가)
전화   02-3141-2700
팩스   02-322-3089
홈페이지   www.bookdaum.com
이메일   jisikwon@naver.com

가격   20,000원
ISBN   979-11-5622-207-1 03810

Violinist and his Father

천재 바이올리니스트와
아버지

뉴욕필하모닉 바이올리니스트 오주영을 키운 아버지의
집념 교육 스토리

오종재 지음

지식공감

아직도 잊혀지지 않는 그날의 감동, 천재 소년 오주영의 탁월한 예술 영감!

탁계석
(한국예술비평가협회 회장)

아직도 기억이 또렷한데, 어느덧 20년 남짓 시간이 흘렀다. 경상남도문화예술회관에서 개최된 오주영 독주회는 내가 본 수많은 음악회 중에서도 남달리 잊혀지지 않는 감동으로 남았다.

나는 그가 분명히 대성(大成)할 것이라고 믿었다. 그 바이올린의 탁월한 기교와 정정한 혼(魂)의 울림이 누구에게나 감동을 주었기 때문이다. '지역'에 묻힌 이 보석을 어떻게 할 것인가.

나는 여러 신문사의 기자들과 TV 방송의 기자들을 불러서 기자회견을 했다.

이 천재는 분명히 세계를 빛낼 것이니 평론가인 나의 말을 믿고 기사를 잘 내달라고 했다.

그는 마음대로 악기를 고를 형편도 못 되었다. 다행히 삼성문화재단에서 악기를 대여할 수 있었고, 그는 유학을 통해 음악 세계를 넓혀갔다.

곧 금의환향 소식이 들려왔고, KBS교향악단과 협연도 했다. 그리고 다시 들은 그의 음악 역시 깊은 예술성으로 비르투오소 (virtuoso)[1] 오주영을 기억하기에 충분했다.

한번은 알고 지내는 미술평론가로부터 좋은 바이올리니스트를 소개하겠다며 좀 키워달라고 해서 만났더니, 오주영이었다. 필자가 매니지먼트를 하는 입장이 아니어서 그를 껴안을 순 없었지만 그에 대한 애정과 관심은 변함이 없었다.

부산에서 오주영 후원회가 결성되었고, 이때 한국예술비평가협회 글로벌 아티스트 대상(大賞)을 수여함으로써 그의 사기(士氣)를 다시 북돋워 주었다. 그리고 몇 해 지나고 그의 뉴욕필하모닉 입단 소식이 들려왔다.

수많은 바이올리니스트가 연주가의 길에 들어서지만 오주영만큼 오직 연주가로서의 길만 걷는 사람은 찾기 쉽지 않다. 그는 학교 강단에 서 본 적이 없다. 그래서 나의 기억 속에 가장 견고하게 뿌리를 내리고 있는 음악가다.

그가 험난하면서도 높은 현실의 벽을 뛰어넘어 더 높은 예술의 경지로 한 계단씩 올라간 족적(足跡)을 그의 아버지가 직접 글로 옮겨서 이렇게 책을 펴낸다니, 그의 성장 과정을 지켜보지 못한 이들에겐 좋은 선물이 될 것 같다. 그리고 전공자들에겐 아주 유용한 좋은 나침반이 될 것이다. 그러니까 이 책『천재 바이올리니스트와 아버지』는 바이올리니스트 오주영을 키운 아버지의 고백서다. 자식

---

1) '덕이 있는', '고결한'이라는 뜻의 이탈리아어. 17세기에 예술이나 도덕에 대해서 특별한 지식을 갖춘 탁월한 예술가나 학자에게 붙여진 말인데, 점차 '표현기술이 탁월한 음악가' 등 기악 연주자를 대상으로 사용하게 되었다.

의 성공을 위해서는 재정, 시간 등 온갖 희생을 마다하지 않고 열정을 쏟아붓는 한국 부모들의 교육열은 과히 세계적이라 할 수 있다. 물론 그중에 한 사람이 오주영의 아버지가 틀림없다. 하지만 그가 일반 부모들과 다른 점은 외아들인 자식을 위해서 그의 삶 전체를 완전히 바쳤다는 것이다.

이 책에서 오주영이 언급했듯이 "아빠가 나만 바라보고 살다가 만약 내가 성공하지 못한다면 어쩌려고 그래요? 이제부터라도 내 생각 그만하고 아빠 살아갈 길이나 찾으세요"라는 대목에서도 잘 나와 있다. 그럼에도 그는 한결같은 신념으로 자식의 성공을 위해 몸소 그 질곡의 길을 선택했고, 결국 성공의 빛으로 돌아왔다.

때문에 이 책을 통해 악기를 탓하지 않고 영혼의 소리를 내었던 그 완벽한 음악가 정신이 얄팍한 상업주의 음악과 혼탁한 환경을 정화(淨化)하는 기능마저 하리라 기대된다. 그리고 이 책을 통해 우리는 바이올리니스트 오주영 뒤에는 늘 그림자처럼 따라다닌 그의 아버지 오종재가 있었음을 알게 된다. 모차르트를 키운 아버지처럼.

부탁은 딱 하나다. 초심(初心)을 잃지 말고 끝까지 정진(精進)해달라는 것. 그래서 오주영의 바이올린을 사랑하는 모든 분들이 "내가 한 바이올린의 대가(大家)를 보았고, 그가 음악사에 빛나는 인물이 되었다"라고 자랑할 수 있는 그날까지.

내가 아는 바이올리니스트 오주영

글랜 딕터로
(전 뉴욕필하모닉 악장, 줄리아드학교·맨해튼 음대 교수 역임)

2007년, 처음 뉴욕필하모닉 리더인 리사 김(Lisa Kim)이 오주영을 나의 학생으로 받아줄 것을 제안했다. 평소 그녀는 그런 말을 잘 하는 사람이 아니었기 때문에 나는 오주영에 대해 상당히 관심을 갖게 되었다.

오디션을 본 후, 나는 그의 연주에 매우 깊은 인상을 받았고, 그의 엄청난 재능을 인정하지 않을 수 없었다.

그의 연주는 따뜻하면서도 화려한 테크닉을 구사하고 있었고, 나는 그가 과거의 바이올린 거장들인 하이페츠(Jascha Heifetz, 1901~1987), 크라이슬러(Fritz Kreisler, 1875~1962), 밀스타인(Nathan Milstein, 1903~1992), 오이스트라흐(David Oistrakh, 1908~1974)의 연주 스타일에 영향을 많이 받았다는 것을 알게 되었다. 다시 말해, 그는 전형적인 줄리아드학교 학생들과는 달랐다.

2008년, 나는 오주영을 나의 제자로 받아들였고, 석사 학위를 하는 2년 동안 함께 공부했다. 그는 놀라운 재능과 더불어 열심히 노력했으며, 학기 동안 여러 번 연주회를 열었는데 한결같이 강한 개성을 지닌 것들이었다.

2010년, 오주영이 뉴욕필하모닉 오디션에 합격했을 때 그가 무척 자랑스러웠다. 그러나 그가 솔로이스트로서의 활동을 계속할 수 있도록 항상 격려를 아끼지 않고 있으며, 내가 그의 스승이 된 것을 무척 자랑스럽게 생각하고 있다.

About violinist Joo Young Oh

I first heard about Joo Young Oh in 2007. He had been coaching with a former student of mine named Lisa Eunsoo Kim(a leading member of the New York Philharmonic). She told me that she would really like me to hear a young boy named Joo Young play and if possible accept him into my studio at Juilliard. I of course was quite intrigued about this as Lisa Kim seldom spoke of students in such glowing terms.

An audition was arranged soon after that and I must admit being extremely impressed with Joo Young's enormous talent.

He played with such expressive warmth and brilliance of technique. I could hear that he was highly influenced in his musical style and phrasing by the great violinists of the past, such as Heifetz,

Kreisler, Milstein and Oistrakh. In other words, he was not a typical Julliard student.

In 2008 I accepted Joo Young Oh into my studio. He was in his second year of his Masters Degree program and he remained with me for two years. Joo Young was a marvelous student and extremely hard working. He played several recitals at Julliard during that time and each and every one of them was masterful.

When he auditioned and got the job with the New York Philharmonic in 2010 I was so very proud of him. However I have always encouraged him to continue with his solo career as his talent in this area is exceptional.

I was very proud to have been one of his teachers.

Glenn Dicterow

(Former Concertmaster, New York Philharmonic
Violin Faculty the Julliard School and Manhattan School of Music.)

경상남도 진주에서
뉴욕필하모닉 종신단원이 되기까지

    세상에는 재주 있는 사람도 많고 천재도 많다. 특히, 한국인들의 음악적 재능은 전 세계가 깜짝 놀랄 정도로 큰 두각을 나타내고 있다. 이러한 시점에 부족한 사람이 한 음악가의 인생에 대한 책을 쓴다는 것 자체가 감히 상상도 할 수 없는 일이다. 그럼에도 불구하고 이렇게 졸필을 들게 된 것은 아주 우연한 일이 계기가 되었다.

    '바이올린 친구되기'라는 온라인 바이올린 카페에 어느 분이 '유아의 바이올린 지도를 어떻게 하면 좋을지' 문의한 글이 있었다. 그래서 어릴 때부터 아들을 지도한 경험이 있었기 때문에 부담 없이 내 경험을 한두 번 올린 것이 뜻밖에도 독자들의 뜨거운 관심을 불러일으켜서 계속 연재하게 되었다. 그 후 여러분들이 이 글을 책으로 발간했으면 좋겠다고 말씀하셔서 이렇게 용기를 낼 수 있게 되었다.

    그러나 글 쓰는 재주도 없고 문학성도 없는 필자로서는 이 책에 그동안 자식을 키우면서 경험하고 느끼고 본 것들을 사실 그대로 진실하게 표현하는 것밖에 할 수 있는 것이 없었다. 게다가 필자는 애초에 아들 주영이를 바이올리니스트로 키울 생각은 추호도 없었다. 그저 취미 삼아 행복하게 즐기기를 바랐을 뿐이었다. 주영이가 이토록 험난한 바이올리니스트로서의 길을 걸어가게 된 것은 전혀 예기치 않았던 묘한 인연들이 자연스럽게 이어지면서 오늘에까지 이르게 된 것이다.

꿈은 꿈꾸는 자에게 이루어진다. 하지만 꿈을 꾼다고 해서 누구나 다 성공하는 것은 아니다. 그런 의미에서 필자의 아들 오주영 역시 원대한 꿈을 가지고 한국의 지방 소도시 경남 '진주'에서 미국이란 낯설고 광활한 땅에 와서 꿈을 키웠지만, 연주가로 성공한다는 게 그렇게 만만한 일은 아니었다. 대개 뉴욕필하모닉의 종신단원이라면 음악인으로서 성공했다고 생각하지만, 솔직히 필자는 바이올리니스트 오주영이 성공했다고도 그렇다고 실패했다고도 생각하지 않는다. 왜냐하면 아직도 이루어야 할 꿈이 남아 있기 때문이다.

지난 30여 년간 자식을 키운 이 이야기가 독자들에게 어떤 반응을 불러일으킬지 조마조마 마음을 졸이며 기다리고 있다. 다만, 아이에게 음악을 공부시키는 학부모들에게 아주 조금이라도 도움이 되었으면 하는 소박한 바람뿐이다.

그동안 바이올리니스트 오주영의 음악적 발전을 위해서 후원해주신 수많은 기업, 단체, 개인 등 모든 분들께 심심한 감사의 말씀을 드리며, 보잘것없는 이 글에 추천사를 써주신 한국예술비평가협회 탁계석 회장님과 뉴욕필하모닉 전 악장(樂長) 글랜 딕터로 교수님에게도 깊은 감사를 드리는 바이다. 또한 책 발간을 위해 수고해준 내 친구 이호근에게, 그리고 출판계의 어려운 여건 속에서도 한 예술가의 비전을 보고 출간의 뜻을 밝혀주신 도서출판 지식공감의 김재홍 대표님께도 진심으로 감사를 드린다.

Contents

 1악장

바이올린과 함께 자란 어린 시절

2악장
청소년기 오주영의 음악적 성장

3악장
줄리아드학교에서 보낸 시절

 4악장

독일에서의 공부와 연주 활동

 5악장

뉴욕필하모닉과 맺은 인연

1 악장

바이올린과
함께 자란 어린 시절

---

1 어린 시절 편안하고 즐겁게 바이올린을 연주하는 어린 주영이의 모습.

2 서울시향 오디션 초등학생 부문에서 선발되어 피날레를 장식하며 서울시향과 협연하는 모습. 이로써 서울 음악계에 첫선을 보인다.

3 엘리자베스 홀번 교수님과 필자 그리고 아들. 홀번 교수님의 관심과 배려로 처음 참가한 국제 음악 캠프 콩쿠르에서 우승하면서 전국적으로 알려진다.

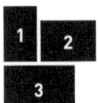

4 산호세심포니오케스트라 지휘자 레오니드 그린(왼쪽)과 함께한 초등학생 오
  주영. 산호세심포니오케스트라와의 협연으로 국제무대에서 데뷔한다.

5 어릴 때부터 세계 제일의 바이올리니스트 이작 펄만을 좋아해 연주 모습까지
  따라 했던 주영이는 우연히 그를 만나 함께 사진을 찍으면서 무척 행복해했다.

6 국제 음악 캠프 콩쿠르에서 우승하면서 처음 오케스트라와 협연힌다.

| 일러두기 |

음악 작품은 곡명의 한글명과 원어 표기를 작품번호까지 병기하여 음악 초
보자들도 쉽게 이 책에서 언급하고 있는 바이올린 연주곡을 감상할 수 있도
록 했습니다.

📖 예시

- 《바이올린 협주곡 제3번 G장조 K. 216(Concerto for Violin and Orchestra No. 3 in G major, K. 216)》

- 《바이올린 협주곡 제1번 g단조 Op. 26(Concerto for Violin and Orchestra No. 1 in g minor, Op. 26)》

- 《바이올린 협주곡 제3번 b단조 Op. 61(Concerto for Violin and Orchestra No. 3 in b minor, Op. 61)》

엄마 배 속에서부터
바이올린 소리를 듣다

내 아들 주영이는 엄마 배 속에서부터 음악을 들었다. 엄마가 아이를 임신했을 때 항상 클래식 음악을 많이 들었기 때문이다. 태아가 임신 3개월부터 외부의 소리를 감지한다는 것을 이미 알고 있었고, 태교에 음악이 좋다는 것은 누구나 다 아는 상식이니까 그런 면에서 수시로 음악을 들려주었던 것이다.

나는 아들에게 바이올린을 시키겠다는 생각은 전혀 하지 않았다. 단지 당시 환경적으로 1층에서는 내가 바이올린 레슨을 하고, 2층에서는 아이의 고모가 피아노 레슨을 하는 바람에 자연스럽게 피아노와 바이올린 소리를 엄마 배 속에서부터 들을 수밖에 없었던 것이다.

주영이는 태어난 후에도 마찬가지로 바이올린과 피아노 소리를 듣고 자라기 시작했다. 그리고 두세 살쯤 되었을 때 나는 작은 바이올린을 장난감처럼 가지고 놀도록 아이에게 주었을 뿐이다. 아이는 잠깐 만지작거리다가 내팽개치고는 놀다가 바이올린과 자연스럽게 친해졌다.

그렇게 만 네 살이 될 때까지 매일 레슨하는 아이들의 바이올린 소리를 기어다니면서 듣고 바이올린을 장난감처럼 가지고 놀면서 듣는 그런 환경 속에서 자라게 되었다. 그러면서 작은 악기를 마치 장난감으로 생각하고 혼자서 연주하는 흉내를 내면서 낑낑거리기도 하고, 싫증나면 내팽개치기도 했다. 만 네 살이 지난 어느 날, 바이올린을 배우고 싶으냐고 물었더니 가르쳐 달라고 했다. 그래서 정확히 만 4년 3개월부터 바이올린을 가르치기 시작했다.

기초 자세를 익히고 어느 정도 소리를 내게 한 후 약 6개월쯤 지나자 찬송가 두 곡을 완벽하게 연주할 수 있게 되었다. 어린 꼬마가 이렇게 연주하자 다들 놀라서 칭찬을 아끼지 않았다. 물론 다른 아이들보다 레슨 횟수가 많았던 것은 사실이다. 그러나 놀라웠던 것은 몇 권이나 되는 바이올린 교본에 있는 곡들을 거의 다 외우고 있었다는 사실이다.

한 살 때부터 네 살 때까지 집 안에서 놀면서 자연스럽게 매일 들어야 했던 아이들의 레슨 때 곡들이 이미 머릿속에 완벽히 입력되어 있었던 것이다. 이미 아는 곡을 배우는 것은 흥미 있을 뿐만 아니라 훨씬 쉽게 익힐 수 있어서 부담이 덜 간다. 바이올린은 어떤 악기보다 청각이 발달해야 된다는 것을 알고 있었기에 아침 식사 때와 저녁 잠자기 전에 시간 날 때마다 수시로 오스트리아의 작곡가 모차르트(Wolfgang Amadeus Mozart, 1756~1791)의 《바이올린 협주곡 제3번 G장조 K. 216(Concerto for Violin and Orchestra No. 3 in G major,

K. 216)》과 《바이올린 협주곡 제5번 「터키풍」 A장조 K. 219(Concerto for Violin and Orchestra No. 5 "Turkish" in A major, K. 219)》의 카세트테이프를 수개월 동안 들려주었다. 그리고 이 곡들을 거의 다 암기할 정도가 되었을 때 독일의 작곡가이자 지휘자인 막스 브루흐(Max Bruch, 1838~1920)의 《바이올린 협주곡 제1번 g단조 Op. 26(Concerto for Violin and Orchestra No. 1 in g minor, Op. 26)》과 독일의 작곡가 멘델스존(Jakob Ludwig Felix Mendelssohn-Bartholdy, 1809~1847)의 《바이올린 협주곡 e단조 Op. 64(Concerto for Violin and Orchestra in e minor, Op. 64)》를 들려주었다.

변칙적인 레슨을 시도하다

　나는 『시노자키 바이올린 교본』으로 주영이를 가르치기 시작했는데, 1권부터 5권까지 주요한 곡 몇 곡과 제3포지션(third position)을 익히는 게 전부였다. 그야말로 날치기 레슨이었다. 그리고 초등학교 2학년 때 모차르트의 《바이올린 협주곡 제3번 G장조 K. 216》을 연습했는데, 사실 당시에는 악보도 제대로 볼 능력이 없어서 하루 한두 줄씩 익히며 반복연습하면서 거의 음감에 의해 소화해 나가고 있었다. 그러나 이미 그 곡을 다 알고 있어서 배움과 동시에 저절로 외워서 연주할 수 있었다. 그런 식으로 《바이올린 협주곡 제3번 G장조 K. 216》의 제1악장 〈알레그로(Allegro)〉를 완벽하게 더 정확한 음정과 더 깨끗한 소리로 마스터했다. 그다음 비슷한 수준의 모차르트의 《바이올린 협주곡 제5번》은 《바이올린 협주곡 제3번 G장조 K. 216》보다 훨씬 빠른 속도로 해냈다.

　3학년 때 막스 브루흐의 《바이올린 협주곡 제1번 g단조 Op. 26》

과 멘델스존의 《바이올린 협주곡 e단조 Op. 64》를 가르쳐도 거뜬히 해내는 데에 나 자신도 놀라움을 금치 못했다. 모든 악기가 그렇지만, 특히 바이올린은 기초가 튼튼하지 못하면 언젠가는 무너진다는 것을 잘 알고 있었지만, 내심 아이가 할 수 있는 능력의 한계가 어디까지인지 실험적으로 시도해보고 한계가 오면 그만둘 생각이었다.

여기까지 오면서 나는 연습곡(étude)이나 『흐리말리 바이올린 음계(Hrimaly Scale Studies for Violin)』나 『칼 플레시 바이올린 기본 연습(Scale System for the Violin)』 같은 스케일 시스템 공부는 손도 대지 않았다. 연습곡은 단지 『카이저 바이올린 연습곡 1(Kayser)』을 한 것이 전부였다. 그 대신 배우는 곡은 자기의 능력으로는 최고 수준으로 연주할 수 있도록 연습시켰다. 사실 모차르트를 배우기 전에 독일의 작곡가 바하와 헨델의 곡 등 기초를 다지는 곡들이 상당히 많지만 그런 것들은 하나도 하지 않았다. 이렇게 한심하고도 무식하게 가르쳤던 것은 바이올린을 전공도 하지 않을 아이에게 괜히 고생시키고 싶지 않았기 때문이다.

왜냐하면 내가 대학에서 바이올린을 공부했기 때문에 바이올리니스트의 길이 보통 험한 게 아니며, 또한 누구나 성공할 수 있는 길이 아니란 걸 누구보다도 잘 알고 있었다. 그리고 시골에서 무명의 아버지에게 배운 아이가 이 정도라면 서울의 유명 교수들 밑에서 배우는 아이들은 얼마나 잘하며, 전국적으로 날고 기는 아이들이 얼마나 많겠는가 하는 생각이 지배적이었다. 더구나 주영이는 자기 반에서 늘 1~2등으로 공부도 잘하고 있어서 더욱 그런 마음이었다. 비록 아마추어라도 전공 못지않게 잘한다면 오히려 전공하는 것보다 더 멋있고 그야말로 음악을 즐기며 더 풍요로운 인생을 살아갈 수 있을 것이란 생각을 가지고 있었다.

그래서 그런지 아이를 가르치는 데 전혀 마음에 부담이 없었고, 조금도 서두르지 않았기에 아이 역시 편안하게 배울 수 있었다.

한번은 이름만 들어도 알 수 있는 국내 바이올린계에서 가장 유명한 모 교수가 연주하는 사라사테의 《치고이너바이젠(Zigeunerweisen)》[2] 연주를 녹화해서 몇 번 보여주었다. 그랬더니 주영이가 악보를 보고 혼자서 몇 번 긁으면서 연습하길래 그냥 두었다. 2주일 정도 연습하더니 엇비슷하게 흉내를 내기 시작했다. 그러면서 주영이가 하는 말이 너무나 웃겼다.

"아빠, 비디오에 연주하는 선생님의 음정이 약간 이상한 데가 있어요."

하지만 난 조그만 아이의 말이라 그냥 웃어넘기고 말았다.

그런데 어느 날 그 교수의 인터뷰 기사를 보았는데 그가 자기 연주는 실황에서 음정이 불안한 데가 가끔씩 나온다고 했다. 정말 놀라웠다.

세밀하게 레슨을 할 수 없어서 그냥 내버려두었는데 어린아이가 혼자서 해냈다는 게 너무나 신기했다. 특히, 현악기의 현을 손끝으로 튕겨서 연주하는 왼손 피치카토(pizzicato)를 어떻게 했는지 모르겠다. 순전히 비디오테이프만 보고 곡을 완전히 외우고, 그다음 악보를 참고하면서 연습했다. 그래서일까 어릴 때 《치고이너바이젠》 연

2) 에스파냐 출신의 작곡가 사라사테가 1878년에 작곡한 바이올린 독주곡. 관현악 반주가 딸려 있으며, 화려한 기교와 애조를 띤 집시풍의 선율이 매혹적이다.

주 스타일이 그 교수의 판박이였다. 그리고 주영이는 초등학교 3학년 때 이 곡을 공식적인 자리에서 처음 연주했다. 정말 이상한 건 어릴 때 많이 했던 곡을 커서도 가장 많이 연주하게 되고, 또 좋아하게 된다는 것이다. 요즘은 초등학생들도 《치고이너바이젠》을 연주하지만, 옛날에는 그렇게 흔치 않았다.

카세트테이프와 비디오테이프로 하는 바이올린 교육

주영이의 주위 환경이 음악적인 가정이라 할지라도 우리가 살았던 지역은 '진주'라는 경상남도의 작은 중소 도시라 당시만 해도 1년 내내 수준 높은 연주회 한 번 제대로 볼 수 없는 열악한 상황이었다. 게다가 그때는 유튜브나 컴퓨터도 없는 시대였으니 오죽했겠는가. 특히, 바이올린 음악의 문화적 혜택을 전혀 볼 수 없었으며, 심지어 바이올린 레슨도 그 지역에서는 내가 유일한 선생이었다.

프로 연주자들의 고급스러운 소리와 연주를 직접 듣고 보지 않으면 훌륭한 연주가 제공하는 시각적인 자극을 뇌세포에 입력할 수도 없고, 또 음악적인 자극을 받을 수도 없기 때문에 나는 비디오테이프를 사용하기로 마음먹었다. 아주 어린 유아 시절에는 카세트테이프를 이용했지만, 초등학교 시절부터는 시청각을 동시에 훈련시키기 위한 수단으로 비디오테이프를 사용했다.

그러나 당시에는 CD도 없고 카세트테이프만 있을 때라서 바이올린 연주 비디오테이프를 구하기가 쉽지 않았다. 그래서 매주 월요일 밤늦게 KBS TV에서 방영되는 〈월요음악회〉를 기다렸다가 바이올린 연주가 나오기만 하면 비디오테이프에 녹화해서 주영이에게 보여주었다.

졸려도 자지 않고 밤늦게까지 기다렸지만 바이올린 연주가 나오지 않아 허탕 치기 일쑤였다. 카세트테이프만 듣다가 비디오테이프로 보는 것은 마치 음악회에 가서 보는 효과뿐만 아니라 오히려 연주자의 연주 모습이나 표정까지 세밀하게 볼 수 있는 장점이 있었기 때문에 좋은 자극제가 되었다.

그래서 그런지 주영이는 다른 연주자의 흉내를 곧잘 내곤 했다. 특히, 이스라엘계 미국인 바이올리니스트 이작 펄만(Itzhak Perlman, 1945~)의 흉내를 내면서 "아빠, 이 폼은 어때요?" 하면서 자주 물었다. 초등학교 2~3학년 때 눈을 감고 연주하는 모습을 보면서 '모방을 하는구나!'라고 생각했는데, 결국 이 모방이 자기 것이 되어 커서도 주로 눈을 감고 연주하는 경향이 많아지게 되었다. 그리고 연주자들의 표정과 모션, 가슴에서 우러나오는 감성적인 표현력 같은 것이 그대로 재현되어서 놀랐다. 이제는 모방이 아닌 누가 봐도 자연스러운 모습, 듣는 이의 마음을 움직일 수 있는 그런 상황까지 오게 되었다. 테크닉은 연습과 노력에 의해서 해결되지만, 가슴에서 우러나오는 이런 감성적 표현은 노력으로 되는 게 아님을 잘 알기에 값진 것을 비디오테이프 시청으로 자연스럽게 얻은 셈이었다.

식사 때는 배울 곡을 미리 들으면서 밥을 먹었고, 틈틈이 비디오테이프를 보는 것이 어린 주영이에게 미쳤던 영향은 대단히 컸다고 생각한다. 시청각 교육이 무엇보다 가장 좋은 음악 교육이라는 것을 누가 모르겠는가! 이미 그의 머릿속에는 태어나기 전부터 들었던 음악적 자극과 태어나서 듣고 보면서 자란 환경 그리고 수준 높은 연주가들의 실제 연주를 비디오테이프로 시청할 수 있었던 것이 뇌 세포에 입력되어 잠재된 가운데 그의 음악에 반영되었던 것이다.

"한국 아이들이 테크닉은 좋은데 음악성은 부족하다"는 평가는 오직 연습에만 의존하기 때문에 기계적으로 연주하기 쉬운 까닭이 아닐까 싶다. 즉, 이러한 시청각 교육이 오늘날의 오주영을 있게 한 가장 중요한 요소가 아닌가 생각된다. 고(故) 도로시 딜레이(Dorothy DeLay, 1916~2002) 교수의 말이 생각난다.

"실제 연주를 많이 보라. 보는 것이 레슨 못지않게 더 중요하다."

첫 미국 여행에서
만난 바이올린 교수들

1991년 주영이 초등학교 4학년 때, 미국 로스앤젤레스 지역에 살고 있는 주영이 고모의 초청으로 우리 가족들은 미국 여행을 가게 되었다. 항상 꿈에 그리며 가보고 싶었던 미국을 드디어 가게 되자 주영이도 설레는 마음을 가눌 수 없을 정도로 좋아했다. 로스앤젤레스 지역에 도착한 우리 가족은 미국의 여러 곳을 여행하면서 즐거운 시간을 보내고 있었다.

그때 주영이 고모는 조카가 바이올린을 잘한다고 들었는데 정말 재능이 있는 것인지 이곳의 교수에게 한번 보여주고 싶다고 했다. 그래서 로스앤젤레스에 있는 서던캘리포니아대학교(University of Southern California, 약칭은 'USC') 교수 한 분과 또 다른 대학 교수 한 분을 만나서 연주하는 모습을 보여드렸다. 그때 주영이의 연주를 지켜보던 서던캘리포니아대학교 교수는 이렇게 권유하며 제안했다.

"이 정도 수준이면 빨리 미국으로 유학 오셔야 할 것 같습니다. 이런 아이는 앞으로 2년 정도면 바이올린의 모든 테크닉을 거의 마스터할 수 있습니다. 지금 한국에 그렇게 지도해줄 선생님이 있나요? 없으시면 빨리 미국으로 유학 보내세요. 마침 우리 대학에 독일에서 온 여자 교수님이 계시는데 주영이라면 분명히 집에 데리고 있으면서 키워줄 것 같습니다."

그리고 또 한 분의 교수는 나이가 많은 할머니 교수였는데, 그분도 마찬가지로 이렇게 말씀하셨다.

"만약 지금 유학 올 형편이 못 되신다면 내년 여름에 열리는 미국의 유명한 국제 음악 캠프에 보내세요. 내가 해마다 거기 지도 교수로 참가하니까 직접 주영이를 데리고 가겠습니다. 많은 도움이 될 테니까, 그때 꼭 주영이를 보내세요. 그때 오면 커티스 음악학교에도 추천해주겠습니다."

당시 나는 줄리아드학교는 들어봤어도 커티스 음악학교는 처음 듣는 이름이라 생소한 표정을 지으니까, 그 학교는 학비 필요 없이 장학금으로만 공부할 수 있어서 좋다는 말까지 해주었다.

그 말을 듣는 순간, 나는 약간 멍하면서도 이해가 되지 않았다. 한국의 지방에서 자란 애가, 게다가 이름도 없는 무명의 바이올린 강사인 아버지에게 놀면서 슬슬 재미로 배운 바이올린이 이렇게 미국 교수들에게 인정을 받다니 놀라웠다. 한편으론 너무 기가 막혔다. 그리고 속으로 이런 생각이 들었다. 도대체 이 교수들은 왜 이럴까. 지금도 한국의 서울에만 해도 놀라운 재능을 가진 아이들이 차고 넘치는데, 이깟 시골뜨기 아이의 연주를 보고 유학이니 국제 음악 캠프니 야단법석을 떨고 있으니…… 한국의 진짜 잘하는 애들을 보면 놀라 기겁하겠구나 싶어서 속으로 헛웃음이 나왔다.

미국에 한 달 정도 머물면서 주영이는 이 미국 할머니 교수에게 레슨을 받기 시작했다. 처음 이 할머니 교수를 만났을 때, 그분은 주영이를 보자마자 바로 어젯밤 꿈에 본 아이라며 깜짝 놀라면서 천사가 보내준 아이가 분명하다며 얼마나 좋아했는지 모른다. 정말 희한한 일이었다. 이분은 은퇴한 목사의 부인이자 로스앤젤레스 근교 롱비치시립대학의 엘리자베스 홀번(Elizabeth Holborn) 교수님이었다. 또한 캘리포니아 현악기 협회 회장직을 맡고 있던 대단한 분이었다. 당시 나이가 일흔 살 정도로 목사 사모라 그런지 정말 자상하고 친절하신 분이었다. 그분은 주영이에게 최선을 다해 가르쳐 주었고, 주영이도 그분을 좋아하며 잘 따랐다. 짧은 여행 기간이었기에 한 번 가면 두 시간씩 레슨을 받았다.

아쉽지만 우리는 약 한 달간의 미국 생활을 마치고 다시 한국으로 돌아왔다. 한국으로 돌아온 후 꽤 심각한 고민에 빠지기 시작했다. 전혀 예상치 못했던 미국 교수들의 유학 권유도 그랬지만, 그들이 주영이의 재능에 대한 인정과 대단한 관심을 그냥 지나치기에는 아버지로서 마음이 불편했던 것이다. 그러나 아이의 유학은 현실적으로 어려웠다. 아직 초등학교도 졸업하지 않은 상황에서 어떻게 유학을 간단 말인가. 가더라도 초등학교는 졸업해야지 하는 것이 당시 내 심정이었다. 게다가 주영이는 학교 공부도 뛰어나서 군이 음악이 아니라도 얼마든지 다른 분야에서 훌륭한 사람이 될 수 있을 것이란 미련이 남아 있었다. 그리고 어린아이 혼자만 유학을 갈 수도 없는 상황이 아닌가. 이 모든 것들이 내 마음을 복잡하게 만들고 있었다.

하지만 시간이 지남에 따라 이런 것들은 곧 잊어버리고 일상생활에 전념하며 지내고 있었다. 다만, 미국에서 교수들에게 칭찬을 들어서 그런지 주영이의 바이올린 연습 시간이 조금 더 늘어났다. 그 전에는 평균 하루 한 시간 정도 연습했는데, 이제는 두 시간 정도 하고 있었다. 미국을 갔다 온 후 주영이는 바이올린에 더 자신감이 생긴 것 같았고, 열심히 하고자 하는 의욕이 돋보였다.

드디어 1년이 지나 여름방학이 다가오고 있었다. 그러던 어느 날 주영이 고모한테서 연락이 왔다. 그 할머니 교수가 국제 음악 캠프 참가 신청도 했고, 자기가 주영이와 같이 갈 마음을 먹고 있으니 아이를 보낼 준비를 하라고 했단다. 이 연락을 받고 갑자기 또 고민에 빠졌다. 나이 든 교수가 추천은 물론이고 접수까지 해놓은 상태이므로 그분의 성의를 봐서라도 거절할 수 없는 난처한 상황에 놓였기 때문이다.

가만히 생각해 보니, 초등학교 5학년짜리 아이를 혼자 보낼 수도 없고, 그렇다고 어른 한 사람이 따라가기엔 두 사람의 경비가 만만치 않았다. 두 사람의 비행기 표 비용, 2개월간의 음악 캠프 등록비, 두 사람의 숙식비 등 계산해 보니 약 1,000만 원 정도의 돈이 필요했다.

나는 이 돈이면 아이에게 차라리 좋은 바이올린 하나 사주는 게 낫겠다고 생각해서 오히려 국내에서 하는 유명한 교수의 레슨이나 좋은 음악 캠프에 아이를 보내는 게 좋겠다고 말했다. 그러나 주영이 엄마는 그래도 노교수가 이미 등록을 했다고 하니 이번 한 번만 보내보고, 다음에는 그렇게 하자고 계속 나를 설득했다. 그리고 이번 기회에 두 달간이지만 주영이가 미국 아이들과 생활하면서 영어도 익힐 겸해서 음악 캠프에 보내면 좋겠다면서 자기가 따라가겠다고 했다. 결국 주영이 엄마가 동행하기로 하고 음악 캠프에 아이를 보내는 것으로 결론을 내렸다.

생전 처음 참가한
국제 음악 캠프 콩쿠르에서 우승하다

　드디어 주영이와 아내는 2개월간의 국제 음악 캠프에 참가하기 위해 미국으로 떠났다. 그곳의 캠프장은 너무나 아름다울 뿐만 아니라 주위에는 바다 같은 미시간 호수가 그림처럼 펼쳐져 있어서 마치 휴양지를 방불케 했다. 게다가 그 범위도 얼마나 방대한지 이 끝에서 저 끝까지 걸어가면 적어도 40~50분 정도 걸리는 엄청난 규모의 캠퍼스로, 한국에서는 도저히 상상도 할 수 없는 그런 곳이었다. 그래서 이곳은 국립공원으로 지정되어 있었으며, 구내에는 예술고등학교도 있었다. 그리고 이 여름 음악 캠프는 초중고생(初中高生)들만 참석할 수 있었다. 잘 알려진 아스펜음악제(Aspen Music Festival and School)와 이곳 인터라켄 국제 음악 캠프가 미국에서는 가장 유명하다는 것을 참가하면서 알게 되었다.

　첫날 개회식 때 세계 34개국에서 온 초중고생이 모두 3,500여 명이 참석했는데 미처 상상도 못 했던 그런 큰 음악 캠프였다. 이 음악 캠프에 참석한 학생들의 국기가 나란히 게양되어 있었는데 한국 국기를 발견하고 감격스러움을 느끼기도 했다.

개회식 때 세계 각국에서 온 학생들을 소개하는 순서가 있었다. 나라의 이름을 부르면 그곳에서 온 학생들이 일어서고 모든 학생들이 일제히 박수로서 환영했다. 약 4,000명이 들어가는 야외 공연장의 좌석을 꽉 메운 채 나라의 이름을 부를 때마다 박수 소리가 터져 나왔다. 드디어 "코리아!"라고 불렀을 때 그 많은 사람들 중에 주영이와 아내 단 두 사람만 일어섰고, 우레와 같은 박수로 환영해 주었다. 마치 한국을 대표해서 온 듯한 야릇한 기분을 느끼면서 이곳 음악 캠프 생활의 시작을 알리고 있었다.

수천 명이 하는 국제 음악 캠프 생활이었지만, 워낙 지역이 넓어서 전혀 복잡하지 않았다. 초중고생들이 각각 다른 지역에 흩어져 배정되어 있었고, 비록 음악 캠프라고는 하지만 음악뿐만 아니라 여름을 즐겁고 재미있게 보낼 수 있도록 매일매일의 프로그램 속에서 다양한 경험을 하도록 짜여 있었다. 그곳의 규율은 매우 엄격해서 어린 초등학생이라 할지라도 보호자나 부모가 그들의 캠프장이나 숙소에는 절대로 가지 못하고 면회도 못하게 규정으로 정해져 있었다. 그만큼 조직적으로 아이들을 책임 있게 지도하고 보호하고 있었다. 그러나 영어도 못하는 주영이가 어떻게 적응하고 있을지 도저히 안심이 되지 않아서 마음을 놓을 수가 없었다.

아이들이 숙소로 사용하는 통나무집에는 큼직한 방에 일고여덟 명의 아이들이 그룹이 되어 함께 생활하고 있었고, 방마다 어른 책임자들이 한 명씩 아이들을 관리하고 있었다. 그런데 주영이 방 책임자가 뜻밖에도 한국 교포 청년임을 알고 얼마나 반가웠던지 마치 구세주를 만난 기분이었다. 그에게 주영이에 대한 사정을 이야기하고 부탁을 했더니 염려하지 말라고 해서 그제야 안심이 되었다. 그는 아주 어릴 때 미국에 와서 지금 대학생이라고 했다.

주영이는 초등학교 때 키가 너무 작고 덩치도 작아서 반에서 늘 맨 앞자리에 앉아 있었는데, 그런 아이가 덩치 큰 외국 아이들 속에서 어떻게 잘 지내는지, 그리고 국내에서도 음악 캠프 경험이 전혀 없었으므로 국제적인 음악 캠프에서 과연 제대로 잘해낼 수 있을지 그저 염려스럽기만 했다. 그러나 그 음악 캠프는 환경도 좋을 뿐만 아니라 단 한 명도 담배를 피우는 학생들이 없어서 신기할 정도였다. 미국은 중학생만 되어도 담배 피우는 게 보통인데 수천 명의 학생들이 있는데도 단 한 명도 담배 피우는 것을 보지 못했으니 말이다.

나중에 알고 보니 담배 피우는 학생은 여기에 참가할 수 없다는 규정이 있었다. 아무튼 참으로 깨끗하고 질서 있는 음악 캠프였으며, 모든 음악 캠프가 그렇지만 이곳에도 오후부터 밤늦게까지 각종 콘서트 스케줄이 꽉 짜여 있어서 원하는 곳에 가서 마음껏 음악을 즐길 수 있었다. 주영이는 일주일에 한 번 또는 두 번 정도 레슨을 받았고, 지도 교수는 말할 것도 없이 같이 동행한 로스앤젤레스의 할머니, 엘리자베스 홀번 교수였다. 가끔 주영이 레슨 때 가봤는데 마치 손자를 가르치듯 자상하고 섬세하게 너무나 친절하고 열심히 잘 가르쳐주셨다. 부모나 가족들이 음악 캠프에 참가한 아이들의 지역에 갈 수는 없지만 하루 중 유일하게 점심 식사 때만 식당에서 만날 수 있었는데 생각보다는 주영이가 잘 적응하고 있는 것 같아서 마음이 놓였다.

음악 캠프가 시작된 지 2~3주일쯤 지났을 때, 지도 교수가 그곳에서 열리는 콩쿠르가 있는데 주영이를 거기에 내보내고 싶다고 했다. 물론 주영이가 재능이 있어 보여서 콩쿠르에 나갈 것을 권유했겠지만, 그 많은 학생들 중에서, 그것도 한국의 지방에서 온 녀석이 이런 국제 음악 캠프 콩쿠르에서 겨룬다는 것이 말이 안 된다는 생각이 들었다. 하지만 지도 교수가 간절하게 원하니 그렇게 하도록 맡길 수밖에 없었다. 지금까지 콩쿠르 경험이라곤 겨우 지방 대회에서 몇 번 우승한 것과 전국학원연합회 주최 대회에서 최종 우승한 것밖에 다른 경험은 없었다. 그러나 이곳은 세계적인 모임이 아닌가.

어쨌든 주영이는 그동안 즐겨했던 멘델스존의 《바이올린 협주곡 e단조 Op. 64》로 콩쿠르를 준비했다. 이것은 이미 연습했던 곡이었지만 그래도 더 많은 연습이 필요했다. 더구나 대회를 나가기 위해서는 최대한 완벽한 연주가 요구된다는 사실은 두말할 나위 없었다.

드디어 콩쿠르가 시작되었고, 주영이도 나름대로 자기 능력껏 최선을 다했다. 그러나 결과는 다음 날 발표하므로 더욱 궁금증을 더했다. 모두가 다 잘했지만 그중에서 흑인 여자아이가 뛰어나서 인상적이었다.

다음 날 오전, 그곳에 있으면서 알게 된 사무실에서 일하는 미국 여자분이 잠시 따라오라고 했다. 따라갔더니 게시판이 있는 곳으로 데리고 갔다. 그리고 손가락으로 게시판을 가리켰다. '바이올린 우승자, 오주영'이라고 이름이 적혀 있었다. 유일하게 주영이 이름만 써 있었다. 정말 감격적이고 꿈같은 순간이었다.

입상자를 몇 명 뽑는 게 아니라 단 한 명만 뽑았다. 그 이유는 초등부에서 우승하면 중등부 학생 콩쿠르에 나갈 자격을 주고, 거기서도 또다시 한 명만 뽑아서 오케스트라와 협연할 수 있는 특권을 주기 때문에 단 한 명만 뽑았던 것이다.

며칠 후, 주영이는 중등부 콩쿠르에 나가게 되었다. 초등학교 5학년 아이가 중학생들 틈에서 이긴다는 것은 감히 상상도 할 수 없는 일이기에 더 이상 기대는 무리라며 마음속으로는 이미 포기한 상태였다.

하지만 다음 날 누가 우승했나 궁금해서 다시 그 게시판으로 가서 보았더니, 놀랍게도 이번에도 주영이의 이름이 적혀 있었다. 정말 실감 나지 않았다.

초등학생이 중등부에서까지 우승한 일은 이 국제 음악 캠프 사상 아마 지금까지 거의 없었던 것 같았다. 주위의 많은 사람들이 놀라움을 금치 못했고, 여러 사람들이 축하해주었다. 그리고 주영이 방문 앞에는 축하의 꽃다발이 하나 놓여 있었는데, 할머니 교수가 준비한 것이었다. 정말 세심한 분이었다.

그 일로 그 도시 지역신문에 기사가 나오고, 또 당시 주영이가 제법 그곳에서 유명해져서 각종 특별 이벤트에 무려 여섯 번이나 초청을 받아 연주했으며, 오케스트라와 협연하는 특혜를 누리게 되었다. 바이올린을 배운 후, 처음으로 참가한 국제 음악 캠프에서 전 세계 각국에서 모인 유스 오케스트라와 협연하게 된 것은 정말 의미 깊고 영광스러운 일이었다.

다음 레슨 때 지도 교수는 일곱 명의 심사 위원들이 주영이의 연주에 대해 평가한 종이를 주면서 읽어보라고 했다. 그분들은 한결

같이 '무대에서의 존재감이나 매너, 무대 체질'이란 뜻의 '스테이지 프레젠스(stage presence)'를 언급하고 있었다.

사실 주영이는 어릴 때부터 무대에서 겁도 없이 마음대로 연주하는 기질이 있었다. 오히려 지금보다 어릴 때가 더 많은 감정 표현과 몸짓과 동작을 선보이며 연주했던 것 같다. 아마 그때는 한창 모방하고 멋 부릴 때라서 그랬을 것이다.

한국에 있었던 나는 이 기쁜 소식을 듣고 주영이의 최초의 오케스트라 협연을 보기 위해 미국으로 출발했다. 나는 비행기 안에서 협연 경험이 한 번도 없는 녀석이 과연 잘해낼까 내내 걱정이 되면서도 한편으론 설레는 마음을 금할 수 없었다.

드디어 공연장으로 들어갔다. 협연곡은 콩쿠르에서 했던 멘델스존의 《바이올린 협주곡 e단조》의 제1악장이었다. 시작 순간 나는 놀라움을 금치 못했다. 2개월 만에 이렇게 발전할 수가 있을까. 주영이는 정말 눈에 띄게 달라져 있었다.

연주를 마치자, 청중들은 일제히 기립 박수로 환호해주었다. 연주는 아주 성공적이었다. 그동안 콩쿠르를 위해서 많이 연습했고 집중적인 레슨도 받았으니까 그럴 성싶었다. 이것만 해도 투자한 돈에 비해 더 많은 음악적 성취를 이루었다는 생각에 뿌듯했다.

예기치 않았던
또 다른 행운의 만남

국제 음악 캠프 참가는 또 다른 만남을 준비하고 있었다.

어느 날 주영이가 국제 음악 캠프에서 독주를 끝낸 후, 어떤 외국분이 와서 말을 걸었다.

"너는 어디서 왔니?"

한국에서 왔다고 대답하니까, 자신을 산호세심포니오케스트라(San Jose Symphony Orchestra)의 지휘자라고 소개했다. 자기 아들도 이 음악 캠프에 참가하고 있어서 아들의 첼로 연주를 보러 왔는데, 오늘 주영이 연주를 보고 너무 감동을 받아서 자기네 오케스트라와 협연했으면 좋겠다고 했다. 그러면서 주영이의 지도 교수를 만나고 싶다고 했다. 지도 교수와 만난 자리에서 그는 언제 다시 미국에 올 수 있는지 물었다. 그래서 겨울방학 때 올 수 있다고 하니까 바로 그 자리에서 연주 날짜를 정한 후 산호세심포니오케스트라로 오라고 했다.

이 말을 들은 할머니 교수는 천진난만한 어린애처럼 너무 좋아서 어쩔 줄 몰라 했다. 어린아이가 수준 있는 A급 오케스트라와 협연한다는 것은 감히 상상도 못할 일이었기 때문이다. 더구나 한국도 아닌 미국에서 이런 행운이 따르다니…….

오늘의 바이올리니스트 오주영이 존재하게 된 기적적인 순간이었다. 만약 그때 그분을 그곳에서 만나지 못했더라면 주영이는 어쩌면 바이올린을 중간에 그만두었을지도 모른다.

그럭저럭 두 달간의 음악 캠프 기간도 서서히 끝나가고 있었다. 그런데 어느 날 갑자기 아내가 위경련이 나서 도저히 견딜 수 없어서 할머니 교수에게 알리고 구급차에 실려 가는 급박한 사건이 벌어졌다. 호사다마라고 했던가. 좋은 일 후에 무슨 이런 일이 벌어지다니……. 병원에서 심장병으로 오인하고 몇 가지 검사를 받고 난 후에야 아내는 겨우 진정되었다. 그런데 병원비가 무려 2,000달러 이상이 나왔다. 타국에 와서 이렇게 되어버렸으니 할 수 없이 교수에게 사정을 이야기하고 1,000달러만 지불했다. 한순간 한국 돈으로 100만 원이 날아가버렸다. 미국은 구급차 비용이 상당히 비쌌다.

주영이는 그동안 별 탈 없이 잘 버텼지만 한국 음식을 먹지 못해서인지 얼굴이 많이 핼쑥했다. 아무거나 잘 먹는 식성이고 또 양식도 좋아했지만 두 달은 너무 길었던 것 같았다.

그러나 이곳에서 오케스트라(orchestra) 연습, 실내악(chamber music), 독주회(recital) 등 다양한 음악적 경험을 하면서 주영이의 음악은 한층 더 발전했고, 또한 여러 가지 재미있는 아이들을 위한 프로그램들이 있어서 지루하지 않게 시간을 보낼 수 있었다.

두 달간의 음악 캠프가 끝난 후 우리는 전혀 예상치 않았던 콩쿠르 우승과 상금, 음악 캠프 오케스트라와 협연, 그리고 산호세 심포니오케스트라와의 협연이란 세 가지 큰 수확을 거두고 로스앤젤레스에 사는 주영이 고모 집으로 와서 며칠간 머물렀다. 그때 음악 캠프에서 있었던 일들과 주영이의 우승 이야기를 나누게 되었는데, 누님이 그 내용을 구체적으로 적어달라고 해서 적어주고는 다시 한국으로 돌아왔다.

전국적으로 매스컴을 타다

한국으로 돌아온 우리는 지방 촌녀석이 국제적인 음악 캠프의 콩쿠르에서 우승했으니, 그것도 초·중등부에서 우승했으므로 뉴스거리가 될 것 같았다. 그래서 지역신문만이라도 기사를 내고 싶었지만, 신문사에 아는 사람도 없어서 차일피일 생각만 하다가 며칠이 훌쩍 지나가 버렸다.

그런데 어느 날 갑자기 집으로 낯선 남자 두 사람이 찾아왔다. 그리곤 여기가 오주영 집이냐고 물어서 그렇다고 대답했다. 그랬더니 다짜고짜 빨리 그 애가 어디 있는지 불러오라는 것이었다. 왜 그러냐고 물었더니 나중에 이야기할 테니 일단 아이부터 만나자는 것이었다.

카메라를 들고 있어서 보니까 MBC라고 적혀 있어서 그제야 방송국에서 나온 걸 짐작했다. 그들은 아이와 잠시 인터뷰한 후 바이올린 연주하는 것을 녹화하고 나서 하는 말이, 서울 본사에서 연락이 왔는데 빨리 이 아이를 만나서 취재해서 보내라는 연락이 왔다는 것이었다. 언제 방송에 나오느냐고 물었더니, 내일 저녁에 나올 것이라고만 하고 횡하니 가버렸다. 아닌 밤중에 홍두깨라더니 도대체 이것이 어떻게 된 영문인지 도통 알 수 없었다.

그런데 그날 밤 TV를 보던 주영이가 갑자기 소리쳤다.

"아빠, 지금 TV에 내가 나와요."

놀라서 방으로 뛰어들어가 보니, 그날 취재한 것들이 방영되고 있었다. 경남 진주시 봉곡초등학교 5학년에 재학 중인 오주영 군이 미국 미시간 주 국제 음악 캠프에서 우승했다면서 연주 모습과 함께 MBC 저녁 9시 뉴스를 통해 전국에 방영된 것이다. 만약 주영이가 그때 보지 못했다면 아마 방송도 못 볼 뻔했다. 그리고 방송뿐만 아니라 전국 일간지에 일제히 그 소식이 보도되었다.

그 다음 날부터 전국 각지에서 전화가 걸려오기 시작했는데 매스컴의 위력이 이렇게 강한 줄 처음 알았다. 어떻게 지방 아이가 미국까지 가서 그렇게 좋은 결과를 얻었는지? 또 어떻게 하면 거기 갈 수 있는지? 누구한테 레슨을 받았는지? 한 번 찾아가서 만나고 싶다는 등등. 그리고 실제로 찾아온 분들도 몇 분 있었다.

각 지역신문 기자들이 아무런 연락도 없이 찾아와서 취재해 갔고, 서울에서 여성 잡지사 몇 곳에서 그리고 『월간 객석』 등 예술 관련 잡지 여러 곳에서도 취재하겠다고 연락이 와서 당황스러웠다. 그래서 나는 단호히 거절했다. 아무리 생각해도 이것이 뭐 그렇게 유명한 국제 콩쿠르도 아니고 음악 캠프일 뿐인데 이렇게 야단스럽게 취재할 만한 내용이 아니라고, 제발 이 먼 천 리 길을 오지 말라고 신신당부했다. 그래도 끈질기게 두 개의 여성 잡지 기자들과 몇 분들이 기어이 찾아와서 취재해 갔고 잡지에 기사를 실었다.

진주MBC에서는 초대 손님으로 주영이와 내가 출연하여 대담하는 내용이 방영되었고, 그 뒤에 또 주영이의 학교생활, 평상시의 바이올린 연습 모습 등 일상생활을 촬영해 특별히 방송되었다. 또한 주영이 학교 교장 선생님이 전화하셔서 학교에 주영이의 전화번호를 묻는 전화가 많이 걸려왔고, 또 그 학교 학생이 그렇게 훌륭한 일을 했다고 칭찬과 격려의 말에 교장 선생님과 담임 선생님은 물론 학교에서도 경사가 아닐 수 없다고 말씀하셨다. 한 2주일 정도 정말 정신없이 바빴다. 문화적 환경이 열악한 지방 소도시의 한 꼬마가 한순간에 스타가 된 듯했다. 이 이후로 지금까지 늘 우리 주영에게는 '천재 바이올리니스트'란 이름이 따라다니고 있다.

나는 어떻게 방송국에서 우리 집까지 취재를 왔는지 도저히 알 길이 없어 궁금했다. 어느 날 미국에 사는 주영이 고모에게 전화할 때 그 사실을 말했더니, 다음과 같은 이야기를 들려주었다. 자기네 옆집에 친하게 지내는 분의 남편이 언론 계통에 있다는 걸 알고 내가 한국 가기 전에 국제 음악 캠프에서 우승한 내용을 적어준 것을 전해주면서 남편에게 보여주라고만 했다는 것이다. 그런데 그분 남편이 한국의 연합통신으로 바로 보냈단다. 그래서 서울의 각 일간지에 보도되었고, 제일 먼저 MBC에서 취재했다는 것이었다. 정말 희한했다. 소설도 아니고 드라마도 아닌데 어떻게 이런 일이 생길 수 있을까.

이 일 이후로 학교에서는 오주영을 모르는 학생들이 없었고, 특히 교장 선생님이 너무 자랑스러워하면서 주영이에 관한 언론 기사나 사진 등을 스크랩했다가 귀한 손님들이 학교를 방문하면 보여주면서 자랑했다는 후문을 들었다. 또한 학교 운동회 때 작은 주머니를 던져서 둥근 바구니를 터트리는 '바구니 터트리기' 경기에서 바구니가 터질 때 그 안에 '오주영 바이올린 세계 제패'라는 글이 나오는 등 그야말로 학교에서 아들의 인기는 대단했다. 그리고 주영이 담임 선생님은 그동안 주영이가 해왔던 음악 공부에 대한 내용을 소재로 해서 연구 논문을 써서 인정을 받는 바람에 주영이가 정서 부문 문화체육부 장관상을 수상했다.

생애 첫 독주회를 가지다

　이렇게 매스컴에서 콩쿠르 우승을 홍보해주는 바람에 주영이의 이름이 전국적으로 알려지고, 또 지역 TV에 몇 번씩 출연한 탓인지 시내 나가면 많은 사람들이 알아보았으므로 이런 기회를 놓치지 말고 독주회를 한번 열어야겠다는 생각이 들었다.

　'국제 음악 캠프 우승 기념 독주회' 타이틀도 얼마나 좋은가! 그래서 프로그램을 짜고 한 달 정도 준비한 후 10월에 독주회를 하기로 했다. 아이도 이제는 신이 나는지 더 열심히 하는 것 같았다. 보통 하루에 한두 시간씩 연습했는데, 이제는 세 시간 정도 하는 것 같았다. 독주회는 연주 시간이 길고 꽤 많은 준비가 필요했지만 그동안 연습했던 곡들이기에 준비하는 데 큰 어려움은 없었다.

　지역사회의 문화·예술 관계자들에게 초청장을 보내고, 방송과 언론에서 또 홍보를 해주고, 아이 학교에서도 적극적으로 협력해주었다. 공연장인 경상남도문화예술회관의 로비에는 생각하지도 못했던 지역 관계 기관에서 보내온 열 개 정도의 대형 축하 화환까지 진열되어 있었고, 1~2층 1,200여 석의 공연장은 입추의 여지 없이 관객들로 가득 차서 좌석이 모자라 뒤에서 서서 보는 분들도 많았다.

그날 나도 맨 뒤에 서서 관람했다. 부모들과 아이들이 많이 왔지만 조그만 아이가 연주하는 게 신기했는지 그렇게 시끄럽지도 않았다. 주영이의 특이한 개성과 카리스마 넘치는 연주에 일반 청중들도 점점 빠져들어 가는 것 같았다.

이 지역 대학의 모 교수는 초등학교 5학년생이 바이올린 독주회를 하는 것은 이 지역에서 역사상 없었던 일이라며 호기심에서 왔다면서 축하해주었다. 이날의 연주회는 시종일관 축하 잔치 분위기였고, 연주회 시작 전에 시장님이 나와서 친히 축하의 메시지를 전하기도 했다. 키가 워낙 작아서 멀리서 아이의 얼굴도 잘 보이지 않았지만, 아무튼 이날의 첫 독주회는 성공적으로 잘 마쳤다. 연주 후에 MBC는 물론이고 KBS까지 아이의 연주 장면을 지역 뉴스에 방영해주었다. 개천에서 용 난 듯, 주영이는 어느 순간 이 지역의 자랑이요 학교의 자랑이 되었다.

이제 다시 12월에 초청받은 미국 산호세심포니오케스트라와의 협연을 위해서 준비해야만 했다. 2개월 정도 여유가 있어서 준비할 시간은 충분했다. 나는 연주회를 준비하면서 솔직히 여기서 또 무슨 일이 일어날지 무척 궁금하면서도, 한편으론 제발 이것으로 주영이의 바이올린과의 인연이 끝났으면 하는 마음도 들었다. 이 길로 빠지면 고생길이 훤하기도 하거니와 당시 우리 아이는 학교에서 공부도 잘했기 때문에 굳이 바이올린 전공이나 연주가의 길은 추호도 고려해본 적이 없었다. 연주가의 길이 얼마나 험난한지 너무나 잘 아는 나로서는 결코 원치 않는 길이었기 때문이다.

　주영이처럼 나도 어렸을 때부터 음악을 무척 좋아했다. 대여섯 살 때쯤인가 기타 치는 걸 보고 너무 신기해서 나무판에다 못을 치고 생고무줄을 걸고 하프처럼 튕기면서 가지고 놀았다. 초등학교 때는 하모니카를 잘 불었고, 중학교 때는 트럼펫도 불고 기타를 치기 시작해서, 고등학교 때 본격적으로 기타를 배웠다. 하지만 고등학교 후반기에 바이올린을 알게 되어 그 뒤로는 바이올린에만 집중했다. 하지만 실업계 고등학교를 나온 나는 졸업 후 취업해서 10년 정도 직장생활을 하다가 음악이 너무 좋아서 취미로 하던 바이올린으로 스물아홉 살에 대학에 입학해서 본격적으로 공부하게 되었다. 그러나 좋아하는 내 마음과 달리 바이올리니스트가 되는 길은 너무나 힘들었다. 그래서 대학 졸업 후 대학원에서 음악교육학을 전공하고 서울 모 대학에서 잠시 강사로 있다가 진주에서 음악학원을 경영하면서 학원에만 집중했던 것이다. 그런 나이기에 주영이의 앞날이 더욱 걱정되었던 것이다.

　아무튼 이제 미국으로 갈 날이 점점 다가오고 있었다. 아이는 이미 준비가 다 되었고, 마음은 다시 설레기 시작했다.

첫 미국 데뷔를
2,700석 대형 무대에서 하다

　그해 12월 방학 일주일 전쯤 산호세심포니오케스트라 지휘자와의 약속을 지키기 위해 우리는 다시 미국행 비행기에 몸을 실었다. 멘델스존의 《바이올린 협주곡 e단조 Op. 64》를 협연하기로 되어 있었고, 이미 음악 캠프에서 우승할 때 이 곡을 오케스트라와 협연했기에 준비에는 별 어려움이 없었다.

　하지만 이번 연주는 음악 캠프가 아닌 정식 미국의 A급 오케스트라와의 협연이 아닌가! 보통으로 준비해서 될 일이 아니었다. 그래서 우리는 며칠 일찍 미국에 도착해서 음악 캠프의 지도 교수였던 할머니 교수를 만나서 매일 레슨을 받은 후 그 교수와 함께 우리 부부, 주영이 고모와 조카까지 모두 여섯 명이 로스앤젤레스에서 산호세로 갔다.

　공항에 도착하자마자 어떤 한국 여자분이 우리를 마중 나왔다.

차를 타고 가면서 그분이 우리에게 물었다.

"이 아이가 어떻게 해서 여기까지 오게 되었는지 아세요?"

"국제 음악 캠프에서 만난 심포니 지휘자와의 협연 약속이 있어서 왔어요."

그렇게 대답하니까 그분이 다음과 같은 전말을 들려주었다.

"이 도시에는 클래식 음악을 사랑하는 사람들의 모임인 '코리아 비전'이란 협회가 있습니다. 회원이 약 스무 명 정도 되죠. 어느 날 산호세심포니오케스트라의 지휘자 레오니드 그린(Leonid Grin)이 와서 자기가 미시간 주 국제 음악 캠프에서 한국의 어린 천재 소년 바이올리니스트를 만났다면서 그 아이가 자기네 산호세심포니오케스트라와 협연할 수 있도록 후원해달라고 부탁했어요."

지휘자가 직접 천재 소년을 만났다고 하니까 믿고 후원하기로 해서 여기까지 오게 되었다는 것이었다. 그러면서 자기들은 지금까지 한국의 유명한 교수나 연주가들을 이곳에 초청해서 산호세심포니오케스트라와 협연을 여러 차례 했지만 이번처럼 어린아이를 후원하게 된 것은 처음이라면서 자초지종을 자세히 이야기해주었다.

이 말을 들으며 내 머리에 섬광처럼 떠오르는 것이 하나 있었다. 그 지휘자가 음악 캠프에서 주영이를 불러서 맨 먼저 물어본 것이 "너는 어디서 왔니?"라는 질문이었다. 만약 한국이 아니고 일본이나 중국이었다면 그것으로 끝이었음은 말할 것도 없었다. 그러나 한국에서 왔다고 대답하니까, 자기네 오케스트라와 협연하자는 말을 했던 것이다. 이 아이를 후원해줄 수 있는 배경이 있었기 때문에 협연이 가능했다는 것을 알게 되었다.

멀리 한국 땅에서 미국까지의 교통비, 호텔비, 연주 출연료 그리고 산호세심포니오케스트라의 후원 등 이런 재정적 부담을 해결해주지 않는다면 아무리 천재라 하더라도 무명의 아이를 낯선 지역의 연주 무대에 세운다는 것은 전혀 불가능한 일이다.

그녀는 우리를 이 도시 최고의 호텔로 인도했는데 얼마 전에 클린턴 대통령이 묵었던 곳이란다. 당시 우리는 별로 호텔에 간 적이 없어서 잘 몰랐지만 대단한 수준의 호텔이었다. 주영이는 동갑내기 사촌과 같이 와서 그런지 연주하러 왔는지 놀러 왔는지 모를 정도로 풍성한 호텔 음식을 마음껏 즐기면서 신나게 시간을 보냈다. 딱 한 번의 리허설과 당일 잠시 맞춰보고는 바로 연주를 하게 되었다.

그런데 당일 연주 프로그램을 보니 주영이의 연주곡목이나 이름이 전혀 쓰여 있지 않았다.

이게 어찌 된 일이지? 한국에서 미국까지 연주하러 왔는데 프로그램에 이름도 없는 무슨 이런 희한한 일이 있단 말인가. 어처구니가 없었다. 마음이 편치 않았다.

무슨 이유가 있겠지, 하며 마음을 가라앉힌 후 물어보았더니, 지휘자가 이렇게 설명해주었다. 오늘 이 아이의 연주는 청중들을 깜짝 놀라게 해주는 특별 이벤트로서 갑자기 어린아이가 나와서 그의 천재적인 재능을 통해서 청중들을 놀라게 한다는 것이 자신의 생각이라고 말해주었다. 그래서 프로그램 순서에도 일부러 넣지 않았다고 했다. 그의 설명을 듣고 이해는 되었으나 과연 그런 일이 일어날지 나는 마음을 놓을 수 없었다.

드디어 주영이의 연주 순서가 되었다. 지휘자가 나와 한국에서 온 어린 천재 소년의 연주를 듣게 된다고 소개한 후, 주영이의 이름을 불렀다. 주영이가 등장하자, 청중들은 놀란 듯 박수로 환영했다. 이날 공연장은 산호세 지역의 디앤자칼리지 플린트센터였는데 2,700여 석이나 되는 큰 홀에 입추의 여지 없이 청중들로 가득 찼었다.

이런 큰 무대에 어린 녀석이 생전 처음 서니까 떨리겠다는 생각을 하고 있는데, 아이보다 오히려 내가 더 떨리는 것 같았다. '혹시나 실수하면 어떡하나? 천재라면서 지휘자가 보장하고 데려온 아이 아닌가. 더구나 한국도 아닌 낯선 미국에서 첫 정식 데뷔 연주를 하는 건데……. 청소년 오케스트라도 아닌 일반 성인 수준급 오케스트라가 아닌가.' 그러나 리허설 때처럼만 해주면 괜찮겠다는 믿음으로 아이의 연주를 지켜보았다. 아내는 내 옆에서 얼굴을 들지 못하고 계속 기도만 했다.

멘델스존의 《바이올린 협주곡 e단조 Op. 64》의 제1악장 〈알레그로 몰토 아파시오나토〉만 연주하기로 되어 있었다. 주영이는 전혀 흐트러짐 없이 침착하게 좋은 출발을 보이고 있었다. 한 부분이 끝날 때마다 할머니 교수는 두 손을 모으고 하늘에 감사의 표시를 하는 것 같았다. 드디어 마지막 부분 클라이맥스에 도달했다. 이 녀석은 더욱 힘있게 혼신을 다해 열정적으로 자신의 특이한 제스처로 마무리를 잘 장식했다.

연주가 끝나자 우레와 같은 환호와 기립 박수가 터져 나와 장내가 온통 떠나갈 것 같았다. 모든 긴장이 한순간에 사라지면서 안도의 한숨이 흘러나왔다. 식은땀이 흐르는 것 같았다. 지휘자의 계획대로 오늘의 주인공은 바로 주영이가 된 셈이었다. 이렇게 많은 군중 속에 한국인이라곤 코리아 비전 협회 회원들 외에는 거의 보이지 않았다. 아마 한인 사회에는 홍보가 되지 않은 것 같았다.

연주회가 끝나고 리셉션에서 지휘자는 주영이를 안고 사진을 찍고 아주 잘했다고 칭찬을 아끼지 않았다. 코리아 비전 협회 회장인 이여배 사장님은 너무나 감동적인 연주였다면서 내년에는 주영이를 정식으로 초청해서 모차르트의 《바이올린 협주곡 제5번》 전 악장을 협연하겠다고 말했다. 게다가 공식적인 연주회를 이틀간 한다는 것이었다. 전혀 예상치도 못했던 일이 또다시 벌어지고 있었다.

코리아 비전 협회 회장은 서울대 음대 출신이라고 자신을 소개하며 자신의 친구가 한국의 예원학교 신경욱 교장이라면서 한국에 가면 꼭 그분을 만나서 한국에서 가장 훌륭한 바이올린 교수를 소개받아 잘 연습해서 올 수 있도록 미리 연락을 취해놓겠다고 말했다.

공연 날짜는 그 이듬해 4월이었다. 3개월 정도면 충분한 기간이었고, 우리는 다시 부푼 가슴을 안고 서울행 비행기에 오를 수 있었다.

한국인의 날 산호세심포니오케스트라 오주영 초청 연주회

　주영이는 내년 4월 다시 산호세심포니오케스트라와의 협연을 위해 남은 약 3개월 동안 모차르트의 《바이올린 협주곡 제5번》을 준비해야만 했다. 누구나 하는 모차르트 바이올린 협주곡이지만 사실은 가장 힘든 곡이다. 산호세의 코리아 비전 협회 회장님이 말씀한 대로 서울예고 신 교장에게 전화를 했다. 그분은 이미 미국에서 전화를 받고 주영이에 대해서 잘 알고 있었고, 곧 서울로 오라고 해서 우리는 서울에서 교장 선생님을 만나게 되었다.

　그분은 주영이를 내년에 예원으로 꼭 보낼 것을 신신당부하면서, 서울대 이종숙 교수를 만나보라고 했다. 그래서 다시 우리는 이종숙 교수를 만나서 약간 대화를 나눈 후 그분 앞에서 바이올린 연주를 했다. 잠시 주영이의 연주를 듣고 난 교수님은 일반 애들과는 다른 특별한 점이 있는 것 같다면서 최선을 다해 지도해주겠다고 약속하셨다. 그래서 매주 한 차례 서울까지 비행기를 타고 다니면서 지도를 받았고 정말 열심히 준비했다.

2개월 정도 지나니 곡에 대해 자신감이 생겼고, 거의 완벽하게 연주를 할 수 있게 되었다. 우리는 다시 미국행 비행기를 타고 로스앤젤레스 지역의 그 할머니 교수에게 가서 며칠간 지도를 받은 다음, 우리 일행은 목적지인 산호세로 다시 가게 되었다. 그때 한 가지 흥미로운 일이 있었다. 그곳을 가기 위해 LA공항 대합실에서 출발 시간을 기다리고 있었는데 어떤 미국 여자분이 바이올린을 갖고 있는 주영이를 보고는 손짓으로 와보라고 했다. 가니까 다른 한 손으로 뭔가를 가리켜서 그쪽으로 가보니 이작 펄만이 서 있는 게 아닌가!

그분은 아마 바이올린을 하는 아이라면 이작 펄만을 잘 알겠지 하는 생각에서 주영이에게 손으로 가리켜준 것 같았다. 그렇다. 주영이는 그 당시 여러 연주가들 중에서 이작 펄만을 제일 좋아해서 그의 연주 흉내를 가장 많이 냈다. 그런 사람을 지금 직접 만날 수 있다니, 얼마나 가슴이 벅찼을까 하는 생각이 들었다.

같이 동행한 주영이 고모가 이작 펄만에게 말했다. 이 아이도 지금 산호세심포니오케스트라와 협연하기 위해 가는 길이며, 당신을 좋아하는 팬이라고 하면서 같이 사진을 찍을 수 있겠느냐고 물었다. 펄만은 흔쾌히 허락했고, 세계 제일의 바이올리니스트와 같이 사진을 찍을 수 있는 영광을 얻게 되었다. 그리고 주영이에게 손짓으로 펄만을 가리켜 알려주셨던 그분은 바로 펄만의 부인이었고, 펄만보다 나이가 약간 많아 보였다.

목적지에 도착한 우리는 초청한 관계자들과 만난 자리에서 놀라움을 금치 못했다. 이번 연주는 '한국인의 날 산호세심포니오케스트라 오주영 초청 연주회'라는 제목으로 그 지역의 『한국일보』와 『중앙일보』에 대서특필로 홍보되어 있었고, 기사도 대단하게 나와 있어서 약간 어리둥절했다.

또한 연주도 이틀간 연속으로 하게 되어 있었다. 아마 작년에 한국인 사회에 별로 홍보하지 않고 개최했기 때문에 이번에는 제대로 하기 위해서 그런 타이틀을 붙인 것 같았다. 또한 한국인의 재능과 긍지를 미국인들에게 알리려는 뜻이 부여된 이번 연주회는 작년보다 오히려 더 큰 비중을 갖고 있었다.

드디어 작년과 같은 장소에서 첫날 밤 연주가 시작되었고, 여전히 그 많은 좌석은 꽉 차 있었다. 그리고 그다음 날도 좌석은 여전히 입추의 여지가 없었다. 지난번의 경험이 있었기에 주영이는 약간 늠름한 모습으로 흰 턱시도를 입었던 작년과는 달리 이번에는 검은 턱시도를 입고 등장했다. 이틀간의 연주는 모두 성황리에 그리고 작년과 마찬가지로 대단한 반응 속에 잘 마쳤다. 연주 후에 리셉션이 있었는데 그 자리에는 그 지역의 국회의원, 시의원 등 정치가들과 유지들이 초빙되었고, 그 많은 사람들 속에 오주영의 부모라면서 우리 부부를 불러내어 소개시키면서 환영해주었다.

한국인으로서의 자부심과 긍지를 갖게 해주는 순간이었다. 한 어린 연주자를 위해 재정적으로 많은 후원을 하면서까지 이런 행사를 갖게 한다는 게 결코 쉬운 일이 아니다. 코리아 비전 협회 회원들의 음악 사랑과 한국인으로서의 위상을 심어주고 싶은 열정이 없었다면 어떻게 이런 일이 가능할 수 있었겠는가.

한 분 한 분 정말 고마웠다. 주영이와 아무런 관계도 없는 분들이 생면부지의 한 아이를 위해 그토록 큰 관심을 보여주고, 이렇게 뜻깊은 행사를 치르게 된 것은 같은 한국인이란 피가 흐르고 있었기 때문이리라.

이번 연주회를 통해 한국의 한 어린 연주자가 펼친 작은 카리스마는 많은 미국인들의 가슴속에 아마 오래도록 간직될 것이란 생각을 하면서 우리는 코리아 비전 협회 회원들과 아쉬운 작별 인사를 나누고 다시 공항으로 출발했다. 이렇게 해서 '한국인의 날 산호세심포니오케스트라 오주영 초청 연주회'는 막을 내리게 되었다.

"너는 어디서 왔니?"

산호세심포니오케스트라와 공연을 잘 마치고 한국으로 돌아온 우리는 인사차 지도해주신 서울대 이종숙 교수를 만나러 갔다. 이때 이 교수님은 이렇게 물었다.

"이화경향음악콩쿠르에 나갈래, 아니면 서울시향 협연 오디션에 나갈래?"

나는 잠시 생각하다가, 콩쿠르보다는 연주를 더 선호하기 때문에 서울시향 협연 오디션에 나가고 싶다고 대답했더니 그렇게 하자고 하셨다.

물론 '이화경향음악콩쿠르'도 유명하지만 이번에 이루어진 연속적인 연주 경험을 살려서 이왕이면 서울시향 협연이 아이에게는 더 좋을 것 같았다. 사실 나는 콩쿠르보다는 연주에 더 관심이 많았다.

한 달 정도 준비 기간이 있었다. 그때 지정곡이 모차르트의 바이올린 협주곡 중에서 선택하게 되어 있었다. 이미 연주한 경험이 있는 《바이올린 협주곡 제5번》을 선택해서 다시 레슨을 받으면서 준비했다. 마지막 레슨을 하면서 이 교수님이 "이번에 너를 뽑아 주지 않으면 서울시향 문 닫으라고 해!"라고 웃으면서 농담조로 말하기도 했다.

드디어 오디션 날짜가 되었다. 오디션 부분은 피아노, 바이올린, 첼로였는데 바이올린에는 스물두 명이 참가했다. 주영이 순서는 열여덟 번째였고, 드디어 차례가 되어 들어가서 연주했다. 밖에서는 잘 들리지 않아 문에 귀를 대고 들었는데 아주 작은 소리가 희미하게 들릴 뿐이었다. 그런데 1악장을 끝까지 연주하지 않고 커트를 당한 것 같았다. 대개 커트하긴 하지만, 그래도 제대로 연주했다면 끝까지 들었을 텐데……. 뭔가 석연치 않아서 커트를 당한 게 아닌가 하는 생각이 들었다. 그래서 아이가 오디션을 마치고 나오자마자 다그치며 물었다.

"주영아, 너 무슨 잘못한 부분이라도 있었니?"

주영이는 고개를 저으면서 이렇게 대답했다.

"잘 모르겠는데요."

"뭔가 잘못했으니까 커트를 당했지. 그렇지 않으면 왜 끝까지 듣지 않았겠니?"

그렇게 말하면서 약간 화를 냈다. 그러자 녀석의 큼직한 두 눈에서 닭똥 같은 눈물이 뚝뚝 떨어졌다.

그 모습을 보고 오디션 순서 진행자가 위로해주었다.

"너 왜 울어? 연주 잘한 것 같은데……."

나중에 주영이는 이렇게 설명했다. 연주 중에 중지시키더니 심사위원 중 한 사람이 "너 어디서 왔니?" 하고 물어서 "진주에서 왔습니다"라고 대답했단다. 그랬더니 "뭐? 어디라고?" "경상남도 진주요." "아~ 진주……. 그래. 잘 알았다. 나가 봐!"라고 했단다.

그런데 결과를 당일 발표하는 게 아니라 일주일 후에 한다고 해서 결과가 더욱 궁금해졌다. 그런데 왜 그분은 "너 어디서 왔니?"라고 물었는지 의구심이 자꾸만 머리에 맴돌았다. 처음 보는 조그만 낯선 녀석이 생각 외로 연주를 잘해서일까? 아니면…….

드디어 마지막 남은 네 명의 아이들까지 다 마치자, 우리는 허탈한 심정으로 힘없이 출구로 나가고 있다. 그때 진행을 맡아 수고하시던 분이 오더니 이렇게 말했다.

"너 오늘 연주 잘한 것 같은데, 마음 편하게 집에 가서 연락 갈 때까지 기다리면 된다."

그분은 연주를 잘하고 우는 아이가 안쓰러웠던지 아이의 마음을 위로해주려고 하는 것 같았다.

며칠이 지나자 연락이 왔다. 두근거리는 가슴을 억제하면서 봉투를 열어보는 순간, '합격'이란 글씨와 함께 공연 날짜가 적혀 있었다. 당시 꿈만 같았던 서울시향과의 협연이 현실로 다가온 것이다. 한국의 역대 유명 연주자들이 대부분 서울시향 오디션 출신이란 걸 잘 알기에 이것은 또 하나의 값진 수확이 아닐 수 없었다.

그해 6월에 서울시향 오디션 합격자들은 세종문화회관 소극장에서 협연이 있었다. 가서 보니까 모두 여덟 명이 합격했다. 물론 초등학생 부문이다. 피아노 세 명, 첼로 두 명, 바이올린 세 명이었다. 모두 여학생들이고, 남자는 오직 주영이 혼자뿐이었다. 그야말로 청일점이었다. 그리고 주영이는 그중에서도 키가 제일 작았다. 프로그램을 보니 주영이가 맨 마지막 피날레를 장식하게 되어 있었다. 모두들 열심히 연주를 잘하는 것 같았다. 마지막 순서로 주영이가 등장했다. 오디션했던 모차르트의 《바이올린 협주곡 제5번》이었다. 처음 느린 부분을 지나 알레그로에서 상당히 빠른 템포로 질주하자 단원들이 갑자기 긴장하면서 맞춰나가는 모습이 역력했다.

주영이는 시종일관 눈을 감고 그의 특유한 표정을 지으면서 끝까지 잘 마무리를 지었다. 연주가 끝나자 마지막이라서 그런지 가장 많은 박수와 환호를 받은 것 같았다. 이렇게 해서 오주영이란 이름이 서울의 음악계에 첫선을 보인 무대가 끝이 났다. 이날의 연주를 축하하기 위해서 많은 분들이 참석해주었는데, 특히 서울대 이종숙 교수와 예원학교 신 교장, 그리고 그때 주영이를 후원했던 미국의 산호세 코리아 비전 협회 회장님이 때마침 한국 출장을 나와 함께 참석해 축하와 격려를 해주었다. 주영이와 묘한 인연이 얽힌 세 분을 한자리에서 만나는 기쁨을 서로 나누면서 기념사진도 찍었다.

이렇게 해서 주영이는 연속해서 미국과 서울의 무대에서 연주할 기회를 갖게 됨으로써 바이올린 연주가로서의 첫걸음을 디딘 셈이 되었다.

줄리아드학교 강효 교수와의
운명적 만남

　서울시향과의 협연을 마친 후 얼마 지나지 않아 서울대 이종숙 교수로부터 연락이 왔다. 미국 줄리아드학교 강효 교수가 서울대 음대에서 마스터클래스(masterclas)를 하는데 주영이 연주를 한번 보여주면 좋겠다면서 서울로 오라고 연락이 왔다. 그래서 우리는 서울대로 갔고, 주영이는 강 교수 앞에서 연주했다. 나는 밖에서 대기하고 있었는데, 연주를 다 들은 후 강효 교수는 나를 보자고 했다.

　그때만 해도 우리는 강효 교수라는 이름을 별로 들어본 적이 없었다. 단지 이종숙 교수로부터 줄리아드학교에서 오랫동안 교수로 재직하면서 이작 펄만, 나이절 케네디(Nigel Kennedy) 등 세계적인 음악가들을 키운 도로시 딜레이 교수와 함께 줄리아드학교에서 학생들을 지도한다고 들었을 뿐이었다.

　그때 강효 교수는 이렇게 말했다.

"주영이의 연주가 아이치고는 아주 특별해요. 이런 아이는 세계적인 연주가로 키워야 합니다. 줄리아드 예비학교(The Pre-College Division)에서 장학금을 받으며 공부할 수 있도록 도와드리겠습니다. 빨리 유학을 보내세요."

나는 전에 미국인 할머니 교수가 커티스 음악학교에 추천해주겠다고 했기에 그 이야기를 하면서 커티스 음악학교는 어떠냐고 물어보았다. 그가 잠시 생각하더니 이렇게 되물었다. 세계적인 연주가가 커티스 음악학교 출신이 많은지 줄리아드학교 출신이 많은지 생각해보라는 것이었다. 물론 줄리아드학교 출신이 많은 건 사실이다. 그래서 생각해보고 연락드리겠다는 말을 하고, 다시 집으로 돌아왔다.

이종숙 교수는 줄리아드학교로 가는 것이 좋겠다고 하면서 잘 결정하라고 했다. 이때가 초등학교 6학년 여름이었다. 이제 한 학기만 지나면 내년 3월엔 졸업인데, 과연 초등학교를 졸업하고 유학을 가야 할지 어떻게 해야 할지 보통 고민이 아니었다. 바이올린을 전공하리라고는 전혀 생각하지도 않았고, 게다가 조금도 그런 생각이 없었기에 큰 부담 없이 지내왔다.

그런데 강효 교수를 만난 이후부터 내 마음이 흔들리기 시작했다. 어린 것을 혼자 보낼 수도 없고, 그렇다고 아내와 같이 보내는 것도 별로 내키지 않았다. 아내는 음악하고는 전혀 관계가 없는 사람이었다. 게다가 지금까지 주영이의 음악에 관한 모든 것을 내가 도맡아 해왔었는데, 아무래도 내가 같이 가야만 될 것 같았다. 그렇다고 낯선 외국에서 남자 둘이서 무엇을 어떻게 할 수 있을까. 나는 몇 달 동안 아무리 생각해봐도 별 뾰족한 수가 없었다.

유학은 아이의 인생만 바뀌는 게 아니라 우리 부부의 인생도 바꾸는 것이었기 때문이다. 그러던 중 줄리아드학교 강효 교수한테서 어떻게 되느냐고 연락이 왔다. 보통 심각한 문제가 아니었다. 당시 나는 바이올린 음악학원을 시작한 지 5년쯤 되었고, 이제 어느 정도 자리가 잡혀서 상당히 잘되어 가고 있는 중이었기에 더욱 고민이 되었다. 특히, 아들 주영이가 국제 음악 캠프 콩쿠르에서 우승한 후 전국적으로 매스컴을 타면서 진주에서 모르는 사람이 없을 정도로 유명해지자 학생 수도 많이 늘면서 학원도 덩달아 잘되고 있었다. 그래서 당시 미국을 간다면 황금밭을 포기하는 정말 말도 안 되는 상황이었다. 그러면서 한편으로는 주영이를 세계적인 연주가로 키워야 한다는 강효 교수의 말이 계속 머릿속을 혼란스럽게 하고 있었다.

한편으로는 이런 생각도 들었다. 이런 지방 출신의 아이가 어떻게 세계적인 인물이 될 수 있단 말인가. 지금까지 완전히 날림 공사로 가르친 아이가 아닌가. 기초가 튼튼하지 않으면 언젠간 무너진다는 건 명백한 사실. 아니 진리이거늘. 이 녀석도 언젠간 무너질 텐데…… 그 아픔을 어떻게 견뎌야 한단 말인가. 별별 생각들이 내 가슴을 짓눌렀다. 그러면서도 한편으론 '그래도 강효 교수가 키우겠다고 했으니까 지금부터 다시 시작해도 늦지는 않을 거야'란 생각을 하며 나 스스로 위로하고 있었다.

아무리 기도해도 해답을 얻을 수 없었다. 지금 내 나이 불혹을 훨씬 넘긴 상태에서 미국 가서 무얼 하고 살 것이며, 그 많은 생활비는 어떻게 충당할 것인가. 그리고 과연 아이를 위해 우리 부부의 인생을 포기하고 전부를 걸어야만 할까. 유학 비자로 간다면 미국

체류 기간 동안 부모들은 제한을 받기 때문에 왔다 갔다 해야 하는 등 여간 불편한 게 아니었다. 이런 와중에 번개처럼 내 머리를 스쳐가는 게 하나 있었다.

다름 아닌 미국에 사는 주영이 고모가 한 10년쯤 전에 미국에 와서 살고 싶으면 오라고 초청장을 보내온 게 있었다. 하지만 나는 미국에 갈 생각이 전혀 없어서 감쪽같이 잊고 10년을 보냈었다. 그래서 즉시 외무부에 연락해서 그 초청장이 지금 어떤 상태에 있는지 문의했더니, 앞으로 30일 후에는 완전히 소멸되니 지금 빨리 수속을 밟아야 된다고 했다. 이게 과연 하늘의 섭리가 아니면 뭐란 말인가. 이런 상황에서 어찌 수속을 하지 않고 포기할 수 있을까.

우리는 일단 수속을 밟기 시작했고, 한 달 만에 바로 비자가 나왔다. 이제 어쩔 수 없이 유학을 갈 수밖에 없는 상황인지라, 강효 교수에게 연락했다. 내년 3월 졸업하면 바로 그곳으로 가기로 했다고 하니까, 잘 결정했다면서 환영했다.

그러나 답답한 게 한두 가지가 아니었다. 뉴욕에 아는 사람이라곤 아무도 없는데 막상 어디에 정착하며, 어떻게 생활의 근거를 마련할 것인가. 당장 공항에 나와서 우리를 안내해줄 사람조차 없는데……. 그래서 일단 로스앤젤레스의 주영이 고모 집으로 가서 그 뒷일은 거기서 해결하기로 했다.

줄리아드학교로
조기 유학을 떠나다

이제 바이올린으로 인생의 승부를 걸기로 한 이상, 미국 가기 전에 제대로 레슨을 받고 가야 한다는 생각이 들어서 주영이 음악 선생님을 찾기 시작했다. 전처럼 서울까지 장기간 다니기에는 너무 멀고 부담스러워서 가까운 지역에서 찾기로 했다. 때마침 당시 부산시립교향악단 악장이 미국에서 온 지 얼마 되지 않았고, 실력도 있다고 해서 그분을 찾아가 레슨을 받기 시작했다.

나는 그분께 미국으로 유학 간다는 말을 하고, 레슨 후 집에 가서 혼자 연습할 때 도움이 되도록 레슨하는 걸 비디오로 찍을 수 있게 사전에 양해를 구했다. 그리고 나는 큰 비디오카메라를 공공칠가방에 넣고 다니면서 찍기 시작했다. 당시에는 작은 비디오카메라가 없는 시절이었다. 레슨 후 집에 와서 리뷰하면서 연습을 했다. 10개월 정도 레슨을 받았는데, 이 기간이 유일하게 제대로 레슨을 받은 기간이었다. 아이의 기초가 조금씩 잡히는 것 같았다. 그러나 이때도 연습곡은 전혀 하지 않았고, 이탈리아의 바이올린 연주자이자 작곡가인 파가니니(Niccolò Paganini, 1782~1840)의 《바이올린을 위한 스물네 개의 카프리스(24 Caprices for Solo Violin)》 중 몇 곡을 배웠다. 마지막 레슨을 마칠 때 그분은 이제 줄리아드학교로 가서 유명한 콩쿠르도 나가고, 세계적인 바이올리니스트가 되라고 격려해주었다. 이분이 바로 그 후에 KBS교향악단의 악장이 된 김복수 선생님이다.

주영이의 음악 공부를 위해 미국으로 가기로 결심을 굳히기는 했지만 여전히 마음이 편치는 못했다. 노모를 동생에게 맡기고 가야 하는 현실적 상황이 마음을 무겁게 짓눌렀던 것이다. 또한 그야말로 잘되는 음악학원을 그냥 포기할 수도 없어서 같이 일하던 분을 원장 대리로 학원 경영을 맡기고 우리 가족 셋은 1994년 4월 로스앤젤레스행 비행기를 타고 미국으로 향했다.

나는 주영이가 어느 정도 크면 다시 돌아와 한국에서 살아야 된다는 신념이 있었기에 당시 미국 이민 가면 숟가락 몽둥이까지 다 가져간다는데 우리는 아무런 짐도 가져가지 않고 한 사람이 가방 두 개씩만 달랑 들고 갔다. 그 안에는 우리가 입을 옷 외에는 아무것도 넣지 않았다.

LA공항 입국 심사에서 바로 임시 영주권을 받을 수 있었고, 주영이 고모 집에서 임시로 거처하게 되었다. 주영이는 사촌이 다니는 학교에 여름방학까지 다니면서 영어를 익혔다. 그리고 전에 음악 캠프에서 주영이를 지도했던 할머니 교수에게 일주일에 두 차례 두 시간씩 집중적인 레슨을 받았다. 그래도 주영이는 지루한 줄

모르고 잘해내고 있었다. 비록 짧은 몇 개월 정도였지만 여러 개의 바이올린 협주곡과 어려운 소품들을 여러 곡 소화해내고 있었다. 그리고 여태껏 한 번도 연습곡은 공부해본 적이 없었는데 바로 이 때 『크로이처(Kreutzer)』 연습곡 한 권을 끝내게 되었다. 연습곡 공부는 이것이 처음이자 마지막이었다.

그리고 로스앤젤레스 한인 음악가 협회 주최로 연주회를 갖게 되었는데 이것이 미국에서의 첫 연주회가 되었다. 방학이 되자 6월에 주영이는 작년에 갔던 미시간 주 인터라켄 국제 음악 캠프에 할머니 지도 교수를 따라 또다시 참석했다. 그곳에서 중등부 콩쿠르에서 또다시 우승해서 유스 오케스트라와 협연을 했고 부상도 받았다.

9월에 새 학기가 시작되기 때문에 우리 가족은 8월에 뉴욕으로 가야 했고, 주영이는 음악 캠프장에서 바로 뉴욕으로 오도록 되어 있었다.

나는 주영이가 오기 전에 우리가 살 집을 구하고, 모든 준비를 해야 했기에 마음이 바빴다. 누가 우리를 마중 나올 것인가. 아는 사람이라곤 누구 하나 없는 그곳에서……. 한참 고민하다가 할 수 없이 한 교회에 연락해서 도움을 요청했더니, 한 분을 공항으로 보내어 우리를 픽업해주시겠다고 했다. 그분이 우리를 뉴욕 맨해튼 가까운 뉴저지 어느 교인의 집에 데려다주었다.

우리는 그 집에서 2주일간 머물면서 부동산을 통해 집을 구하기 위해서 여러 집을 둘러보았지만 별로 마음에 드는 집을 찾을 수 없었다. 하지만 더 이상 남의 집에 신세를 질 수도 없어서 마지막으로 한 집만 보고 어느 집이든 결정하기로 마음먹고 가봤는데, 우리의 마음에 딱 들었다. 그래서 바로 계약하고 짐을 옮겼다. 짐이라고는 달랑 가방 여섯 개뿐이라 이제 모든 가정생활용품을 구입해야만 했다. 당장 차도 없고 길도 모르는데 어떻게 그 먼 거리를 다니면서 그 많은 물건들을 사야 할지 너무나 막막했다.

하지만 하늘의 섭리는 아직도 우리 곁에 있었다. 하루는 어느 분이 자기가 며칠 전에 직장을 관두었다면서 요즘 시간이 남으니 무엇이든지 도와주겠다는 것이었다. 우리 부부의 고민이 한순간에 사라졌고, 너무 고마워 말로 표현할 수 없었다. 그분의 차로 필요한 모든 생활용품들을 이곳저곳 다니면서 모두 준비할 수 있었다. 그럭저럭 지내고 보니, 약 한 달 정도 기간이 소요된 것 같았다. 주영이가 음악 캠프에서 돌아오면 첫인상이 좋도록 방을 잘 정돈하고 꾸몄다.

주영이가 오기 전에 학교 수속도 미리 해두어야만 했기에 주영이가 다닐 학교가 어딘지 몰라서 궁금했다. 만약 거리가 멀면 보통 문제가 아니었다. 미국에서는 주로 부모들이 아이를 차에 태워 학교까지 데려다주고 데려오기 때문이다.

그런데 정말 신기한 것은 여러 집을 구경해봐도 마음에 들지 않아 최종적으로 결정한 그 집이 알고 보니 주영이가 다닐 중학교 바로 옆이었다. 즉, 두세 집만 지나면 바로 학교였다. 나는 그 옆을 지나가면서 1층 건물이 길게 늘어서 있기에 무슨 회사가 있는 줄 알았는데, 그게 학교라니……. 미국은 한국하고는 학교 건물이 완전 딴판이었다. 걸어서 1분도 안 걸리는 거리였다. 이 얼마나 놀라운 일인가! 그리고 은행은 바로 집 위쪽으로 걸어서 2분 정도 거리였고, 시장은 걸어서 5분 정도 거리니 어떻게 이런 장소에 우리가 오게 되었는지 그저 감사할 뿐이었다. 만약 교통이 불편한 지역에 집을 얻었다면 얼마나 힘든 미국의 첫 생활이었을까. 생각만 해도 아찔했다. 이곳이 바로 조지워싱턴다리 지나면 나오는 포트리(Fort Lee)라는 도시였다. 한인들이 많이 살고 있어서 생활에 별로 불편함이 없어서 마치 '미국 속의 한국'으로 착각할 수 있는 바로 그런 곳이었다.

2 악장

청소년기 오주영의 음악적 성장

1 주영이는 삼성문화재단에서 설립한 악기은행의 첫 수혜자가 되어 명기 스트라
  디바리우스를 대여받아 몇 년간 잘 사용할 수 있었다.

2 안식년임에도 불구하고 주영이와 협연하기 위해 지휘를 맡은 LA필하모닉의 에
  사페카 살로넨과 연주자 오주영이 청중의 기립 박수에 인사하고 있다.

3 거장 주빈 메타는 주영이를 특별한 재능을 지닌 어린 바이올리니스트리면서 장
  래가 밝고 크게 성공할 가능성이 있다고 했다.

너는 오직
바이올린만 연습해라

음악 캠프에서 돌아온 주영이는 자기 방이 마음에 든다며 만족해했다. 그리고 책상머리에 이런 글까지 붙여 놓았다.

"Do not forget God!"

아마 새로운 마음으로 미국 생활을 해보겠다는 아이 나름의 결심인 것 같았다. 주영이는 모태 신앙인으로 태어나서 그런지 어릴 때부터 신앙심이 깊었다.

주영이는 일주일에 한 번씩 줄리아드 예비학교로 가서 레슨을 받았고, 학교에도 잘 적응해 나갔다. 학교 갔다 오면 오후 2시 40분쯤 되는데, 잠시 쉬었다가 3시부터 바이올린 연습에 들어가서 저녁 11시 30분까지 연습했다. 식사 시간과 휴식 시간을 제외하면 보통 일곱 시간 정도 연습한 셈이었다.

하루는 주영이가 바이올린 연습을 마치고 잠을 자지 않는 것 같아서 방에 들어가 봤더니 공부를 하고 있었다. 피곤할 텐데 의아스러워서 물었다.

"주영아, 왜 아직까지 자지 않고 있어?"

그랬더니 주영이는 이렇게 대답했다.

"아빠, 이왕 미국까지 왔는데 공부도 잘하고 싶어요."

나는 그런 말을 하는 주영이를 야단치면서 다그쳤다.

"네가 여기 바이올린 하러 왔지, 공부하러 왔니?"

나도 이제 마음이 달라졌다. 여긴 한국이 아니다. 재미삼아 바이올린 하는 시대는 끝났다. 네 운명과 우리 부부의 운명이 함께 달린 문제가 아닌가. 그래서 이렇게 말했다.

"공부는 보통 정도만 하면 되니까 신경 쓰지 말고, 너는 오직 바이올린만 연습해라!"

그러자 아이는 이렇게 말했다.

"네, 알겠어요. 근데 아빠, 학교 숙제는 해야 돼요."

"학교 숙제는 우리가 알아서 다 해줄 테니까 너는 걱정하지 말고 잠이나 자라."

그렇게 대답한 이후부터 아이의 숙제를 아이 엄마와 내가 나누어 해주었다. 매일 숙제가 있었고, 중학교 사회와 과학은 상당히 어려웠다. 그래서 사회 계통은 내가 하고, 생물 계통은 간호사 출신인 엄마가 해주었다. 우리 부부가 영어에 능통한 것도 아니므로 적당히 교과서를 보고 그대로 베껴주었다. 주영이는 집에 와서 오로지 바이올린만 연습하도록 했다. 이렇게 해서 1년이 지나가고 있었다. 숙제를 책 보고 베껴주었음에도 7학년(우리나라 중학교 1년)을 무사히 마치고 8학년이 되었다. 역시 이때도 우리가 숙제를 대부분 해주었다.

우리가 무식해도 보통 무식한 게 아니었다. 아이의 숙제를 부모가 해주는 게 미국 사회에서 가당키나 한가. 이것은 아이를 바보로 만드는 길이다. 무식하면 용감하다고 했던가. 주영이는 학교만 갔다 오면 그저 바이올린만 연습하고 있었다. 물론 주말에는 시간적 여유가 있어서 자전거를 타기도 하고 농구를 하기도 했다. 중학교 때는 키 좀 크라고, 특히 농구를 많이 했다. 그러나 키는 별로 크지 않았다. 한국에서는 초등학교 5학년 때부터 풀 사이즈 바이올린을 사용했는데, 강효 교수는 그 바이올린이 아이에게 너무 크다면서 중학생인데도 다시 4분의 3을 사용하게 했다. 강효 교수는 일본의 여성 바이올리니스트 미도리(Midori)가 사용했던 4분의 3 바이올린 '갈리아노(Gagliano)'를 시카고 스트라디바리 협회(Stradivari Society)로부터 대여받아서 사용할 수 있도록 해주었다. 즉, 미도리의 바이올린을 주영이가 사용하게 된 것이다.

강효 교수가 한번은 이렇게 말했다.

"주영이는 특별합니다. 가슴에 음악이 흐르고 있는 특별한 아이입니다. 앞으로 좋은 일이 많이 생길 겁니다. 내니시넌트에 들어가면 1년에 굉장히 많은 연주를 하게 될 것입니다."

그분의 이런 말을 듣고 나의 가슴은 기대로 부풀었다.

우리는 이곳에서 첫 여름을 맞이하면서 말로만 듣던 그 유명한 아스펜음악제에 강효 교수의 추천으로 장학금을 받으며 참석하게 되었다. 그곳은 아름답기로도 유명해서 관광지로 알려져 여름 한철 음악을 좋아하는 일반인들도 많이 오는 곳이었다. 그때 주영이는 협연자로 등록되어 카미유 생상스의 《바이올린 협주곡 제3번 b단조 Op. 61》의 제1악장을 연주하게 되었는데, 유스 오케스트라지만 대개 고등학생이나 대학생들로 구성되어 있어서 꽤 수준이 높았다. 조그만 녀석이 맘껏 휘두르는 활과 끝부분의 마무리를 아주 멋진 동작을 써가며 했는데 '대체 저런 폼은 어디서 나올까?' 하는 생각이 절로 들었다. 그래서 지금도 '자식, 요즘도 그런 멋진 폼을 구사하지……' 하는 푸념이 나올 때가 있다. 그러나 주영이 녀석은 그런 것은 어릴 때나 하지 다 커서는 어울리지 않는단다.

연주가 끝나자 박수와 브라보를 외쳐대는데, 저쪽에서 한국인 엄마 몇 명이 웅성거리고 있었다. 그중의 한 분이 "쟤, 어디서 온 애야?" 하고 놀라는 표정으로 말했다. 나중에 알고 보니, 그분은 우리가 잘 아는 어느 바이올리니스트의 어머니였다. "너는 어디서 왔니?"라는 말을 세 번째 듣는 순간이었다.

줄리아드 예비학교에 간 지 얼마 되지 않아 삼성문화재단의 '삼성영재 어워드'라고 해서 18세까지 계속 주는 장학금 수여식이 있었는데, 그때 바이올린은 주영이와 클라라 주미 강, 이유라가 대상자였고, 그 외 성악, 피아노 등이 있었다. 수상자가 한 사람씩 나와서 소품을 한 곡씩 연주하는 순서가 있었는데, 아이들의 수준이 대단했다.

이 당시 강효 교수의 어린 제자 중에 가장 주목받는 제자는 주영이와 클라라 주미 강이었다. 주미는 독일에서 왔는데 주영이보다 몇 살 아래였다. 주미 엄마와 나는 아이들의 레슨 시간에 만날 때마다 서로 아이를 키우는 입장에서 이런저런 이야기를 나누면서 지냈는데 어느 날부터인가 보이지 않아 궁금했는데 다시 독일로 돌아갔단다.

열네 살,
최연소로 YCA에서 우승하다

1996년, 우리가 줄리아드학교에 온 지 1년이 지났을 무렵 강효 교수가 뉴욕의 국제 콩쿠르 영 콘서트 아티스츠 오디션에 나가면 좋겠다고 제안했다. 이 콩쿠르의 정확한 이름은 '영 콘서트 아티스츠 인터내셔널 뮤직 오디션(Young Concert Artists International Auditions, 약어로 YCA)'이다. '영 아티스트'라는 말에 나는 '그래, 중고등학교 학생들의 대회라면 비록 지금 8학년(중학교 2학년)이라도 한 번 겨뤄볼 만하겠다'는 생각이 들었다. 우리는 강 교수의 제의에 따라 한 번 도전해보기로 하고, 본격적인 연습에 들어갔다. 당시 주영이는 웬만한 어려운 곡들도 쉽게 흡수해 버리는 놀라운 능력을 선보이고 있었다.

'영 콘서트 아티스츠 인터내셔널 뮤직 오디션'이 어떤 성격의 대회인지 잠시 살펴보자. 뉴욕에서는 대개 약칭인 'YCA'라고 부르는데, 1차 예선에서 3차 예선까지 약 2개월 반 정도 진행되는 장기간의 오디션이었다. 이해가 안 될 정도로 너무 기간이 길었다. '정말 희한한 콩쿠르도 다 있구나!'라고 생각했다. 예선이 끝나면 상당 기간 여유를 두고 준결승을 하고, 또 상당 기간 후에 결선을 하기 때문이었다. 그리고 이름 그대로 뮤직 오디션이었기 때문에 모든 악기, 성악, 작곡 등 전반적인 음악 분야에 걸쳐 참여할 수가 있었다. 또한 각 분야마다 심사를 해서 등수를 매기는 것도 아니고 정말 뛰어난 연주자라고 인정되면 심사 위원들이 선택한다. 예를 들어, 수백 명이 참여했다면 심사 위원들이 심사해서 특출한 참가자가 없다고 판단되면 그해에는 단 한 명도 뽑지 않을 수도 있는 그런 오디션이다. 그러니 일반 콩쿠르처럼 1·2·3등이란 등수도 없고, 대단한 실력이 있다고 인정되면 뽑는 것이다. 대개 수백 명이 참가하는데 모든 음악 분야를 합해서 몇 명 정도만 뽑는 그런 어려운 오디션이다. 주영이가 참가했을 당시에는, 특히 바이올린 부분에서 한국인으로서 김지연이 우승한 후 지난 6년간 단 한 명도 뽑히지 않아 대단한 관심이 집중되고 있었다.

어떻게 1~2년도 아니고 무려 6년 동안 단 한 명도 바이올린 우승자가 없었는지 아무리 생각해도 이해가 되지 않았다. 뉴욕에만 해도 줄리아드학교, 맨해튼 음대, 메네스 음대, 뉴욕주립 음대 , 볼티모어에는 피바디 음대, 보스턴의 뉴잉글랜드 콘서바토리 등 동부 지역에만 쟁쟁한 음대들이 많지 않은가. 그리고 전 세계에서 참여하는 대단한 실력가들이 많을 텐데, 지난 6년간 단 한 명도 뽑히지 않았다니. 도대체 얼마나 어려운 오디션이길래 그럴까 하는 생각이 들었다. 그래서 해마다 내로라하는 학생들이 기를 쓰고 참가하고 있으며, 특히 바이올린 부분에서는 초미의 관심이 집중된 오디션이라고 했다. 그리고 학생들이 그토록 이 오디션을 선호하는 이유는 여기서 우승하면 연주가의 길로 나가는 가장 좋은 관문이 되기 때문이다. 왜냐하면 3년간 연주 활동을 할 수 있도록 주최 측에서 매니지먼트해주기 때문에 실력만 있다면 프로 연주자로서 첫출발을 시작할 수 있는 좋은 기회가 될 수 있다. 그래서 심사 위원들도 등수로 뽑지 않고, 연주가로서의 자질을 갖춘 전망 있는 그런 젊은이를 선택한다.

지금까지 콩쿠르 참가 경험이 몇 번 있기는 했지만, 연주곡이 예선에서 한 곡, 본선에서 한 곡 정도로 가벼운 콩쿠르였다. 그러나 이번 YCA 오디션은 예선, 준결선, 본선까지 준비해야 할 곡이 보통이 아니었다. 바로크음악, 고전음악, 낭만주의음악, 현대음악까지 범위도 방대했다. 이렇게 많은 분량의 곡을 암기한다는 것도 문제였지만 단순한 연주가 아닌 오디션에 나갈 준비를 해야 하는 것은 아직 어린 주영이에게는 상당히 부담스럽고 힘겨운 일이라 부모로서 보기에 딱했다. 정말 매일 일곱 시간 정도 열심히 연습했다.

드디어 예선이 시작되었다. 이 콩쿠르는 참가자가 몇 시쯤 연주할 것인지 날짜와 시간을 미리 정해준다. 왜냐하면 너무 참가자가 많기 때문에 무작정 기다릴 수가 없기 때문이다. 주영이가 밖에서 차례를 기다리고 있는데, 어떤 아주머니 같은 분이 들어가기에 심사 위원인 줄 알았다. 그런데 알고 보니 대회에 참가한 사람이었다.

우리는 이 대회의 성격을 잘 몰랐기 때문에 '영 콘서트'라는 말이 들어 있어서 아마 중고등학생들의 콩쿠르일 것이라고 짐작했었다. 하지만 알고 보니, 나이 제한이 30세 이상도 가능한 대회였다. 그때 우리는 이 게임은 이미 끝난 거나 마찬가지라고 생각했다. 모두가 대학생 내지는 대학원생 이상 성인들인데 어린 녀석이—이때도 주영이는 키가 너무 작아서 미국 학생으로 치면 초등학생처럼 보였다—어찌 그들과 겨룰 수가 있단 말인가. 아무리 생각해봐도 말도 안 되는 그런 게임이었다. 왜 강효 교수가 고등학생들도 거의 없고 대학생 이상의 어른들만 오는 오디션에 어린 주영이를 보냈을까. 의아스럽기 그지없었다.

드디어 주영이 차례가 되어 들어갔다. 공개가 아니라서 볼 수도 없었다. 오디션을 마치고 나오자마자 물었다.

"어땠어?"

"그런대로 했어요. 근데 오디션 마치고 나오는데 심사 위원 중 한 분이 따라오면서 '너 언제 뉴욕에 왔니?' 하고 물었어요. 그래서 '1년 좀 더 되었어요'라고 대답했더니 '만나서 반갑다'라고 했어요."

나이가 많아 보이는 미국 여자분이 그랬다는 것이다. 대체 왜 물었을까. 관심이 있다는 표시가 아닐까. 어쩌면 예선에는 통과할지 모르겠다는 생각이 들어서 약간 기대가 되었다. 만일 주영이 연주가 별로였다면 굳이 물어볼 이유가 없었을 테니까……

결과 발표는 며칠 후 집으로 연락해준단다. 우리는 매일 마음을 졸이면서 기다리고 있었다. 드디어 주영이가 전화를 받았다. 예선에 합격되었다는 연락이었다. 역시 나의 짐작대로였다. 나는 속으로 예선에 뽑힌 것만 해도 큰 다행이라 생각하고 더 이상 바라는 것은 무리라고 생각했다. 하지만 주영이한테는 최선을 다하라고 일러주었다. 열심히 하는 수밖에 다른 도리가 없었으므로. 준결승은 약 3주 후에 한다고 했다.

레슨 때 나는 강효 교수에게 이번 콩쿠르는 주영이가 나갈 자리가 아니던데 어떻게 내보게 되었는지 궁금하다고 물었다. 그러자 강 교수는 이렇게 설명했다.

"아마 심사 위원들도 주영이를 좋아할 거고, 좋은 경험이 될 겁니다."

그러면서 자기 생각으로는 줄리아드학교 재학중인 어느 대학생과 '차이콥스키국제음악콩쿠르'에서 입상한 어느 대학원생이 유력하지 않을까 예상하고 있다고 했다.

다윗과 골리앗의 싸움을 연상케 하는 이 대회에 기적이 함께하지 않으면 도저히 불가능하다는 생각이 들어 매일 저녁 우리는 합심 기도회를 가졌다.

드디어 준결승의 날이 밝았다. 이날은 오전에 일찍 주영이가 시작하는 시간이라 상당히 마음이 바빴다. 주영이는 손을 풀겠다면서 새벽 5시쯤 일어나서 바이올린을 만지기 시작했다. 그런데 이게 무슨 날벼락인가. 밖을 내다보니 밤새 눈이 얼마나 왔는지 온 사방이 눈으로 덮인 별천지가 되어 있었다. 이렇게 많은 눈은 평생 처음이었다. 얼핏 보기에 1미터 이상 폭설이 온 것 같았다. 눈 치우는 차들이 돌아다녔지만 도로는 여전히 엉망이었다. 보통 문제가 아니었다. 어떻게 맨해튼까지 갈 수 있을까. 택시를 여러 곳에 불렀지만, 모두 갈 수 없다고 했다. 이런 상황이라면 콩쿠르도 연기될 것이라 믿고서 주최 측에 전화했더니 오늘 날짜 변경 없이 그대로 한다는 것이었다. 차도 다닐 수 없는데 도대체 어떻게 하란 말인가.

시간은 흐르고, 마음은 급했다. 오디션 장소까지 약 30분 정도 걸렸지만 오늘 같은 날은 더 많이 걸릴 수 있기에 만약 늦으면 실격이 될지도 모른다는 생각 때문에 마음은 급하고 정말 난감했다. 할 수 없이 우리가 처음 미국 와서 단골로 타고 다녔던 택시 회사에 다시 전화를 걸었다. 마침 사장님이 받았다. 그에게 우리의 딱한 사정을 말하고, 꼭 좀 가자고 사정사정했다. 그는 다른 차는 움직일 수 없고, 자기가 직접 밴(van)으로 가보겠다고 했다. 알고 보니 이날은 뉴저지에서 몇십 년 만에 처음 내린 폭설로 인해 비상사태가 선포되어 모든 차량들의 통행이 금지되어 있었다.

그러나 맨해튼에는 워낙 차들이 많이 다녀서 그런지 어느 정도 차량 소통이 이루어지고 있었다. 그래서 오늘 오디션을 계속 추진하는구나 하는 생각이 들었다. 주영이가 시작할 시간 10분 전에 가까스로 도착했다. 잠시 손을 풀고 곧 연주홀로 들어갔다. 준결선은 맨해튼에서 전통 있는 Y홀에서 있었다. 공개가 아니기 때문에 문틈 사이로 겨우 연주하는 모습과 모깃소리만 한 가느다란 소리를 들을 수 있었다. 여러 곡들을 심사 위원의 지시에 따라 연주했다. 듣기에는 별문제 없이 차분히 해낸 것 같았다. 끝내고 나오자마자 물었다.

"오늘 어땠어?"

"그런대로 괜찮은 것 같아요."

주영이가 그렇게 대답하면서 편안한 얼굴이라 다소 위로되었지만, 다른 연주자들도 대단한 실력이어서 기대한다는 것 자체가 상식 밖의 일이었다. 그래도 혹시나 하고 마음 한구석에는 희미하게나마 작은 바람이 자리 잡고 있음을 어쩌랴. 발표는 이날 전화로 연락해준다고 했다.

저녁 식사 중에 전화벨이 울렸다. 내가 받았다. 불합격되어 미안하다는 그런 내용이었다. 그래서 주영이 보고 떨어졌다고 알려주었다. 내 말을 듣자마자 주영이는 이렇게 말했다.

"아빠, 전 도저히 믿을 수 없어요. 분명히 될 것이란 확신이 있었단 말이에요. 혹시 아빠가 영어가 서툴러서 잘못 들을 수도 있으니까 내가 다시 한 번 확인해야겠어요."

주영이는 도저히 믿을 수 없다는 표정으로 전화하겠다며 일어섰다.

"내가 아무리 영어가 서툴러도 그렇지. 'sorry'라는 말도 못 알아들을 줄 아니? 합격했으면 왜 'sorry'라는 말이 나오겠니? 어쨌든 확인은 천천히 해도 되니까, 일단 먹던 밥이나 다 먹고 해라."

이렇게 옥신각신하며 겨우 주영이를 달래놓고 있을 때, 다시 전화벨이 울렸다. 이번에는 주영이가 얼른 수화기를 들었다. 약간 대화를 하는 것 같았다. 그리고 전화를 끊고 나서 이렇게 말했다.

"그럼, 그렇지. 아빠, 내가 분명히 된다고 했지."

조금 전에 자기들이 잘못 전화했다면서 다시 정정 전화를 했다는 것이었다. 정말 희한한 일도 다 있었다. 희비가 엇갈리는 순간이었다. 주영이가 결선에 올라가다니……. 도무지 믿기지 않는 상황이 벌어지고 있었다.

이날 밤 12시가 다 되어갈 때 강효 교수로부터 전화가 걸려왔다. 주영이가 결선에 올라갔다는 소식을 듣고 축하 전화를 한다면서 이렇게 말했다.

"뉴욕에서 주영이 혼자만 결선에 올라갔어요. 비록 결선에서 떨어진다 해도 어린 나이에 결선까지 올라간 것만 해도 큰일을 했습니다. 경력에도 도움이 될 테니까 마음 편안하게 지내도록 너무 압력을 가하지 않으셔도 됩니다."

그렇다. 이게 압력을 가한다고 될 일인가. 이제 남은 것은 자신의 힘의 한계 밖의 일이기에 하늘에 맡길 수밖에 없었다. 그래서 결선 날까지 최선을 다할 수 있게 좋은 몸 상태를 유지하도록 신경을 썼다.

드디어, 결선의 날이 되었다. 결선에 올라간 사람은 기악, 성악, 작곡 등 모두 합해 스물두 명이 올라갔다. 현악기 부분에는 바이올린 네 명, 첼로 두 명으로 모두 여섯 명이었다. 주영이 연주는 열아홉 번째였다. 결선은 공개로 했으므로 많은 청중들이 1~2층에 꽉 들어찼다. 모든 연주자들이 하나같이 쟁쟁한 실력파들이었다. 그 어떤 기대를 한다는 것 자체가 말도 안 된다는 생각이 절로 들었다.

드디어 주영이 차례가 되었다. 첫 곡 카미유 생상스의 《바이올린 협주곡 제3번 b단조 Op. 61》을 시작한 지 얼마 되지 않아 G선의 고음에서 이상한 소리가 났다. 분명히 정상이 아니었다. 무언가 잘못되었다는 예감이 들었다. 시작하자마자 이렇게 되면 대개 마음이 불안해져 그다음 연주에 지장이 많을 수 있으므로 오히려 지켜보는 나의 집중력이 떨어지고 정신이 혼란스러워지는 것 같았다. 강효 교수의 "결선까지 올라간 것만 해도 충분하다"는 말이 떠올라 거기까지가 주영이가 가야 할 종착역이구나, 하는 생각을 하면서 계속 지켜보았다. 하지만 예상외로 주영이는 더욱 침착하게 조금도 흔들림 없이 깨끗하게 연주하고 있었다. 심사 위원들이 곡을 주문하는 대로 자신감 있게 당당하게 연주를 하고 내려왔다. 비록 기대는 하지 않았지만, 나는 속으로 그 한 점의 오점만 없었더라면 하고 아쉬움을 금할 수 없었다.

이 오디션은 아마추어 연주자를 선택하는 게 아니라 앞으로 프로 연주자로서 활동할 젊은 아티스트를 뽑는 오디션이다. 그래서 단 한 점의 실수도 허락하지 않는 것이다. 나는 즉시 반주자에게 물었다. 시작하자마자 G선의 고음에서 이상한 소리가 나왔는데, 들었느냐고 물었더니 자기는 모르겠다고 했다. 모든 순서가 끝났고, 기대할 거리도 없어서 우리는 일찌감치 집에나 가야겠다는 생각에 택시를 불렀다. 택시 오는 시간을 결과 발표 예정 시간보다 약 한 시간 정도 여유를 두고 불렀는데 그때까지도 결과가 발표되지 않아서 우리는 미련 없이 집으로 돌아왔다.

집으로 오자마자, 나는 주영이를 다그쳤다. 도대체 시작하자마자 이상한 소리가 난 것이 어찌 된 일이냐고 물었다. 자기도 무엇이 어떻게 되었는지, 생각나지 않는다면서 나름대로 고생했는데 아빠가 격려는커녕 꾸중하는 게 속상했는지 울먹이면서 밖으로 나가버렸다.

그리고 30~40분 정도 지났을 때 전화벨이 울렸다. 이날 참석했던 교회 여청년의 어머니한테서 온 전화였다. 자기 딸아이한테서 전화가 왔는데 "주영이가 우승했다"고 알려주라고 했다는 것이다. 그 말을 듣는 순간, 너무 놀라서 기쁘기보다는 뭔가 잘못 전달되었을 거라는 생각이 들어서 믿을 수가 없었다. 그런데 잠시 후에 다시 반주자에게서 전화가 왔다. 역시 주영이가 우승했다고 했다. 그때 나는 바이올린이 몇 명이나 됐느냐고 물었더니, 현악기 전체에서 주영이 혼자 뽑혔다는 것이었다. 믿을 수 없는 사실에 어리벙벙했다. 이날 발표 때 우승자인 오주영을 찾느라 난리가 났다고 했다. 주최 측에서 다섯 명의 우승자를 시상하고 기념사진도 찍어 환영을 하는데 최연소자로 관심을 모았던 주영이가 홀연히 사라져 버렸으니 주최 측에서 얼마나 황당했을까.

아내는 급히 주영이를 찾으러 밖으로 나갔다. 잠시 후 공원에 혼자 앉아 있는 주영이를 데리고 들어왔다. 들어오자마자 주영이가 입을 열었다.

"지금까지 우리가 이 대회를 위해서 기도해왔는데, 아직 결과도 나오기 전에 아빠는 너무 성급하게 야단을 쳐요. 만약 내가 너무 완벽하게 잘해서 우승했다면 당연히 내가 잘해서 좋은 결과가 나왔다고 생각할 수 있어요. 하지만 한 점의 흠이 있었음에도 불구하고 이렇게 제가 우승한 것은 전적으로 하나님이 도우셨기 때문이란 걸 깨닫게 해주는 게 아닌가요?"

그런 말을 마친 후 아이는 눈물을 훔치고 있었다. 그 말을 듣는 순간, 나는 뒤통수를 한 대 얻어맞는 듯한 짜릿한 충격을 느꼈다. '아이가 어떻게 그런 말을 할 수 있을까?'라는 생각과 함께 아이들의 믿음이 순수하다고 하더니 나 자신이 부끄럽기 짝이 없었다. 지금까지 우리가 기도한 제목이 바로 주영이의 능력으로는 도저히 감당하기 어려우니 기적을 베풀어주기를 기도하지 않았던가.

정말 우리의 기도를 너무나 정확하게 이루어주신 이 얼마나 놀라운 은혜인가. 이런 생각이 머리를 스쳐 가는 순간, "그래, 네 말이 맞다"라고 위로하면서 따뜻하게 아이의 어깨를 안아주었다. 얼마가 지나자 주최 측으로부터 전화가 왔다. 내일 아침에 계약을 위해 사무실로 나오라고 했다. 다음 날 사무실에서 주최 측의 책임자를 만났을 때 그가 주영이에게 물었다.

"어제 왜 일찍 집으로 갔니? 안 될 줄 알고 간 거니? 그리고 네가 사용한 바이올린 사이즈는 어떻게 되니?"

"4분의 3이오."

주영이가 이렇게 대답하니까, 그는 책상을 치면서 이렇게 말했다.

"그럼, 그렇지."

그러면서 어제 주영이의 바이올린 사이즈 때문에 결정하는 데 시간을 많이 소모했다고 했다. 주영이의 우승을 논하면서, 한편으로는 바이올린 소리가 약간 작았다는 의견이 있었는데, 자기는 아이가 작아서 아마 바이올린 사이즈도 작으니까 소리가 작을 수밖에 없었다고 주장했다는 것이었다. 그런데 다른 한편에서는 풀 사이즈가 맞는 것 같다고 우기더라는 것이었다. 논쟁 끝에 결국 자신의 주장을 받아들여서 유일하게 주영이가 뽑히게 된 것이었다. 이분이 바로 YCA의 회장 수잔 워즈워스(Susan Wordsworth)다.

첫 예선 때 "너 언제 뉴욕에 왔니?"라고 물었던 바로 그 할머니다. 그분은 주영이를 손자처럼 사랑했고 상당한 기대를 갖고 있었다. 왜 그처럼 기라성 같은 연주자들이 많았는데도 겨우 열네 살짜리 아이를 선택했을까. 여러 가지 생각들이 스쳐 지나갔지만 아마도 어린 나이에 저 정도의 연주를 할 수 있다면 앞으로 몇 년 후에는 대단한 연주자로 성장할 수 있으리라고 그 가능성을 보고 선택했을 것이란 생각이 들었다.

주영이는 앞으로 3년간 YCA 주최 측에 소속되어 연주 활동을 하게 되었다. 그리고 강조하기를, 만약 누가 연주를 부탁하면 어리다는 이유로 절대로 그냥 해서는 안 된다고 했다. 자기들한테 연락하면 연주비를 받고 연주할 수 있도록 해주겠다는 것이었다. 그러면서 이제 너는 아마추어가 아닌 '프로페셔널(professional) 바이올리니스트'란 걸 절대 잊지 말아야 한다고 일러주었다. 이 우승으로 지난 6년간 바이올린 부문에서는 단 한 명도 뽑히지 않아서 음악계에 큰 관심거리였는데 뜻밖에 사상 최연소의 아이가 우승함으로써 뉴욕 음악계에 센세이션을 불러일으켰고, 미국뿐만 아니라 한국의 언론에도 보도되었다.

꿈에 그리던 스트라디바리우스로
KBS교향악단과의 첫 협연

주영이가 YCA 콩쿠르에서 우승하자 한국에서도 신문과 잡지 등에 소개되어 열한 살 때 이어 또다시 주영이의 이름이 알려지게 되었다. 때를 같이 하여 한국으로부터 전화가 걸려왔다. 공연기획사 대표가 기업들이 음악 분야를 지원하는 제2회 메세나(Mecenat) 음악회에 KBS교향악단과 주영이가 협연했으면 좋겠다고 했다. 뜻밖의 소식이었다. 아마 강효 교수가 추천한 것 같았다. 당시 한국 최고의 오케스트라와 협연한다는 사실에 가슴이 설렐 뿐만 아니라 이제 뭔가 되는 듯한 기분이 들었다. 세계에서 유능한 젊은 연주자 3인 초청 메세나 음악회라고 했다. 피아노, 바이올린, 첼로 각각 솔로 협연인데 당시 피아노는 박종화(현 서울대 교수), 첼로는 이유홍, 바이올린은 오주영이었다.

이 협연을 앞두고 좋은 악기가 필요했다. 강효 교수의 추천으로 뉴욕 유명 악기점 마콜드에서 악기를 빌려주었다. 담당 딜러는 주영이를 항상 '슈퍼 보이'라고 불렀다. YCA에서 우승하면 웬만한 악기점에서는 이미 알고 있고 악기를 잘 빌려주었다. 우리는 과연 어떤 악기를 빌려줄까 궁금했는데, 주영이가 늘 입버릇처럼 말해 왔던 스트라디바리우스가 있느냐고 물었더니 두말하지 않고 보여 주었다.

말로만 듣던 스트라디바리우스를 만져보는 순간이었다. 그리고 소리를 내보았다. 당장 이것으로 하고 싶다고 하자, 쾌히 승낙하면서 뭔가를 가지고 오면서 설명해주었다. 앞으로 이 악기를 네가 계속 연주할 수 있도록 누군가가 후원해주기를 바란다면서 두꺼운 책 같은 것을 보여주었다. 바로 이 악기의 족보(history)였다. 한국 가서 필요할지도 모르니까 가지고 가라고 했다. 그러면서 악기 가격이 적힌 가격표도 주었다. 1996년 당시 300만 달러라고 쓰여 있었고, 활은 3만 달러였다.

집으로 돌아온 주영이는 흥분을 가라앉히지 못한 채 소리를 내기 시작했다. 꿈에도 그리던 스트라디바리우스로 연주하다니 도저히 상상할 수도 없는, 꿈만 같은 일이 지금 눈앞에 펼쳐지고 있었다. 너무나 편안하게 좋은 소리를 낼 수 있는 악기였다. 당시 주영이가 너무 몸이 작아서 약간 큰 듯했지만, 그래도 초등학교 때 풀 사이즈를 사용한 경험이 있었기 때문에 전혀 문제 될 게 없었다. 약 2주 정도 소리를 익히고 한국으로 갔다.

박은성의 지휘로 주영이는 벨기에의 바이올린 연주자 앙리 비외탕(Henry Vieuxtemps, 1820~1881)의 《바이올린 협주곡 제5번 a단조 Op. 37(Concerto for Violin and Orchestra No. 5, in a minor, Op. 37)》을 협연했다.

초등학교 때 이미 연습했지만 만만치 않은 곡이라 이번 협연을 위해 다시 연습을 했다. 예술의전당 콘서트홀에는 빈자리가 없을 정도로 많은 청중들이 참석했다. 늘 그렇듯 나는 뒤쪽에서 주영이의 연주를 들었다. 정말 아름다운 톤으로 은은히 뒤까지 울려 퍼지고 있었다.

주영이는 완전히 음악에 몰입한 채 완벽한 테크닉을 구사하고 있었다. 특히, 곡이 끝나기 직전에 독주자가 연주하는 기교적이며 화려한 카덴차(cadenza) 부분에서 한 치의 흐트러짐도 없이 깨끗하게 연주해서 더욱 돋보였다. 이번 연주회는 전국적으로 KBS TV를 통해 생방송되었고, 한국의 문화체육부와 한국메세나협회가 후원했기에 초대 문화부 장관이었던 이어령 장관과 금호아시아나그룹 박성용 한국메세나협회 회장 그리고 주영이를 가르쳤던 서울대 이종숙 교수를 비롯해 전 출연자들의 지도 교수들이 대거 참석했고, 그 외 음악계 인사 등 많은 분들이 참석해서 축하해주었다.

이날 로비에서는 리셉션이 정말 거창하게 열렸고, 학생들은 연주자들의 사인을 받기 위해 장사진을 이루었다. 이번 공연을 마치고 주최 측에서 그동안 홍보한 모든 자료를 복사해주었는데 당시 열여섯 곳의 언론에 홍보가 되었다.

당시 주영이의 연주 모습을 느낄 수 있게 어느 평론가가 잡지에 쓴 기사 내용을 옮겨 본다.

"악장 사이의 휴식도 없이 비교적 난해하기로 유명한 비외탕의 《바이올린 협주곡 제5번 a단조 Op. 37》을 연주한 열네 살 소년 오주영 군의 바이올린 연주는 참으로 놀랍다. 우리는 최근 사라 장, 장한나 등의 출연으로 우리 한국인 천재 소녀들에 놀란 바 있지만 오주영의 연주는 형식과 기교를 뛰어넘는 음악에 몰입한 신들린 연주였다. 어린 소년에게 신이 들리면 어떻게 하느냐 하는 걱정의 소리가 들릴까 봐 표현을 달리한다면, 그의 연주는 아이를 통해 신이 연주하는 신이 즐기는 연주였다. 충분한 활의 사용과 정교한 기교, 유연한 내면적 감정 표출은 그의 장래를 확고하게 해준다."

고향 진주에서 열린
금의환향 콘서트

　KBS교향악단과 협연하고 돌아온 지 얼마 되지 않아 한국의 고향 진주에서 공연기획을 한다는 어느 분에게 전화가 왔다. 주영이가 국제 콩쿠르에서 우승했으니까 이번에는 오주영 후원을 위한 콘서트를 한 번 하자고 했다. 유력한 기업, 지역 인사, 유지 등의 후원을 받고 티켓도 팔아서 대대적으로 한 번 기획해보겠다는 것이었다. 그래서 그렇게 하도록 하고 연주회 준비에 들어갔다. 공연 날짜에 맞춰서 다시 한국으로 갔는데 고향에 도착하자마자 바로 기자회견을 가지도록 스케줄이 짜여 있었다. 진주 지역 인근 도시 기자들까지 다 불러서 기자회견을 갖고 인터뷰도 했다.

　지난 초등학교 5학년 때 미시간 주 국제 음악 캠프에서 우승해서 고향을 떠들썩하게 한 지 꼭 3년 만에 다시 국제 콩쿠르에서 우승했으니 얼마나 대단한 반응을 불러일으켰는지 상상이 될 것이다.

진주KBS TV와 MBC TV에 출연하고 오주영을 후원하기 위한 이벤트도 열었다. 이때는 당시 한국예술비평가협회 탁계석 회장님도 참석해서 오주영 후원의 절실함을 강조하셨고, 기자들은 이것을 언론에 기사화해서 전국의 몇 개 일간지에 나오기도 했다.

이렇게 해서 고향에서의 두 번째 연주회가 시작되었다. 그야말로 언론에서 떠들었던 금의환향 콘서트가 된 셈이었다. 지금도 그때의 프로그램이 기억이 난다. 노르웨이의 작곡가 에드바르 그리그(Edvard Hagerup Grieg, 1843~1907)의 《바이올린 소나타 제3번 c단조 Op. 45(Sonata for Violin and Piano No. 3 in c minor, Op. 45)》, 프란츠 페터 슈베르트(Franz Peter Schubert, 1797~1828)의 《바이올린과 피아노를 위한 소나타 「대환상곡」 C장조 Op. 159(Sonata for Violin and Piano No. 4 "Grand Fantasia" in C major, Op. 159)》, 사라사테(Pablo de Sarasate, 1844~1908)의 《치고이너바이젠》 등이었다. 그때 사용한 바이올린은 YCA의 주선으로 대여받은 올버니(Albany)였다. 약 300년 정도 된 악기였다. 파워는 약하지만 깊은 올드한 소리가 나는 악기였다. 이번 공연을 위해 서울에서 몇 분들이 참석했는데, 당시 『중앙일보』음악전문기자 이장직, 한국 클래식의 대표적인 기획사 크레디아 사장, 평론가협회 회장 등 몇 분들이 함께했다.

지역 TV 및 언론 등에서 홍보가 잘되어 많은 청중들이 참석해서 성황을 이루었고, 연주회도 성공적으로 잘 마쳤다. 물론 리셉션에 지역사회의 인사 등 많은 분들이 참석해서 축하해주었다. 연주 후 리뷰에서 『중앙일보』 이장직 기자는 '오주영의 금의환향 연주회'란 제목으로 기사를 썼는데 그 일부를 소개하면 다음과 같다.

"이날 콘서트에서 그는 바이올린 특유의 가냘픈 음색과 윤기 있는 비브라토
(vibrato)를 구사했다. 오 군은 예민한 귀의 소유자임을 증명해 보였으며 풍
부한 음악성과 잘 다져진 테크닉에서 충분한 가능성을 점칠 수 있었다."

다음은 이 콘서트에 참여했던 탁계석 평론가의 연주회 리뷰이다.

"맑고 투명한 음색이 순정조 바이올린의 음악의 즐거움을 한껏 선사했다.
섬세한 음 감각과 절제된 피아노 음색조의 올버니란 악기와 잘 어울렸다.
고도의 테크닉을 요구하는 슈베르트의 《바이올린과 피아노를 위한 소나타
「대환상곡」 C장조 Op. 159》를 절묘한 호흡으로 잘 표출시켰다. 그는 대가의
풍모를 느끼게 하리만치 시종 여유가 넘쳤고 음악에 흥취를 느껴 몰입하는
모습에서 그의 장래를 다시금 확인케 했다."

거장 주빈 메타를 만나다

주영이가 아직 열네 살 때 로스앤젤레스에서 바이올린 레슨을 해주셨던 엘리자베스 홀번 교수에게서 연락이 왔다. 주빈 메타 (Zubin Mehta, 1936~)를 만날 수 있도록 주선해놓았다는 것이다. 그는 바로크음악에서 현대음악에 이르기까지 광범위한 연주곡목을 가지고 전 세계 여러 유명한 악단과 극장에서 지휘자와 음악감독으로 활동하고 있는 인도 출신의 세계적인 지휘자이다.

이게 또 무슨 아닌 밤중에 홍두깨 같은 소리인가. 전혀 상상도 못할 일 아닌가. 알고 보니 그 할머니 교수는 주빈 메타의 아버지 메리 메타(Mehli Mehta)를 잘 알고 있었는데 그분이 로스앤젤레스 근교에 살고 있었다. 그래서 그 아버지에게 주영이의 천재적인 재능을 소개하면서 당신 아들 주빈 메타가 오면 꼭 이 아이를 한 번 만나도록 해달라고 부탁했다고 했다. 그러던 차에 주빈 메타가 온다는 연락을 받고 우리한테 연락한 것이었다. 그 날짜에 주빈 메타를 만나도록 약속이 되었으니 이번 기회를 놓치지 말 것을 당부했다. 정말 고마운 분이다. 주영이를 몇 달 가르친 인연밖에 없는데 아무리 재능이 있다고 해도 거장을 만날 수 있도록 힘써준 것은 누구나 할 수 있는 것은 아닌 것 같았다. 그만큼 주영이를 아끼고 사랑하는 마음 없이는 불가능한 일이었다.

그러나 주빈 메타를 만난다는 게 그렇게 간단한 문제가 아니었다. 우선 주영이가 소속된 YCA의 허락이 있어야 했고, 또 지도 교수인 강효 교수와도 상의해야 했다. 그래서 우선 YCA의 디렉터에게 자초지종을 이야기했더니, 지금은 때가 아니라고 했다. 나중에 때가 되면 자기들이 얼마든지 할 수 있으니까 서두를 필요 없다는 것이었다. 그리고 강효 교수 역시 만나기 전에 충분히 준비해야 하는데, 이렇게 갑자기 만나서는 효과적이지 않으니까 다음으로 미루라고 했다. 그러면서 그런 분을 만나려면 적어도 대곡을 준비해가야 한다고 조언했다.

정말 난감하게 됐다. 그래서 다시 할머니 교수에게 이곳 사정을 말씀드리고 이번에는 안 되겠다고 하니까, 하시는 말씀이 준비 없어도 상관이 없단다. 이미 만나기로 약속이 되었고, 더구나 주빈 메타가 너무 바쁜 분이라 겨우 약속 시간을 받아놓았는데 지금 취소한다는 것은 도저히 불가능하다는 것이었다. 그러면서 단순히 한 번 만나보는 것도 의의가 있으니 제발 부담 갖지 말고 오라고 했다. 정말 진퇴양난이었다.

사실 생각해 보면 주영이가 보여주어야 할 특별한 무엇이 있어야 하는데, 지금 당장 그런 상황이 아니라 답답하기 그지없었다. 그러나 그 할머니 교수의 주영이에 대한 관심과 애정을 잘 알고 있었던 우리는 도저히 그분의 간청을 물리칠 수 없었다. 비록 소속사 YCA에서 불리한 일이 벌어진다 해도 우리는 그 할머니 교수의 간절한 요구를 거절한다는 게 도의적으로도 용납되지 않아 일단 주빈 메타를 만나기로 마음먹고 로스앤젤레스로 갔다.

주빈 메타는 얼마나 바쁜 사람인지 점심시간에 잠시 틈을 내어 만나기로 되어 있었다. 이 점심시간을 놓치면 헛일이 될지도 몰라 우리는 시간을 지키기 위해 온 신경을 집중하지 않을 수 없었다. 다행히 약속 시간에 맞춰 주빈 메타의 아버지 집에 도착했다. 우리 같은 평범한 사람이 이 넓은 미국 땅에서 거장을 바로 눈앞에서 만나는 것 자체가 가슴 떨리는 일이 아닐 수 없었다. 인사를 나눈 뒤, 주빈 메타는 주영이에게 연주를 해보라고 했다. 그때 카미유 생상스의 《바이올린 협주곡 제3번 b단조 Op. 61》을 연주했다. 그리고 주빈 메타와 기념사진을 찍고 잠시 대화를 나눈 뒤 돌아왔다. 주빈 메타는 그 자리에서 특별한 언급은 없었다.

나는 주영이가 충분히 준비되지 않은 상황임을 누구보다 잘 알고 있었기에 얼마 전에 KBS교향악단과 협연했던 비외탕의 《바이올린 협주곡 제5번 a단조 Op. 37》 실황 연주 비디오테이프를 카피해서 가지고 갔다. 그리고 나오면서 그것을 주고 왔다. 며칠 지난 후, 할머니 교수에게서 편지가 왔다. 내용인즉, 주빈 메타의 아버지에게서 전화가 왔는데 우리가 돌아간 후 아들 주빈 메타와 함께 주영이의 실황 연주 비디오테이프를 보았는데 그가 다음과 같이 말했다는 것이다.

"특별한 재능을 가진 어린 바이올리니스트군요. 장래가 밝고 크게 성공할 가능성이 있어요."

그날 만난 자리에서는 별다른 언급이 없었지만, 우리가 떠난 후 아버지와의 대화에서는 주영이의 재능을 주빈 메타도 인정한 셈이었다.

그 전화를 받은 할머니 교수는 그 내용을 적어서 편지로 우리에게 보내주었다. 우리는 기뻤지만 한편으로는 마음 한구석에 주영이가 소속된 YCA나 지도 교수의 만류에도 불구하고 우리 생각대로 추진한 데 대한 송구스런 마음을 금할 수 없었다. 그러나 어쨌든 이번 만남을 통해서 주빈 메타의 코멘트는 주영이의 연주 활동에 큰 힘이 된 것은 부인할 수 없는 사실이다. 이처럼 거장의 한마디 말은 어떤 면에서 큰 영향을 미칠 수 있기 때문이다.

삼성문화재단으로부터
스트라디바리우스를 대여받다

YCA에서 우승한 다음에 또 전혀 예상치 못했던 또 다른 희소식이 들려왔다. 강효 교수로부터 삼성문화재단에서 주영이에게 스트라디바리우스 바이올린을 대여받을 수 있는 기회가 왔다는 것이었다. 당시 삼성문화재단에서는 악기은행을 설립하고 세계적인 명기를 구입해서 장래가 촉망되는 학생들에게 대여해준다는 것이었다.

뜻밖의 소식에 놀라움과 감사한 마음이 하늘을 찌를 듯했다. 호텔신라 영빈관에서 바이올린 대여식이 있어서 주영이와 나는 호텔신라에서 며칠 동안 묵게 되었다. 대여식이 있던 날 음악계 저명인사들이 많이 참석했고, 각종 매스컴에서 취재를 위해 붐볐다. 내가 앉은 테이블에는 서울대 모 교수와 당시 예술의전당 관장이 자리를 같이했다. 이날 삼성에서 구입한 명기 네 대 중 바이올린 과르네리(Guarneri)와 스트라디바리우스 두 대를 수여했다. 이날 악기 수여는 삼성문화재단의 홍라희 이사장이 직접 했고, 이날 수여식 기념 연주로 사라사테의 《치고이너바이젠》을 연주했다. 자리를 같이했던 서울대 교수와 예술의전당 관장이 한결같이 놀라운 재능이라고 찬사를 아끼지 않았고, 아이의 연주라고 볼 수 없을 정도의 음악성을 가졌다고 말하기도 했다.

나오면서 평론가 고 이상만 선생은 앞으로 잘 키워야 할 소질을 가졌다면서 다음 한국 나올 때 꼭 연락하라면서 명함을 주었다. 같이 앉았던 서울대 교수와 예술의전당 관장 역시 한국 연주회 때 알려달라고 부탁했다. 그러나 한국 연주회 때 한 번도 그분들께 연락하지 못했다. 바쁜 연주 스케줄과 다른 데 정신이 팔려서 그분들을 미처 생각할 겨를이 없었다. 사실 한국에 별 연고가 없는 주영이로 봐서는 음악계 인사들을 안다는 게 음악 활동에 있어서 얼마나 중요한지 나는 아주 뒤늦게서야 깨닫게 되었다.

이번 악기 수여식을 통해 주영이는 다시 한국 매스컴에 다섯 번째로 이름이 알려지는 계기가 되었다. 그다음 날 제7회 호암상 수여식이 호텔신라에서 있었는데 그때 호암상 예술상을 정명훈 지휘자가 받게 되었다. 마침 그때 축하 연주를 주영이가 하기로 되어 있었다. 축하 연주가 끝나고 정명훈 지휘자와 인사를 나누는 자리에서 그는 주영이가 몇 살이냐고 물었다. 열네 살이라고 하니까 탁월한 재능을 가졌다면서 잘 키워야겠다는 말을 했다.

이로써 연주자에게 가장 중요한 악기 문제가 일단 해결되었다. 당시 신문에는 10억 원 상당의 악기라고 나왔지만 정확하게는 123만 달러짜리다. 그러니까 당시 환율로 약 12억 3,000만 원이 된다. 아무튼 주영이는 행운아다. 감히 상상도 할 수 없는 악기를 불과 열네 살 나이에 사용할 수 있었으니 말이다.

베를린에서의 오주영 독주회

　주영이가 열네 살 때 독일 베를린에서 독주회를 가지게 됐다. 당시 유럽은 한 번도 가지 못했는데 첫 방문지가 독일이었다. 그때는 추운 겨울이었는데 연주회 당일 겨울비가 약간 내리더니 오후가 되니까 기온이 뚝 떨어지면서 도로가 꽁꽁 얼어붙어서 완전 미끄럼틀이 된 듯 자칫 잘못하다간 미끄러져 낭패를 볼 수 있는 상황이었다. 대개 유럽의 도로는 작은 네모난 돌들이 모자이크처럼 박혀 있어서 그 돌 하나하나가 완전히 살얼음판이라 넘어졌다 하면 보통 사고가 아니기 때문에 오늘 공연은 끝났구나, 라는 생각이 들어서 여간 실망스럽지 않았다.

　일찌감치 연주 장소로 가서 주영이는 손을 풀고 있었다. 그런데 사람들이 서서히 오기 시작하더니 나중에는 약 700석의 좌석이 거의 찬 것을 보고 깜짝 놀랐다. '독일 사람들은 이런 날씨에도 공연장에 오나?' 한국 사람들도 약간 보였지만 거의 대부분 독일인이었다.

그날 연주회는 어린 주영이의 음악에 독일 사람들이 빠진 듯했고, 몇 곡의 앙코르와 더불어 기립 박수를 받는 등 아주 좋은 반응을 불러일으켰다. 우리는 독일까지 간 김에 인근 체코 프라하가 그렇게 아름답기로 유명하다고 해서 기차로 프라하로 갔다. 과연 한 번쯤 구경할 만한 곳이구나 싶었다. 어두운 초록 빛깔의 유유히 흐르는 몰다우 강을 내려다보니 체코의 작곡가 스메타나(Bedřich Smetana, 1824~1884)의 여섯 곡으로 된 교향시 《나의 조국(Má vlast)》 중 제2곡 〈몰다우(Vltava)〉가 떠올랐다. 언젠가 여기서도 한 번 공연할 때가 있겠지, 속으로 생각하면서 다시 베를린으로 돌아왔다.

그런데 베를린에서 주영이 연주회 때 감동을 받은 어느 분이 어떤 지휘자의 연락처를 주면서 연락해보라고 했다. 이 지휘자는 당시 유명한 독일 라이프치히 게반트하우스 오케스트라(Leipzig Gewandhaus Orchester) 지휘자인 헤르베르트 블롬슈테트(Herbert Blomstedt, 1927~)였다. 이분은 당시에도 일흔 살이 넘은 나이로 기억하는데 이런 거장한테 연락한들 무슨 소득이 있을까 싶어서 별 관심을 갖지 않았다. 하지만 정보를 준 분의 성의를 생각해서 주영이 DVD와 프로필을 그분이 살고 있는 스위스로 보냈다. 그분은 당시 스위스에 살면서 독일로 왔다 갔다 한다고 들었다. 2~3주 지나도 연락이 없어서 다시 편지를 써서 보냈다. 그래도 연락이 없었다. 무슨 기대를 한다는 것 자체가 난센스가 아닐까 하는 생각도 들었지만 아무튼 연락을 해야 했기에 전화를 했더니 다른 분이 받았다. 용건을 이야기했더니 그런 자료들은 너무 많이 오기 때문에 아예 보지도 않고 모두 쓰레기통으로 들어간다고 했다. 그러니 다시는 보내지 말라고 했다. 그래도 어쨌든 전화가 왔다고 전해달라고 부탁했다.

아무튼 그분이 주영이의 연주를 한 번이라도 봐주었으면 하는 생각이 간절할 뿐이었다. 그래서 이런저런 궁리를 하다가 정보를 하나 들었다. 그분이 나가는 교회가 독일에 있는데 그 교회의 목사와 아주 친한 친구 사이란다. 수소문 끝에 그 교회의 이름을 알아냈고, 다시 인터넷에서 그 교회를 검색해서 드디어 주소를 찾아냈다. 그리고 그 교회 목사한테 전화를 걸어서 대략적인 상황을 설명했는데, 내 어쭙잖은 영어에 그 목사는 영어와 독일어를 섞어서 말해서 도저히 의사소통이 되지 않았다. 그래서 이메일 주소를 달라고 해서 겨우 받아 적고 사연을 자세히 적어서 보냈다. 주영이 자료를 우편으로 보낼 테니까 친구가 오면 반드시 전해주기를 바란다는 내용이었다.

다행스럽게도 우편물을 보내라는 답 메일이 왔다. 나는 즉시 CD와 프로필 등을 보냈는데, 과연 결과가 어떻게 될지 궁금하기 짝이 없었다. 물론 큰 기대는 하지 않았지만 이런 거장이 과연 어린아이의 연주를 듣고 코웃음이나 치지 않을까 생각하니 내가 왜 바보스러운 짓을 했지, 하는 생각이 또 들었다.

약 3주 정도 지났을 무렵, 독일 목사님으로부터 이메일이 왔다. 친구인 지휘자가 지난주에 왔는데 당신이 보낸 것을 잘 전해주었다는 것이다. 감사한 일이었다. 이제 더 궁금해졌다. 과연 무슨 연락이 올까? 아니면 다시 쓰레기통으로 들어갈까? 꽤 여러 날이 지났지만 아무런 연락이 없어서 그냥 포기하고 있었는데, 어느 날 편지 한 통이 왔다. 바로 그 지휘자에게서 온 편지였다. 나는 겉봉을 뜯기 전부터 가슴이 두근거리기 시작했다. 과연 무슨 내용일까 하고 온몸이 경직되는 것 같았다.

열어 보니 그분이 친필로 쓴 편지였다. 그런데 쓴 글씨가 얼마나 구불구불한지 도저히 무슨 글자인지 알아볼 수가 없었다. 아마 연세도 있고 해서 글씨가 그런 것 같았다. 물론 미국인들은 그런 것도 어느 정도 이해하겠지만, 나는 단어 하나의 스펠링을 파악하는 데도 엄청 많은 시간이 걸렸다. 한 페이지 정도의 글인데도 해독하는 데 몇 시간이 걸렸다.

그분의 편지 내용은 이랬다.

"당신이 왜 나에게 이처럼 집요하게 연락하려고 했는지 이제야 알겠다. 내가 오늘 특별히 시간을 내어 당신 아들의 CD를 처음부터 끝까지 하나도 빠짐없이 모두 들었다. 당신의 아들은 분명히 재능이 탁월하다. 그리고 수준이 지금 이 정도라면 앞으로 훌륭한 바이올리니스트가 될 것이라고 확신한다. 그러니 잘 교육시키길 바란다. 그리고 우리 오케스트라는 아무리 재능이 있어도 어린 학생 연주자들은 초청하지 않는다. 적어도 세계적인 바이올리니스트로서 이름 있는 연주자를 1년에 한두 명밖에 초청하지 않는다."

비록 결과는 이렇게 되었지만, 그래도 이런 거장으로부터 친필로 편지를 받았다는 것 자체가 놀랍기도 했고, 또 주영이의 연주에 대해 좋은 인상을 가졌다는 사실에 약간은 위로가 되었다. 지금도 기념으로 그 편지를 잘 보관하고 있다.

"아빠, 바이올린이고
학교 공부고 아무것도 못 하겠어요!"

연주 활동이 꾸준히 이어지면서 중학교 7~8학년을 무사히 마치고, 9학년인 고등학교를 가게 되었다. 미국은 대개 고등학교가 4년이다. 몇 달쯤 지났을까 문제가 생겼다. 주영이가 어느 날 학교를 갔다 오더니 하는 말이 이랬다.

"아빠, 이러다간 바이올린이고 학교 공부고 아무것도 못 하겠어요!"

"왜? 무엇 때문에?"

"학교 공부가 중학교 때와는 수준이 너무 달라요."

아이는 울상을 지으며 말했다.

중학교 때는 ESL(English Language Services) 기초 과정을 하면서 8학년 때도 여전히 우리가 숙제를 거의 다 해주어서 무사히 마칠 수 있었다. 하지만 고등학교 때는 미국에서 태어난 학생들과 마찬가지로 정상적인 수준으로 공부해야 하고, 또 교과서도 똑같기 때문에 도저히 그들을 따라갈 수도 없고, 교과서 내용도 너무 어려워서 더 이상 공부를 계속할 수 없다는 것이었다.

보통 이곳에서 자란 아이들이 한 시간이면 할 수 있는 숙제를 서너 시간 정도 해도 할 수 없는 그런 상황에 처했던 것이다. 숙제는 매일 해야 하는데 할 수가 없으니까 지난 몇 달 동안 숙제를 아예 포기하고 바이올린 연습만 했는데 더 이상 버틸 수 없게 되자 이렇게 내뱉었던 것이다.

"아빠, 머리가 빠개질 것 같고 가슴이 답답해서 미치겠어요. 이렇게 계속되면 아마 무슨 큰 병이 생길 것 같아요."

그동안 얼마나 스트레스를 받았는지 금방 알 수 있었다.

얼마 후 학교에서 온 성적표를 보니 정말 형편없었다. 그야말로 낙제 점수다. 처음 미국 왔을 때 공부도 잘해보겠다고 다짐할 때 그냥 둘 걸……. 오직 바이올린만 하라고 숙제를 대신 해준 무식의 결과가 이제 이렇게 나타나는구나 싶었다. 정말 기가 막혔다.

할 수 없이 학교로 찾아가서 사정 이야기를 할 수밖에 없었다. 미국은 한국과 달리 담임 선생님이 없고 카운슬러(counselor)가 이를 대신한다. 우리는 그동안의 연주 활동 기사, 사진 등 자료를 스크랩해 가서 주영이가 미국에 온 목적과 지금 바이올린 연습, 연주 활동 등으로 학교 숙제를 해 갈 수 없으니 봐달라고 부탁했다. 그러나 돌아온 대답은 그것은 각 담당 선생님의 소관이고, 또 음악을 한다고 해도 공부는 다른 학생들과 같이 정상적으로 해야지 주영이만 특별히 혜택을 줄 수는 없다고 했다. 그러면서 교감 선생님을 만나보라고 했다.

우리는 교감 선생님을 만나서 다시 사정을 다 말했더니, 하는 말이 학교에 나오지 않아도 되는 방법이 있는데 집에서 공부하면서 GED를 하라는 것이었다. 그게 무엇인지 물었더니, 여학생이 임신해서 학교에 올 수 없는 경우나 사고를 쳐서 학교에 오지 못할 경우에 하는 거란다. 나중에 알고 보니 한국의 검정고시와 같은 것인데, 이것을 마치면 대학도 진학할 수 있었다. 그러나 이것도 집에서는 독학할 수 없고 학원 같은 곳을 가야 한단다. 어딘지 몰라서 수소문 끝에 한 번 찾아가 봤더니, 거의 남미 이민자들만 장사진을 치고 있어 분위기가 별로 마음에 들지 않아 그런 곳에 보낼 수도 없었다.

주변 분들이 유명 연주가를 꿈꾸는 아이라면 정상적으로 고등학교를 졸업해야 한다고 조언해주셔서 죽이 되든 밥이 되든 학교 공부를 계속하라고 할 수밖에 없었다. 여러 날 동안 어떻게 이 일을 해결할까 고민하던 중 아이디어가 하나 떠올랐다. 이곳도 한국처럼 집에 와서 개인 지도를 해주는 '가정교사(tutor)' 구직 광고를 신문이나 잡지 같은 데서 본 것이 얼핏 생각났다.

그래서 서너 사람을 불러서 해보다가 그중 가장 마음에 드는 한 분을 선택해서 일주일에 두 번 한 시간씩 가르치도록 했다. 그러니까 일주일에 두 시간뿐이었다. 바이올린 연습 때문에 더 이상 할 수는 없었다. 개인 지도를 받기 시작한 지 3~4개월쯤 지났을까 주영이가 거의 학교 공부에 적응되어 가고 있었다. 한 학기가 지났을 때 교장 선생님으로부터 편지가 왔다. 주영이가 우등생이 되었다고 축하한다는 편지였다. 깜짝 놀랐다. 며칠 후에 또 하나의 편지가 왔다. 이 지역 교육감에게서 온 편지인데, 우등한 성적을 거둬서 축하한다는 내용이었다. 낙제생이 우등생이 된 것에 대해 교장은 물론이고 교육감까지 축하의 편지를 직접 보내다니……. 고맙고 놀라운 일이었다. 한국에서는 전혀 상상할 수 없는 일이 아닌가!

 일주일에 겨우 두 시간 정도의 교습으로 우등생이 될 정도로 잘할 아이를 그렇게 힘들게 했다니 너무나 미안했고, 나 자신이 너무 한심한 생각이 들었다.

 어릴 때부터 바이올린을 한 아이들은 대개 머리도 뛰어나다. 그래서일까 주영이는 빠른 속도로 이해해나갈 수 있는 능력이 있어서 정상적인 수준으로 회복된 다음에는 별다른 어려움이 없었고, 계속 과외지도를 받으면서 바이올린과 학교 공부를 잘 병행해 나갈 수 있었다.

 한번은 학교에서 무슨 발표회가 있다면서 주영이가 바이올린 연주를 한다고 해서 참석한 적이 있다. 한 여학생이 독창을 하는데 완전히 팝송 스타일로 노래 부르는 것을 보고 미국은 학교에서도 저런 식으로 음악 교육을 하나 싶었다. 그런데 알고 보니 미국은 초등학교 때부터 아예 교육과정에 음악이라는 과목이 없었다. 따라서 한국처럼 동요를 따라 부르고 가곡을 부르는 음악 수업이 없다. 그러니 유행하는 팝송이나 록 음악이 학생들의 생활 속에 자연스럽게 파고들어오기 마련이다. 다만, 한국과 다른 점은 웬만한 학교는 오케스트라나 밴드가 다 있다는 것이다. 과외로 음악 활동을 주로 기악으로 하는 것을 알게 되었다. 특히, 한인들이 많은 이 지역 학교의 오케스트라 중 현악기 연주는 한국 학생들이 대부분 차지하고 있었다. 그것은 부모들이 오케스트라를 목표로 아이들에게 악기를 가르치는 데 열심이기 때문이다. 이곳에서는 꼭 전공을 위해서가 아니라 음악을 하나의 교양으로 악기를 다루는 것이 보편화되어 있기 때문이다.

'아시안의 꿈', 일본 초청 연주회

일본에서 '아시안의 꿈'이란 이름으로 일본의 소니, 전일본공수 (ANA), 아나호텔, 신칸센 고속열차 등 열일곱 개 일본 대기업이 후원하는 도쿄와 오사카 데뷔 연주 프로그램이 있었다. 그런데 강효 교수가 우리 주영이를 추천했다고 했다. 아시아 출신의 여러 경쟁자들 중에서 한 명을 선정해서 아시아의 대표로 일본에서 데뷔하는 연주회다. 프로필과 CD 등을 통해 줄리아드학교에서만 다섯 명이 신청했다고 했다. 그런데 주영이가 최종적으로 뽑혀 첫 일본 데뷔를 하게 되었다. 그때 주영이는 열여섯 살이었다.

우리는 공연 후원자인 전일본공수 비즈니스 클래스를 무료로 타고 가면서 편안한 여행을 즐겼다. 그때 같이 동행했던 반주자 로버트 쾨니그의 말에 의하면 자기가 일본에 몇 번 갔는데 일본은 웬만해서 앙코르 받기가 쉽지 않고 그렇게 열광적이지도 않다고 했다. 그러니 그리 알고 너무 서운하게 생각하지 말라고 미리 알려주었다.

일본인들은 너무 친절했다. 공항 픽업을 나온 분이 어린 주영에게 90도 각도로 인사하는가 하면, 우리가 도착하자 일류 호텔에서 환영 파티까지 해주는 등 뜻밖의 환대를 받았다. 그리고 내가 일본어를 못하니까 통역하는 재일 교민을 통역자로 소개해주면서 연주회가 끝날 때까지 대동시키는 등 놀라운 배려를 해주었다. 특이한 것은 연주회 전 리허설을 마친 후 열일곱 명의 각 기업 프로듀서들이 한 명씩 한 명씩 주영이와 같이 기념사진을 찍었다는 것이다. 그 바람에 주영이는 열일곱 번이나 웃는 표정을 짓느라 입이 꽤 고생했다. 그리고 연주도 성공적이어서 예상을 뒤엎고 앙코르를 두 곡이나 했다.

청중들도 상상외로 좋은 반응을 보여주었다. 연주 장소인 기오이(紀尾井)홀은 도쿄에서 연주회장으로서는 아주 좋은 600석 정도였다. 이날 연주회 티켓은 이미 며칠 전에 매진되어서 당일 판매는 하지 않는다고 했다. 어떻게 이럴 수 있을까. 주영이는 일본인들에게는 무명의 연주자가 아닌가. 게다가 연주 후 리셉션도 아주 잘해주었다.

도쿄 연주를 잘 마치고, 우리는 다시 오사카 연주를 위해 출발했다. 주최 측에서 한 분이 우리를 안내해주었고, 오사카 연주도 성공적으로 잘 마치고, 그다음 날 하루는 오사카 관광까지 시켜주었다. 그런 다음 다시 우리는 도쿄로 돌아왔다. 그리고 우리가 떠나기 전날 마지막 저녁에도 또다시 송별 파티를 열어주었다. 예상치 못했던 특별 대우였다. 그동안 수많은 연주회를 다녀 봤지만 환영 파티, 송별 파티는 해본 적이 없었다. 대개 연주회가 끝난 후 만나서 식사하면서 석별의 정을 나눌 뿐이었다. 그런데 이 사람들은 하나의 이벤트로 이 모든 행사를 하는 것 같았다.

이날 송별 파티에서 이번 공연을 마치고 많은 분들에게 너무 감동적인 연주회라면서 이런 연주회를 기획해준 데에 대해 고맙다는 전화가 와서 자기들도 너무 기쁘고 보람 있었다고 했다. 그리고 특이하게도 이번 연주회가 어떻게 성공적으로 이루어졌는지 그 경위에 대해 각 파트별로 책임을 맡은 분들이 한 사람씩 나와서 활동 상황을 발표하는 것이었다. 홍보, 마케팅, 프로그램, 포스터 제작, 아티스트 관리 등등. 그들의 발표를 한국말로 통역해주었기 때문에 모두 이해할 수 있었다. 나는 다시 한 번 놀라지 않을 수 없었다. 이렇게 치밀하고 계획적으로 준비하기 때문에 이런 성공적인 연주회가 가능하게 되었구나 하는 생각을 하게 되었다. 그리고 왜 티켓이 일주일 전에 매진되었는지도 그때 비로소 이해할 수 있었다.

인상 깊었던
로스앤젤레스 데뷔 연주회

   9월 성공적인 일본 데뷔 연주회에 이어서, 10월에는 로스앤젤레스 연주회도 갖기로 되어 있었다. 로스앤젤레스에 도착해서 주영이의 머리를 다듬기 위해서 이발소에 갔는데 주인아저씨가 아이를 보자마자 대뜸 "바이올리니스트 오주영이지?"라고 말해서 순간 깜짝 놀랐다. 알고 보니 현지 『중앙일보』와 『한국일보』에 대대적으로 주영이의 연주가 홍보되었고, 심지어 TV에서도 홍보가 되어 웬만한 사람들은 주영이를 알고 있었다.

   그러나 실제로 클래식 음악 행사에 참여하는 사람들은 극히 제한되어 있으므로 많은 사람들이 참석한다는 것은 기대하기 어려운 실정이다. 더구나 오케스트라와의 협연이 아닌 독주회는 더욱 그렇다. 그래서 유명하다는 뉴욕 카네기 웨일리사이틀홀(Weill Recital Hall)도 200석 조금 넘지만 그것도 채우기가 쉽지 않다.

이날의 프로그램은 일본에서 했던 것과 동일해서 주영이에겐 한결 부담이 덜한 게 사실이었다. 그런데 놀랍게도 이날 1,200여 명이 참석해서 대성황을 이루었고, 반응 또한 대단했다. 세계적인 연주자가 와도 이렇게 모이지 않는데 대성황이라 각 신문사에서도 놀라는 눈치였다. 전혀 이름이 알려지지 않았던 상황에서 그것도 열여섯 살 어린 연주자의 콘서트에 이렇게 많은 청중들이 몰려오다니……. 도대체 어떻게 홍보했기에 이런 결과가 나왔을까. 어쨌든 매스컴의 위력이 대단하다는 걸 새삼 느꼈다. 다음 날 언론에는 1,200여 명의 청중이 참석한 매우 성공적인 연주회란 기사가 나왔다.

특히, 『중앙일보』는 삼성문화재단과 연관이 있어서인지 스트라디바리우스 대여 사실을 알고 기자들이 대단한 관심 속에서 취재했다. 미국의 첫 도착지인 로스앤젤레스에서 열두 살 때 연주회를 한 적은 있었지만, 이처럼 공식적인 연주는 이번이 처음이었기에 더욱 놀라움을 금치 못했다. 이번 연주는 오주영이 로스앤젤레스에 새로운 한인 연주자로서 그 등장을 알리는 첫 신호탄이었다. 그 이후 살고 있던 뉴욕보다 오히려 로스앤젤레스에서 더 많은 연주를 하게 되어 오주영은 로스앤젤레스에서 더 친숙한 이름이 되었다.

사춘기, 누구에게나
찾아오는 인생의 고비

　한번은 주영이가 아침에 학교 가기 전, 어떤 일로 나에게 되게 야단을 맞은 적이 있었다. 그런데 어디에 화풀이할 데가 없으니까 계단을 내려가면서 주먹으로 벽을 쾅 하고 내리쳤던 모양이다. 학교를 갔다 오더니 손이 퉁퉁 붓고 아파서 죽겠단다. 병원에 가서 엑스레이를 찍어보니 오른손 손가락 하나가 골절되었다. 그래서 깁스를 하고 몇 주 정도 지내야 했다. 아까운 시간을 연습하는 데 써도 모자랄 지경인데 가만히 있으려니 본인도 답답했는지 악보를 보고 왼 손가락만 누르는 연습을 했다. 주영이가 다니는 고등학교는 우리 집에서 차로 6~7분밖에 안 걸리지만 우리는 고등학교 근처로 집을 옮겼다. 걸어서 4분 정도 거리다. 그래도 늘 차로 태워다 주고 데려왔다.
　적어도 고등학교 때까지 주요한 바이올린 곡들은 다 끝내야 한다는 게 내 목표였다. 10대에 웬만한 바이올린의 곡들을 거의 끝나야지 대학 가면 이미 늦다고 생각했기 때문이다. 나이가 들면 들수록 배우는 속도가 느리고 테크닉도 더 이상 발전하기 힘들기 때문이다. 그래서 학교 갔다 오면 잠시 쉬고 한 시간 연습하고 10분씩 쉬는 게 우리의 연습 규칙이었다. 10분에서 1분만 넘어도 안 되었다.

당시 한창 컴퓨터 게임이 유행할 때라서 주영이도 게임에 미쳐 있었다. 그래서 쉬는 시간에는 게임을 하느라 시간을 초과하기 일쑤라 내가 참견하지 않고는 도저히 안 될 상황이었다. 그래서 하고 싶은 것 마음대로 못하고 바이올린 연습을 해야 하니 스트레스를 많이 받을 것이라는 걸 짐작하고도 남았지만 어쩔 수 없는 일이 아닌가……. 억지로 연습만 한다고 해서 되는 건 아니지만, 그래도 안 하는 것보다는 낫다고 생각했기 때문에 그렇게 했다. 이때 주영이에게는 바이올린 연습과 학교 숙제 그리고 컴퓨터 게임이 전부인 것 같았다.

반항심의 발로인지 한번은 이런 말을 했다.

"아빠는 아침에 일어나서 저녁에 잠자기 전까지 하루 종일 머릿속에 나만 들어 있을 거예요."

나는 속으로 '그래, 아니 다행이다'라고 생각했다. 그런데 다음 말이 충격적이었다.

"아빠가 나만 바라보고 살다가 내가 만약 성공하지 못한다면 어쩌려고 그래요? 이제부터라도 내 생각 그만하고 아빠 살아갈 길이나 찾으세요."

'아니, 이 녀석. 이제 머리가 커지니까 할 말 다하는구나!' 하는 생각이 들면서 뒷맛이 영 개운치 않았다.

미국은 대개 부부가 맞벌이하는 경우가 많아서 부모가 늦게 귀가할 경우 자녀들이 엉뚱한 길로 나가기 쉽다. 대개 이런 아이들은 담배를 많이 피우는데, 미국에서는 가게에서 담배 사는 것보다 학교에서 마약 사는 게 더 쉽다. 그래서 아이들이 심하게 스트레스를 받거나 친구를 잘못 사귀면 마약에 빠지기 쉬운 곳이 바로 미국이다. 따라서 청소년을 둔 가정들은 마약과의 전쟁을 치러야 하는 실정이다.

우리 부부는 주영이의 바이올린 연습이 끝날 때까지 자지 않고 늦게까지 기다렸다가 끝나면 반드시 함께 간단한 저녁 예배를 드리고 하루 일과를 마쳤다. 아마 아들은 바이올린 연습을 끝내고 빨리 컴퓨터 게임을 하고 싶은데 기도하러 오라고 하면 분명히 귀찮을 것이라고 짐작했지만 그래도 계속해왔기 때문에 나중에는 습관적으로 하게 되었다. 청소년기의 신앙은 평생 가기 때문에 억지로라도 밀어붙였다. 신앙심 없이는 안심할 수 없는 곳이 미국이기 때문이었다. 그리고 미국에 사는 한인들은 거의 대부분 교회에 다니고 있는 편인데 모든 정보와 교류가 교회에서 이루어지고 있기 때문이기도 하다.

주영이 바이올린 연주 후에는 대개 여학생들이 접근하는 경향이 있었다. 우리는 이것을 제일 염려했다. 혹시나 일찍 여자를 알게 된다면 연습에 지장이 있을 수 있기에 가끔 오는 편지도 우리 손으로 없앴다. 초등학교 때부터 여자아이들한테서 편지가 왔지만 지금까지 단 한 번도 편지를 전해준 적 없었다. 결국은 주영이도 그런 사실을 알게 되었지만 전혀 내색하지 않았다. 우리를 이미 그런 부모라고 알고 있었기 때문인지도 모르겠다.

그런데 한번은 아스펜음악제에 혼자 참석하고 돌아온 후 어떤 여자아이한테서 편지가 한 장 왔다. 그런데 회신이 가지 않아서 그런지 그야말로 매일 한 장씩 편지가 오기 시작했다. 3주 정도 지나자 도저히 그냥 둘 수 없어서 편지에 적힌 전화번호로 전화했는데 한국인이 아니었다. 편지를 보낸 사람은 일본 아이였다. 마침 그 아이의 엄마가 전화를 받았다.

나는 그분께 이렇게 말했다.

"우리 아이는 바이올린 공부하러 미국에 왔지, 연애하러 온 게 아닙니다. 앞으로 절대 우리 아이한테 편지 보내지 말라고 당신 딸에게 꼭 전해주세요."

그런데 그 엄마가 하는 말이 미국에는 열여덟 살이면 부모가 간섭하지 못하는 것 잘 알지 않느냐, 그런데 왜 당신이 나서느냐고 대꾸했다. 그러나 나는 막무가내로 무조건 지금은 그럴 만한 시간도 없고, 오직 바이올린만 해야 되니까, 그리 알고 다시는 편지 보내지 말 것을 강력하게 말하고는 전화를 끊어 버렸다.

그 뒤 주영이가 자초지종을 알고 이렇게 말했다.

"아마 아빠가 그 여자아이의 집안을 알았더라면 놀라서 기절할 걸요."

궁금해서 물으니, 그 정도만 알고 있으란다. 어마어마한 집안이란다.

하지만 난 그런 것은 눈에 보이지도 않았다. 바이올린 외에는 그 어떤 것도 의미가 없었다.

주영이는 어릴 때부터 크라이슬러의 소품을 많이 연주했는데 《사랑의 슬픔(Liebesleid)》과 《사랑의 기쁨(Liebesfreude)》은 단골 연주곡이었다. 한번은 이렇게 말하면서 투정하기도 했다.

"아빠, 저는 사랑의 슬픔이나 기쁨이 뭔지 경험해보지도 못했어요. 그런데 어떻게 실감 나게 연주할 수 있겠어요."

은근히 측면공격이다. 순간 나는 할 말을 잃었지만, 곧 이렇게 말했다.

"그래, 그럴 수도 있겠지. 하지만 주영아 나중에 얼마든지 그럴 때가 올 테니까, 넌 걱정 말고 하던 대로 해."

이처럼 순간순간 사춘기의 근성들이 발동할 때마다 나는 아버지라는 권위로 눌렀고, 그 위력에 제대로 반항 한 번 해보지 못하고 눌려 지낸 주영이의 가슴속에 얼마나 큰 응어리들이 남아 있을까 하는 생각이 들어서 한편으론 너무나 미안했다. 사실 지금 생각해보면, 내가 너무했던 것도 같다.

언젠가 이런 말을 들은 기억이 있다. 남자 녀석들은 사춘기가 시작되는 중학생 시절부터 결혼하기 전까지 사춘기라고. 정말 그런 것 같다. 이 오랜 기간 동안 얼마나 많은 사연들이 있었을까. 주영이는 어릴 때부터 심성이 아주 좋았다. 아무리 사춘기라 해도 부모의 말을 거역해본 적이 단 한 번도 없었다. 성인이 된 지금도 마찬가지다. 싫어도 부모가 반대하면 그대로 부모의 뜻을 수용한다. 그게 참 고맙다.

언젠가 이사하면서 주영이 방에서 우연히 떨어진 쪽지 하나를 발견했다. 중학교 때 쓴 글인데 이런 내용이 적혀 있었다. 그대로 옮겨본다.

A. 부모님 말씀 잘 듣기
 1. 말대꾸 안 하기
 2. 나를 화나게 한다 해도 참기
 3. 내 잘못은 나 스스로 인정하기
 4. 뭐든지 허투루 생각하지 않기
 5. 뭐든지 실천으로 옮기기(really 필요한 것만)

B. 거짓말하지 않기 또는 말을 과장하지 않기

C. 침착하기
 1. 행동할 때
 2. 바이올린 할 때
 3. 바쁠 때

D. 서둘지 않기 또는 설치지 않기

E. 할 말 있으면 꼭 하고 필요 없을 땐 무뚝뚝해지기

F. 교만해지지 않기 또는 잘난 체하지 않기

비록 이대로 다 지켜지지 못했다 할지라도, 바로 이런 결심이 있었기에 그 어려운 고비고비마다 무사히 지나가지 않았나 싶다. 그러나 인간의 능력은 너무나 보잘것없기에 우리는 말 못할 어려움을 당할 때마다 연약한 인간의 지혜보다는 하늘에 맡기고 지내왔다. 지내고 보니 언제나 하늘의 섭리는 우리 편에 서 있었다. 정말 감사한 일이다.

YCA와의 갈등

살다 보면 오르막이 있으면 내리막이 있고, 기쁜 일이 있으면 안 좋은 일도 있게 마련이다.

어느 날 YCA에서 전화가 왔다. 굉장히 화난 목소리였다. YCA 몰래 연주해서는 안 된다고 했는데 왜 몰래 시카고까지 가서 연주했느냐는 것이었다. 그리고 이 청구서는 도대체 어떻게 된 것이냐고 따졌다. 그 전화를 받고 주영이는 놀라고 당황해서 어쩔 줄 몰라 했다.

사실은 이랬다. 시카고에 사는 어느 분이 주영이를 초청해서 연주회를 가져보고 싶다고 요청이 왔다. 한인 사회를 중심으로 하는 콘서트인데, YCA 우승 후 한창 잘나가고 있을 때 천재 소년 바이올리니스트란 타이틀로 북한 주민 돕기 목적으로 연주회를 하겠다는 것이었다.

그때 한인 사회에서 하는 연주회이고, 또 당시 주최 측에서 자선 연주회의 성격을 띠고 있어서 YCA에 알리지 않고 그냥 우리끼리 해도 되겠다고 가볍게 생각했다. 그런데 가서 보니, 생각보다 한인 사회에 홍보를 많이 했고, 또 가자마자 한인 TV에도 출연해서 홍보도 했다. 연주회는 어느 대학 콘서트홀에서 열렸는데 500여 석의 홀이라 크지는 않았지만 좌석이 모자라서 서서 보는 분들도 많았다. 이때는 어찌 된 일인지 가는 곳마다 청중들이 성황을 이루었다.

그런데 연주회를 잘 마치고 돌아온 후 얼마 되지 않아서 이런 황당한 일이 벌어진 것이었다. 그리고 그 청구서는 다름 아닌 시카고에서 공연을 주관하던 분이 그 지역에 광고를 해놓고 지불 날짜가 지나도 광고비를 지불하지 않자 화가 난 광고사가 연주자일 뿐인 주영이 소속사 YCA에 직접 청구서를 보낸 것이었다. 정말 기막힌 일이었다. 광고사와는 아무런 상관도 없는 주영이 소속사에 무조건 청구서를 보내는 게 말이 되는가. 그리고 한 번쯤 우리한테 연락이라도 해줬으면 이런 일을 사전에 예방할 수도 있었을 텐데.

YCA와 계약 당시 해외는 자유롭게 연주할 수 있었지만, 미국 국내는 절대로 자기들을 통하지 않고서는 연주할 수 없게 되어 있었다. 그리고 주영이에게 너는 아마추어가 아니라 프로 연주자라는 걸 명심해야 한다고 거듭 강조했었다. 이 계약을 위반한 것도 문제였지만, 설상가상으로 시카고에서 엉뚱하게 자기들한테 광고비를 내라고 청구서까지 보냈으니 이 얼마나 황당했겠는가.

지난번 주빈 메타를 만나지 말라고 그렇게 당부했는데도 말을 안 듣고 가서 신용을 잃었는데, 이번에는 또 몰래 공연을 하다가 이런 불미스런 청구서 사건까지 생겼으니 이제 YCA에서의 연주는 이미 끝난 거나 마찬가지란 생각이 들었다. 이 사건 이후로 주영이에 대한 좋은 이미지는 많이 퇴색된 듯했고, 주영이 역시 YCA에 큰 기대를 하지 않게 되었다.

YCA와의 계약 기간은 3년으로 주로 지방 오케스트라와 협연 또는 독주회를 여러 차례 갖게 해서 연주자로서 경험을 쌓게 하고, 마지막으로 뉴욕과 워싱턴에서 데뷔를 시켜주면 YCA를 떠나게 된다. 이 중에서 특히 뉴욕 데뷔가 가장 중요하다. 왜냐하면 이때 여러 매니지먼트사에 연락해서 아티스트가 필요한 매니저들이 와서 보고 연주자가 마음에 들면 선발하기 때문이다. 그래서 내로라하는 젊은 연주자들이 심혈을 기울여 이 오디션에 참여하는 것이다.

이 일 이후로 3년이 다 되어 가는데도 주영이의 뉴욕과 워싱턴 데뷔에 대해서 전혀 언급이 없었다. 3년이 지나자 다시 불러서 갔더니 3년간 더 재계약하자고 했다. 무슨 이유인지 몰랐지만 이때도 겨우 열일곱 살밖에 안 되니 그럴 수도 있다고 생각했다. 이제 주영이도 별로 기대를 하지 않는 것 같았고, 이후 3년 동안 재계약만 했지 별로 연주회도 열어주지 않는 것 같았다. 새로 들어오는 아티스트를 중심으로 스케줄이 짜여지기 때문이기도 했지만, 한번 남긴 오점의 후유증은 쉬 없어지지 않는 느낌이 들어서 더 이상 YCA에 대한 미련을 버려야겠다고 생각했다.

그래서 할 수 없이 주영이를 그냥 둘 수 없어서 힘은 없지만 나라도 연주회를 만들어야겠다는 생각을 하게 되었다. 이때부터 아무것도 모르는 내가 매니지먼트에 대해 연구하고 현실에 부딪히기 시작했다. 그러나 이 험난한 가시밭길을 어떻게 헤쳐나가야 할지 막막하기 그지없었다. 그래도 한 가지 실낱같은 희망은 있었다. 당시 주영이는 나이에 비해 경력과 프로필을 어느 정도 내보일 만했다는 것이었다.

 게다가 간혹 초청이 오는 곳도 있어서 연주회는 꾸준히 이어지고 있었다. 특히, 대도시 중심의 연주회를 가지기 위해서 노력했는데, 애틀랜타에서 두 번의 독주회, 댈러스와 워싱턴, 그리고 로스앤젤레스 등에서 연주회를 열었다. 그들도 우리가 스스로 연주회를 만들어 나가서 그런지 주영이를 위한 연주회 스케줄은 별로 없었다. 결국 우리는 더 이상 더 미련을 갖지 말자고 결정하고 계약 기간이 1년이나 남았지만 떠나겠다고 통보했다. 그렇게 해서 파란만장했던 YCA와의 인연은 그렇게 막을 내리고 말았다.

2000년, KBS교향악단과의 협연 및 LA필하모닉과의 협연

　새로운 천년이 시작되는 2000년으로 접어들면서 온 세상은 지금까지 사용해온 컴퓨터가 연도를 끝 두 자릿수만 인식하므로 2000년이 되면 '00'으로 인식해서 1900년과 혼동을 일으켜 사회 전체가 대혼란에 빠질 거라는 '컴퓨터 2000년 연도 표기 문제'인 Y2K 문제, 즉 밀레니엄 버그(millennium bug) 문제로 그해 1월 1일 컴퓨터 대란이 일어날지도 모른다며 거기에 초미의 관심을 쏟고 있었다. 그때 우리도 설레는 마음으로 희망의 2000년을 맞이하고 있었다.

　이 해에 주영이는 한국의 KBS교향악단과 협연을 비롯하여 LA필하모닉과 큼직한 공연 스케줄이 잡혀 있었기 때문이다. 이때 강효 교수의 추천으로 KBS교향악단과의 협연이 이루어졌는데 해외에서 활동하는 젊은 연주자들 중 가장 촉망받는 연주자 초청 시리즈 1호로서 협연하는 프로그램이었다. 지난 1996년에 KBS교향악단과 협연한 이후 4년 만에 다시 갖는 두 번째 협연이었다. 이때 주영이 나이 열여덟 살로 당시 지휘는 객원으로 함신익 씨가 했다.

이때 협연곡은 카미유 생상스의 《바이올린 협주곡 제3번 b단조 Op. 61》이었는데 전국적으로 실황방송되었다. 두 번째 협연이라 그런지 그렇게 긴장하지 않고 조금도 흐트러짐 없이 깨끗하고 완벽하게 연주했다. 이때도 스트라디바리우스를 사용했는데 정말 우아하고 섬세한 부분까지 잘 전달해주었다. 연주 후에 국내판 『더 스트라드(The Strad)』 잡지에서 다음과 같은 리뷰 기사를 봤다.

> "흔히 사람들은 길 샤함과 벤게로프를 비교하여 길 샤함에게 없는 것이 벤게로프에게 있다고 한다. 그것은 슬픔, 서정성, 인간미 등 여러 가지로 표현될 수 있는데 오늘 젊은 오주영에게서 그런 것을 발견한 것은 뜻밖의 수확이었다. 그는 음량과 음색을 자신의 생각대로 요리할 줄 아는 노련함과 음악적 통찰력을 갖추고 있었다."

그리고 KBS 관계자가 협연 실황이 녹화된 비디오테이프를 보내주어서 봤는데 해설하는 분이 다음과 같이 이날의 연주에 대해 평하고 있었다.

> "놀라운 재능의 바이올리니스트. 깨끗한 톤과 풍부한 음악성, 큰 그릇, 자주 만나고 싶은 연주자."

아무튼 이런 리뷰를 통해 이날 연주회는 성공적으로 잘 마쳤다고 생각했다.

9월 KBS교향악단과의 협연 이후 이어서 10월에 LA필하모닉과 협연이 잡혀 있었다. LA필하모닉과는 멘델스존의 《바이올린 협주곡 e단조 Op. 64》를 협연했다. 로스앤젤레스는 우리가 미국에 처음 도착한 곳으로 이곳에서 살았기 때문에 미국 내 우리의 고향이라 할 수 있었다.

이 LA필하모닉과의 협연은 이렇게 이루어졌다. 어느 날 뜻밖에 『LA중앙일보』의 김장호 부장한테서 전화가 왔다. 주영이 프로필과 자료를 보내달라고 했다. 왜 그러냐고 물었더니, 지금 『LA중앙일보』가 주최가 되어 LA필하모닉과 공연을 주관하게 되는데 협연자를 한인 연주자로 선택하도록 지휘자에게 추천한다는 것이었다.

정말 꿈같은 소식이었다. 어떻게 주영이가 이런 유명 오케스트라와 협연할 수 있을까. 아직 나이도 어린데……. 아마 2년 전 로스앤젤레스에서 연주회를 했을 때 1,200여 명이나 와서 대성황을 이룬 것을 보고 언론에서 상당히 관심을 가졌었는데, 그래서 연락이 온 것 같았다. 얼마 뒤 다시 연락이 와서 주영이 CD나 DVD 좋은 것 있으면 보내달라고 했다. 하지만 이런 것을 잘못 보냈다간 오히려 역효과가 나기 쉬우므로 지금 보낼 만한 게 없는데 만약 원한다면 직접 지휘자 앞에서 생음악을 보여줄 테니 언제든지 연락하라고 했다.

그런데 그분이 통화 중에 이번 한인 연주자 중 세 명을 추천해서 지휘자에게 올렸는데 이미 잘 알려진 중견 바이올리니스트 한 분, 미국 거주 한인 유명 피아니스트이자 교수인 또 한 분, 그리고 오주영이라고 했다. 그분들은 주영이와 비교할 수 있는 인물들이 아니었다. 이미 그들은 유명세를 타고 있는 연주자들 아닌가.

혼자인 줄 알고 가슴이 부풀었는데 한순간 실망의 구렁텅이로 빠지는 기분이었다. 맥이 빠져서 별로 기대하지 않고 지냈는데 어느 날 전화가 왔다. 주영이가 선택되었다는 것이다. 전혀 뜻밖이었다. 어떻게 이런 일이……. 그때의 벅찬 기쁨의 감회는 지금도 잊을 수 없다.

LA필하모닉과의 협연은 열여덟 살 주영이로서는, 그리고 그때의 음악적 경력으로는 하늘의 별 따기만큼 어려운 상황이었기 때문이다. 당시 LA필하모닉 지휘자인 에사페카 살로넨(Esa-Pekka Salonen)은 그해가 안식년이라 쉬는 해임에도 불구하고 주영이와 같이 협연하기 위해 직접 자신이 지휘한다는 것이었다. 그래서 주위 사람들이 많이 놀랐다고 했다. 다른 사람이 지휘해도 되는데 왜 굳이 그분이 지휘자로 나섰을까. 아마 셋 중에서 나이가 가장 어린 젊은 연주자와 함께하고 싶었을지도 모른다.

연주회 전날 리허설을 마치고 무대 뒤로 나오는데 악장이 나를 보더니 엄지손가락을 세워 보이며 "최고!"라는 말을 했다. 악장이 그렇다면 괜찮나 보다 짐작하고, 그날의 연주가 더욱 기대되었다. 『중앙일보』가 주최인 만큼 신문에 온통 홍보 기사와 전면 광고로 넘쳐나고 있었다.

이날 저녁 공연에 1,300~1,400명의 청중이 왔고, 주영이는 가장 자신 있는 멘델스존의 《바이올린 협주곡 e단조 Op. 64》를 자신감 넘치게 맘껏 활을 휘둘렀다. 거기에 스트라디바리우스가 위력을 발휘하고 있었다. 연주 후 몇 번의 커튼콜과 기립 박수를 받았지만 앙코르 연주는 하지 않았다. 지휘자 에사페카 살로넨은 "오늘 네 놀라운 연주 덕분에 행복한 시간을 가졌다"고 젊은 연주자를 격려해주었다. 이렇게 해서 전혀 상상도 못 했던 LA필하모닉과의 협연을 성공적으로 끝냈다. 그 뒤 언론에 나온 연주회 리뷰를 하나를 살펴보면 이렇다.

"그의 연주는 매우 힘 있고 탁월했다. 그는 상쾌하면서도 잘 절제된 속도로 연주했으며, 멘델스존의 곡이 아무리 빠를지라도 그의 연주는 음 하나하나가 완벽하고 분명했다."

도로시 딜레이 교수와의 만남

줄리아드학교 강효 교수의 지도를 4~5년 정도 받고 있었을 때, 어느 날 강 교수님이 주영이를 세계적인 음악가들을 많이 키워낸 바 있는 바이올리니스트이자 줄리아드학교의 음악 교수인 도로시 딜레이에게 데리고 가서 소개했다. 이미 주영이에 대해 들은 바 있는 도로시 딜레이 교수는 주영이의 연주를 듣고서 이렇게 평가했다.

"너는 다른 학생들에 비해 독특한 개성을 지니고 있어. 앞으로 내가 너를 잘 지도해줄게."

이때부터 주영이는 강효 교수와 딜레이 교수 두 분께 바이올린 지도를 받게 되었다. 11학년 때였다.

주영이와 딜레이 교수와의 이 만남은 어쩌면 주영이 음악 인생을 바꿔 놓을 수 있는 획기적인 순간이 될 수도 있었다. 딜레이 교수가 누구인가. 그는 뉴욕 음악계의 대모로 불릴 정도로 줄리아드학교는 물론이고 뉴욕 전체에 영향을 미치는 힘 있는 교수로서 음악 행정적인 면에서도 상당한 영향력을 행사하고 있었다. 그렇기에 그가 관심을 가져주기만 한다면 연주가의 길도 쉽게 갈 수 있으리라 기대할 수 있기 때문이었다.

딜레이 교수는 음악을 전체적으로 보고 연주자로서의 개성과 힘 있는 소리에 역점을 두는 것 같았다. 미국식 교육은 한국과 많이 다르다. 한국은 소위 유명 교수들이 자신의 스타일대로 레슨을 하고 학생들도 그대로 배우는 식이라 연주하는 것만 봐도 누구의 제자인지 파악할 수 있을 정도로 표가 난다. 그러나 미국은 다르다. 학생의 개성을 살려주는 스타일이다. 그래서 주영이를 가르쳐주시는 강효 교수도 언제나 "이 부분을 너는 어떻게 연주하고 싶니?"라고 묻고, 그게 좋으면 "네가 원하는 대로 연주해라"라고 말씀하셨다. 즉, 미국에서는 교수의 의지대로만 교육시키지 않는다. 그래서 학생들마다 자신의 개성을 살릴 수 있는 것이다.

딜레이 교수는 주영이가 연주할 때마다 "마음껏 즐기라!"라고 말씀해주셨다. 천재는 노력하는 자를 따라갈 수 없고, 노력하는 자는 즐기는 자를 따라갈 수 없다. 정말 의미 깊은 말이다. 하지만 그것은 말처럼 쉽게 되는 게 아니다. 나는 늘 주영이한테 이렇게 말한다.

"200퍼센트 준비되지 않으면, 그 연주는 성공적으로 할 수 없다."

그래서일까 그렇게 많은 연주를 했지만, 진짜 내 마음에 드는 연주는 한두 개밖에 없다. 주영이는 준비를 완벽하게 하지 못하면서 무대에서 즐기는 기질이 있다. 나는 그 부분이 늘 아쉽다. 물론 나름 연주회 준비는 열심히 하지만 대충 하는 근성이 있는 것 같다. 어릴 때 재미로 바이올린을 하면서 그렇게 습관이 됐을지도 모르겠다.

안타까운 마음에 나는 아들에게 이렇게 조언한다.

"주영아, 음 하나하나를 이 잡듯이 잡아야 한다."

"아빠, 그런 음악은 음악이 아니에요. 배울 때나 그렇게 하지. 음 하나하나에 얽매어 어떻게 음악이 나오겠어요."

나의 조언에 이렇게 대답한다. 그래서 자신은 콩쿠르가 점점 싫어진다고 한다. 콩쿠르는 기계적이 되어야 하는데, 교과서적인 연주는 자기 기질에 맞지 않는다는 것이다. 그런 탓인지 주영이는 연주자를 뽑는 오디션에는 잘 맞는 것 같다.

이제 그 숱한 문제와 어려움과 스트레스 속에서 6년간의 중고교 시절이 막을 내리고 있었다. 그 6년간 주영이는 바이올린을 의무적으로 해야 했던 시기였을지도 모른다. 친구도 사귀고, 운동도 하고, 놀기도 해야 하는데……. 그런 게 전혀 없었다.

그러니 바이올린이 얼마나 지겨웠을까. 그래서 이렇게 불평하기도 했다.

"아빠는 왜 제게 바이올린을 가르쳐서 이 고생을 하게 해요. 하지만 지금 제가 이렇게라도 하는 것은 아빠가 어릴 때 혹독하게 연습시키지 않고 자유롭게 하도록 해줬기 때문이에요."

아들의 마음을 이해하고 안쓰러워서 나는 이렇게 말했다.

"그래, 그랬구나. 그렇게 힘들고 하기 싫으면 지금이라도 네가 원하는 대학을 선택해라."

내 말을 듣고 주영이는 어이없고 놀란 얼굴로 이렇게 대꾸했다.

"왜 진작 말씀하지 않으셨어요? 하지만 이젠 너무 늦었어요."

그렇다. 너무 늦었다. 이젠 줄리아드학교밖에 다른 길은 없다. 드디어 대학 입학 오디션 보는 날이 왔다.

시험장에 들어가는데 딜레이 교수가 "하이(Hi), 주영!" 하면서 인사하더란다. 비록 오디션 심사 위원이긴 하지만 미국인의 생활 습관상 "하이!" 하고 인사하는 게 너무나 자연스럽다. 하지만 이것은 한국에서는 상상도 할 수 없는 일이다. 누군지도 모르게 칸막이를 하고 오디션 보는 한국 입시와는 참 많이 다르다. 대학시험이라 해도 실기 오디션만 보기 때문에 주영에게는 별다른 문제가 되지 않았다.

3악장

줄리아드학교에서 보낸 시절

1 슬로바키아필하모니관현악단과 CD 녹음하는 장면. 멘델스존, 사라사테 등의
곡이 들어 있는 오주영의 최초 음반은 악조건 속에서 진행되었다.

2 미주 한인 이민 100주년 기념 '조수미 초청 미주 투어 콘서트'에 신이 내린 목소리 콜로라투라 소프라노 조수미와 함께한 오주영의 모습.

3 콜로라도심포니와의 협연 후 청중들의 뜨거운 환호에 지휘자와 함께 인사하는 오주영. 이날 연주가 끝나자마자 전 관객들이 동시에 벌떡 일어나 기립 박수를 쳐서 깜짝 놀랐다.

오주영, 줄리아드학교
음대생이 되다

줄리아드학교는 대학 1학년생은 누구나 의무적으로 기숙사 생활을 해야 한다. 그래서 우리는 짐을 챙겨 기숙사 방까지 옮겼는데 조그만 방에 둘이서 생활하도록 2층 침대로 되어 있었다.

지난 6년간 새장에 갇힌 새처럼 꼼짝도 못 하고 지내다가 이제 홀몸으로 세상 밖을 마음껏 날게 되었으니 그 기분이 어땠을까. 아마 온 세상이 자기 것인 양 활개를 치고 싶었을 것이다. 우리는 아들이 학교생활에 잘 적응해서 무사히 1년을 잘 지내길 바라는 마음뿐이었다. 이때 주영이는 줄리아드학교 장학금, 삼성문화재단에서 주는 장학금과 그리고 지금은 없어졌지만 당시 정트리오 어머님이 이사장으로 있는 세화음악재단의 장학금을 몇 년간 받기도 했다.

주영이는 정말 그동안 못다 푼 한을 풀듯이 신나게 놀면서 공부는 뒷전인 양 시간을 보내는 것 같았다. 아무도 간섭하는 사람 없이 자유의 몸이니 오죽 했으랴. 그러나 다른 공부는 몰라도 바이올린만은 제대로 하겠지 하고 믿었다. 그런데 바이올린도 별로 연습하는 것 같지 않았다. 들리는 말에 의하면, 어느 선배와 단짝이 되어 잘 돌아다닌다고 들었다.

특히, 놀기 좋아하는 주영이의 기질상 완전히 물 만난 고기처럼 얼마나 좋았을까. 이렇게 두었다가는 대학 생활이 엉망이 되지 않을까 하는 노파심에 나는 그 선배를 만나기 위해 수소문한 끝에 겨우 전화번호를 알아냈다. 그리고 그를 만나서 주영이가 미국에 온 배경과 일반 학생들과는 다른 위치에 있다는 걸 이야기하고, 지금 대학 과정이 아주 중요한데 열심히 할 수 있도록 선배로서 잘 타일러 주고 좋은 방향으로 이끌어주도록 부탁했다.

아무리 연습이 부진하고 놀기에 바빠도 주영이의 바이올린 실기 성적은 언제나 A였다. 하지만 대학 1년 동안 배운 곡이 몇 개 되지 않았다. 어쩌면 별로 할 만한 것이 없었는지도 모른다. 고등학교 때까지 웬만한 바이올린 협주곡은 거의 다했고, 나머지 현대 바이올린 협주곡은 주영이가 별로 좋아하지 않아서 하고 싶지 않다고 했다. 그래서 바이올린 소나타 몇 개 정도만 한 것 같았다. 이대로 두었다간 대학 생활이 너무 해이해질 것 같다는 생각이 들었다. 대학생이면 이제 성인인데 학생티를 벗고 좀 더 성숙한 연주자로서 성장해야겠기에 연주할 기회를 만드는 게 최선의 방책이란 생각이 들었다. 연주회가 있어야 더 연습을 하고 준비하기 때문이었다.

언젠가 강효 교수가 이런 말을 했다.

"모든 곡들을 빨리 다 연습해놓고, 대학 때부터는 다시 점검하면서 다져나가면 훨씬 좋습니다."

그렇다면 연주회를 통해서 더 완전한 복습이 이루어질 것이란 생각이 들었다. 연주회를 만든다는 게 얼마나 힘든지 안 해본 사람들은 모른다. 연주가를 꿈꾼다면 무대에 많이 서야 한다. 내가 연주회에 대해 아는 것은 없었지만 그래도 노력하는 만큼 기회가 올 것이란 신념을 가지고 오르기 힘든 높은 벽을 다시 오르기 시작했다.

그러기 위해서는 첫째 제대로 된 CD를 녹음(recording)하는 게 급선무였다. 그래서 우선 대학 1학년을 마칠 즈음에 CD를 녹음해야겠다고 생각하고 유럽에 있는 지인을 통해서 경제적으로 부담이 덜 되는 어느 오케스트라를 추천받게 되었다.

악조건 속에서 CD를 녹음하다

2002년 2월, 우리는 유럽에 있는 지인으로부터 소개받은 슬로바키아필하모닉오케스트라와 CD를 녹음하기 위해 비엔나로 갔다. 거기서 아는 분과 함께 슬로바키아로 가게 되어 있었다. 비엔나에서 목적지인 슬로바키아까지는 약 다섯 시간 정도 걸린다고 해서 승용차를 타고 가기로 했다.

출발하기 전 정비소에 가서 차를 점검하고 오후 4시쯤 출발하면 밤 9시 정도면 도착할 것이라 예상하고 출발했다. 보기에 차가 약간 낡은 것 같아서 몇 년 된 차냐고 물었더니 10년 됐다고 했다. 과연 이 차로 장거리 여행이 가능할지 속으로 염려되었다.

비엔나에서 국경을 넘어 조금 갔을 때 안개가 서서히 나타나기 시작했다. 조금 가면 괜찮아지겠지 하고 별로 신경을 쓰지 않았는데, 갈수록 안개가 너무 심해져서 2~3미터 앞도 도저히 볼 수 없을 정도가 되었다.

평생 이런 안개는 처음이었다. 사방이 산악 지대로 겹겹이 둘러싸여 있었고, 집도 불빛도 전혀 보이지 않았다. 적막강산의 어두운 암흑 같은 길을 우리는 마음속으로 기도하면서 천천히 기어가고 있었다.

그때 난데없이 어떤 차가 중간에 나타나 우리 앞을 가고 있었다. 그래서 우리는 그 차 뒤에서 그 차의 불빛만 바라보고 부지런히 따라갔다. 어느 정도 갔을 때 그 차마저 사라져 버렸다. 밤은 깊어가고 바깥 날씨가 너무 추워서 차 정면 창문이 얼어붙어 앞이 보이지 않아서 보통 문제가 아니었다. 다행히 조금 더 가니까 주유소가 나타났다. 거기서 창문을 깨끗이 닦고 휴식을 취한 다음 다시 출발했다.

시간은 벌써 저녁 10시를 넘어가고 있었다. 벌써 도착해야 할 시간이었다. 안개는 여전히 걷히지 않고 계속되었다. 이러다간 내일 아침까지 가야 할지도 모르겠다는 생각이 들 때쯤 어디선가 또 우리 앞에 차 한 대가 나타나 가이드해주었다. 우리는 열심히 그 차를 따라갔다. 한두 시간쯤 지났을까 이 차도 사라졌다. 또 천천히 가기 시작했다. 이제 새벽 2시가 되었다. 안개는 여전히 우리 앞을 가리고 있었다. 차가 고물인지 히터마저 들어오지 않아 벌써 여덟 시간째 우리는 꽁꽁 얼어붙은 상태에서 움츠리고 있었다. 이 지역은 주위가 산으로 둘러싸여 있어서 좀처럼 안개가 걷힐 것 같지 않았다.

그런데 또 난데없이 중간에 트럭 한 대가 나타나 우리를 가이드해주었다. 우리는 안심하고 그 뒤를 또다시 따라갔다. 한 시간 정도 지나자 그 트럭도 샛길로 사라졌다. 그때부터 점점 안개가 걷히면서 주위에 있는 집들이 보이기 시작했다.

그 후로 우리 앞에는 어떤 차량도 나타나지 않았고, 우리는 목적지까지 무사히 잘 도착할 수 있었다. 우리는 앞에 나타나 우리를 인도해준 차들을 '엔젤스 카(angel's car)'라고 이름 붙여주었다.

벌써, 새벽 4시가 다 되어가고 있었다. 오늘 아침 9시부터 녹음 스케줄이 잡혀 있었으므로 주영이가 겨우 네 시간만 눈을 붙이고 녹음 준비를 해야 해서 보통 걱정이 아니었다.

이런 몸 상태로 어떻게 녹음할지 참으로 난감했다. 그렇다고 정해진 스케줄을 변경할 수도 없었기 때문에 제시간에 연주홀로 가서 녹음을 시작했다. 홀은 아주 큰 공연장인데 거기서 직접 녹음하도록 되어 있었다.

하루 세 시간씩 3일간 하는 스케줄이 잡혀 있었다. 오케스트라와의 녹음이 처음이긴 했지만 이렇게 까다로운 줄은 미처 몰랐다. 오케스트라와의 호흡이 완전하지 않으면 무조건 스톱하고 다시 시작했다. 그러니 50분 정도의 연주곡목을 무려 아홉 시간이나 잡는 이유를 알 것 같았다. 이번 녹음을 하면서 평상시 오케스트라와 한두 번 리허설을 하고 나서 협연하는 것은 식은 죽 먹기라는 생각이 들었다.

녹음을 책임지고 진행하는 분은 솔로 곡과 오케스트라 곡을 완전히 통달한 것 같았다. 조금만 안 맞아도 귀신같이 찾아내곤 했다. 지휘자, 오케스트라, 솔리스트가 완전히 삼위일체가 되지 않으면 불가능한 것임을 새삼 느꼈다. 적당히는 통하질 않았다. 첫날부터 악조건 속에서 시작된 녹음이 이 정도라도 이루어진 것은 실로 기적이라는 생각밖에 들지 않았다.

이렇게 오주영의 최초 음반이 제작되었는데, 멘델스존의 《바이올린 협주곡 e단조 Op. 64》, 마스네(Jules-Emile-Frédéric Massenet, 1842~1912)의 《타이스의 명상곡(Meditation from Thais)》, 사라사테의 《치고이너바이젠》 등의 곡이 들어갔다. 이 CD는 당시 지휘를 맡았던 독일인 교수에 의해서 유럽에서 발매되었고, 한국에서는 유니버셜레코드에서 발매되었다.

　우리는 녹음을 무사히 마치고 다시 비엔나로 돌아가고 있었다. 점심을 먹고 오후에 출발했는데 운전해주시는 분이 저녁에 약속이 있다면서 속도를 상당히 냈다. 점점 어두워져 사방이 칠흑 같았다. 여전히 꽤 속도를 내고 있어서 걱정이 되어 미터기를 보니 시속 140킬로미터로 밟고 있었다. 속도를 줄이자고 했으나 여긴 속도 제한이 없다면서 마구 밟아댔다. 이러다가 혹시 차가 고장 나 사고라도 나면 이 험하고 불빛 하나 없는 산악 지대에서 꼼짝없이 떨면서 생고생할 것 같아 마음속으로 계속 기도만 하고 갔다.

　다행스럽게도 무사히 비엔나까지 도착했다. 졸였던 가슴이 가라앉으면서 감사한 마음뿐이었다. 그런데 다음 날 차 시동을 거는데 차가 움직이지 않았다. 어제저녁 그 험준한 산악 지대에서 이런 일이 생겼다면 어떻게 됐을까. 그 생각을 하니 온몸에 짜릿한 전율이 느껴졌다.

　그렇지 않아도 이번 여행 기간 동안 큰 교통사고가 세 번이나 날 뻔했다. 한 번은 앞에 가는 차량을 추월하기 위해 옆으로 비켜서 가고 있는데 길 가장자리가 약간 비스듬히 아래로 경사진 것을 미처 확인하지 못하고 추월하다가 차가 옆으로 기우뚱거리며 넘어질 뻔하다가 겨우 모면했다. 그 순간 온몸에 소름이 돋았다. 또 한 번은 우리 차가 달리고 있는데 옆길에서 사정없이 차가 튀어나와 가로질러 갔다. 만일 우리가 1~2초만 빨리 지나갔더라면 우리 차 옆을 들이박는 대형 사고가 날 뻔했다. 그리고 또 한 번은 달리던 앞차가 급정거하는 바람에 뒤따라가던 우리 차도 급정거했는데 차가 밀려 거의 앞차와 종이 한 장 차이로 붙어 있었다. 남의 차를 들이받았더라면 또 얼마나 골치 아팠을까. 더구나 국가도 다른 데서…….

이런 어려움 가운데서도 무사히 모든 여정을 마칠 수 있게 된 것은 결코 우연만은 아닌 것 같다. 지금도 그때 일을 생각하면 옛 추억의 희미한 그림자처럼 떠오르는데, 그 순간순간 어려운 여정을 잘 마친 것도 하늘의 도움이라고밖에 다른 생각은 들지 않는다.

한편 비엔나까지 왔는데 그냥 갈 수 없다고 해서 거기서 연주회를 한 차례 했다. 물론 미리 계획된 것이었지만, 주영이는 녹음 후 가벼운 마음으로 비엔나의 음악팬들에게 줄리아드학교의 수준을 선보이는 그런 연주를 선사했다. 빈 좌석이 없을 정도로 좌석이 꽉 차서 보기에 좋았다. 이곳에서의 연주회도 잘 마치고 우리는 다시 미국으로 돌아왔다.

기숙사에서 다시 집으로 돌아오다

　1년의 기숙사 생활은 주영이가 미국 와서 가장 재미있고 신나는 생활이었을 것이다. 이제 다시 갇힌 생활을 하게 됐으니, 그 마음이 어떨지 가히 짐작이 갔다. 고삐 풀린 망아지를 다시 고삐를 잡고 우리에 집어넣는 기분이었다.

　그래서일까 주영이는 집에 들어오자마자 이렇게 말했다.

　"요즘 대학생들이 자기 집에서 다니는 애들이 어디 있어요. 전부 다 독립하는데……. 나는 이게 뭐예요."

　"혼자 독립해도 될 사람이 있고, 안 될 사람이 있다. 네가 더 잘 알 테니 두말하지 말 거라."

　나는 이렇게 분명하게 말했다.

　미국은 만 열여덟 살이면 독립한다. 대학 가면 자연적으로 그렇게 된다. 하지만 여러 가지로 어려운 시기에 집에서 학교 다닌다는 게 얼마나 다행스러웠는지 모르겠다. 지금까지 우리는 학교 옆에 집을 얻어서 살았다. 하지만 맨해튼은 아니었다. 집세가 너무 비싸서 도저히 불가능했고, 또 너무 복잡했다. 그래서 힘들겠지만 하루에 두 번씩 맨해튼을 왕복해야 하는 번거로움을 감수할 수밖에 없었다.

아침에 주영이를 학교에 데려다주고, 오후에 가서 다시 데려와야 했다. 그 외에 외출할 일이 있으면, 하루에 세 번도 왕복했다. 나도 운전을 해주었지만 주로 주영이 엄마가 수고했다. 주영이 엄마는 한국에 있을 때 미국 가면 차가 발이라고 하니까 자기도 운전을 배워서 가겠다고 운전면허증을 한국에서 받았다. 그리고 미국 들어오기 전에 한 달간 매일 도로 연수를 받았는데, 연수 마지막 날 운전 선생이 아무래도 운전은 안 하시는 게 좋겠다고 진지하게 말해서 무척 실망했었다. 아내는 동작도 약간 느리고 운동신경도 둔한 편이라 그럴 만하다는 생각이 들었다. 특히, 아내는 미국 오기 전 주영이 초등학교 2학년 때 양성종양으로 한국에서 머리를 대수술해서 그 후로는 몸이 안 좋아 순전히 정신력으로 버티며 살고 있었다. 그래도 집념이 강한 편이라 복잡한 맨해튼을 누비는 운전기사 노릇을 잘해내고 있으니 정말 다행이었다. 한국의 운전 선생이 이 사실을 안다면 믿어줄까. 만약 아내가 겁을 집어먹고 운전을 하지 않았다면 어떻게 됐을까. 나는 오후에 내 일을 해야 하는데……

미국에 오면서 내가 가진 돈 전부를 가지고 왔지만, 몇 년 지나니 생활비, 음악 활동비 등으로 다 날아갔다. 할 수 없이 다시 아이들의 바이올린 레슨을 시작했다. 특히, 미주 생활지 월간 홍보용 잡지에 내 전공을 살려서 어린아이들의 재능교육에 대한 칼럼을 4년간 계속 썼는데 그것이 바이올린 레슨에 큰 도움이 되었다.

주영이는 중고생 시절부터 미식가 중의 미식가다. 음식 맛을 보는데 도사다. 그래서 지난 6년간 아침은 간단히 해결하고, 점심은 학교에서 먹고, 저녁은 언제나 특별 메뉴로 준비해야 했다. 주영이는 엄마가 고생하는 줄도 모르고 항상 "엄마, 오늘 저녁은 뭐예요?"라고 묻는 게 입버릇처럼 되어 있었다. 그래서 주영이 엄마는 아예 한 달 메뉴를 짜놓고 매일 저녁 다른 음식으로 준비했다. 중복되는 걸 싫어하므로 한식, 양식, 분식 등 자기 입맛에 맞아야 했다. 힘들게 연습하느라 고생인데 음식으로라도 스트레스를 풀게 해주려고 주영이 엄마는 정성껏 만들어주었다. 다행히 주영이 엄마는 요리에 관심이 많아서 요리 연구가로 주위에 알려졌다. 가끔 손님들을 불러서 파티할 때 요리가 작품이라며 먹기 아깝다고 손대기 주저할 정도다.

이렇게 우리 부부가 애지중지하는 주영이는 그야말로 하늘이 준 보배다. 우리 부부는 당시로는 약간 늦게 내 나이 서른네 살, 주영이 엄마는 스물여덟 살에 결혼했다. 그런데 주영이 엄마가 임신만 하면 유산을 해서 출산을 거의 포기했었다. 그래서 주영이 할머니가 더 애가 타서 얼마나 기도를 많이 했는지 모른다. 그래서인지 어느 날 꿈에 "아들을 받아라!" 하고 무언가를 주더라는 것이었다. 그 뒤에 임신이 되어 주영이가 태어났다. 그리고 주영이 동생을 가지려고 노력했지만, 끝내 갖지 못하고 말았다. 그러니 주영이는 하늘이 내려준 아이가 아닌가!

집으로 들어온 주영이는 다시 새장 속으로 들어온 기분이겠지만 받아들이고 잘 적응하고 있었다.

연주회는 계속된다

　나는 유럽에서 녹음한 CD와 프로필을 여러 오케스트라에 보냈다. 사실 아무런 연관도 없이 어느 누구의 추천도 없이 전혀 모르는 젊은 연주자의 CD와 프로필이 아무리 좋다고 해도 협연이 성사되는 건 하늘의 별 따기보다 어렵다. 처음 시도하는 거라 겁도 없이 보내봤는데, 뜻밖에도 몇 곳에서 연락이 왔다. 나도 깜짝 놀랐다. 연락 온 곳은 타코마심포니, 뉴욕 브루클린심포니, 마이애미심포니, 샬롯데필하모닉 등이었다. 먼저 타코마심포니와 협연 약속을 한 후 얼마 되지 않아 브루클린심포니에서도 연락이 왔다. 하지만 타코마심포니와 날짜가 중복되는 바람에 아쉽지만 할 수 없이 포기할 수밖에 없었다. 그리고 다른 두 곳은 스케줄이 맞지 않아서 포기했다.

　일본에서 투어 연주회는 다섯 번 정도 했다. 하지만 오케스트라와 협연은 하지 못했기 때문에 꼭 한 번 하고 싶어서 도쿄의 꽤 괜찮은 오케스트라와 3년 정도 계속 연락을 취했다. 드디어 협연 날짜가 왔는데 공교롭게도 다른 오케스트라와 협연 날짜가 중복되는 게 아닌가. 그토록 기다리던 협연이었는데 말이다. 그렇다고 이미 결정된 연주를 취소할 수는 없었다. 사정을 이야기하고 다음으로 미루자고 했는데 그것으로 그만 끝이다. 음악계는 정말 희한하다. 자기들이 원하는 날짜에 안 되면 왜 다음 기회는 생각하지 않는 걸까. 자존심이 상한다는 걸까.

주영이는 이미 약속된 타코마심포니와의 협연을 위해 먼저 출발하고 우리 부부는 연주 당일 가기로 했다. 짐을 가져가는 부담을 덜어주기 위해 우리가 갈 때 택시도 가방을 들고 갈 테니까 주영이에게는 바이올린과 개인 가방만 가지고 가라고 했다. 우리는 연주 당일 짐을 챙겨 공항으로 가서 모든 수속을 마치고 편안하게 비행기 안에 자리 잡고 앉아 있었다. 모든 사람들이 다 들어오고 비행기 문이 닫히기 직전, 이상하게 머리 위 짐칸을 보고 싶어서 열어보니, 우리 가방만 보이고 주영이 택시도 가방은 없었다. 주영이 엄마한테 물어보니, 모르겠단다.

그 순간 나는 정말 잽싸게 가방을 낚아채고 정신없이 달려나갔다. 주위 사람들과 스튜어디스가 놀란 표정으로 무슨 일이냐고 묻길래 무조건 "비상사태(emergency)!"라고만 외치면서 뛰쳐나갔다. 우리가 나간 후 바로 비행기 문이 닫히고 움직이기 시작했다. 아이고, 한숨이 절로 나왔다.

우리는 그다음 비행기로 시간 변경부터 했다. 혹시 택시 안에 두고 왔는지 아니면 집에 두고 왔는지 아리송했다. 그래서 일단 집으로 갔다. 가보니 제일 중요한 거라고 문 입구에 미리 놔둔 게 그대로 있었다. 문을 열고 나오면서 그걸 깜빡 잊었던 것이다. 우리 부부 둘 다 정신이 나가도 보통 나간 게 아니었다.

우리는 다시 공항으로 가서 다음 비행기에 무사히 오를 수 있었다. 약간 늦게 도착했지만 연주에는 지장이 없었다. 만약 그날 그 순간 짐칸을 열어보지 않았다면 어떻게 됐을까. 정말 아찔하다. 지금은 검은 와이셔츠만 걸치고도 연주를 할 수 있지만 그때만 해도 턱시도 없이는 연주를 못 했다.

이때 안토니오 비발디(Antonio Vivaldi, 1678~1741)의 대표적인 바이올린 협주곡 《사계(The four seasons)》 전 곡을 처음으로 협연했는데 이틀간 연속했다. 주영이는 공연 때 언제나 기립 박수에 앙코르 요청을 받는 편이다. 앙코르는 당시 SBS 드라마 〈올인〉의 테마곡을 삽입해서 주영이가 편곡한 곡을 했는데, 마지막 부분이 아주 빠르게 끝나서 이 곡만 연주하면 늘 대단한 반응을 보였다. 대개 우리나라 사람들은 기립 박수에 인색한 편이지만, 미국은 웬만하면 기립 박수를 친다. 공연을 마친 후 리셉션에서 지휘자가 다음엔 차이콥스키(Pyotr Ilich Tchaikovsky, 1840~1893)의 곡을 한 번 하자고 제안했다. 다음을 약속하는 건 그날 연주에 만족하다는 증거이므로 협연자에겐 좋은 소식이 아닐 수 없었다. 타코마심포니 연주 후 어느 분이 미국 언론에 나온 기사를 보내주었는데, 다음과 같은 리뷰가 적혀 있었다.

"오주영의 연주는 모든 선율에 풍부한 감정이 담겨 있고, 섬광처럼 빛나는 완전한 사운드로 연주되었다. 그리고 불꽃처럼 열정적인 연주였다."

부산시향 협연에서 있었던 일

우리는 얼마 뒤 부산시립교향악단과 협연 스케줄이 잡혀서 한국으로 갔다. 그때 부산시향 지휘자는 한국에서도 이름 있는 곽승 지휘자였다. 상당히 까다로운 지휘자라는 말을 들었기 때문에 약간 긴장되기도 했다. 혹시 리허설하다가 뭔가 잘 맞지 않거나 마음에 들지 않으면 주영이가 스트레스를 받지 않을까 염려되기도 했다. 주영이가 손을 푸는 동안 오케스트라 리허설하는 걸 봤는데 과연 들은 대로 대단한 분이었다.

'아이고, 오늘 리허설 잘해야 될 텐데…….' 속으로 많이 긴장되었다. 드디어 주영이 리허설 차례가 되었다. 핀란드의 작곡가 얀 시벨리우스(Jean Sibelius, 1865~1957)의 《바이올린 협주곡 d단조 Op. 47(Concerto for Violin and Orchestra in d minor, Op. 47)》을 연주했다. 이 곡은 이미 아스펜음악제에서 10학년 때 협연한 경험이 있었고 당시 주영이가 좋아하는 곡이기도 했다. 그래도 혹시나 하고 마음을 졸이며 듣고 있었다. 그런데 리허설이 끝나고 지휘자가 하는 말이 완전히 반전이었다.

"줄리아드학교 학생이라고 해서 바이올린 좀 하는가 보다 생각했어요. 그런데 상상 밖의 연주를 해서 너무 감동받았습니다. 이렇게 잘할 줄은 몰랐어요. 지금 바로 서울시향에 오주영의 협연 스케줄을 잡으라고 전화했습니다."

당시 이분은 서울시향과 부산시향 두 곳의 상임 지휘자로 활동하고 있었다. '이런 행운이 있을 수 있을까.' 속으로는 무척 놀랐지만 겉으로 표현하지는 않았다.

그리고 또 그분은 이렇게 말했다.

"주영에게는 무한한 음악적 잠재력이 있습니다. 앞으로 큰 재목으로 클 수 있으니 무엇보다 매니지먼트를 잘 만나세요. 오늘 너무 기분이 좋아서 제가 한턱내겠습니다."

이런 일도 있을까. 살다 보니 별일도 다 있다. 지휘자가 한턱내다니…….

그분은 어느 근사한 횟집으로 우리를 인도했다. 이 집 회가 좋다면서 마음껏 먹으라고 했다. 주영이나 나나 회를 좋아하는 편이라 정말 맛있게 잘 먹었다. 지금까지 수많은 연주회를 다녔지만, 지휘자한테 대접받기란 결코 흔한 일이 아니었다.

그러면서 그분은 앞으로 중요한 협연 스케줄이 있으면 자기한테 연락하면 미리 해볼 수 있는 기회를 만들어보겠다고 했다. 그리고 한국의 유명 기획사 크레디아에 소개해줄 테니 앞으로 한국 공연을 거기서 기획하면 좋을 것이라고 했다. 하지만 이미 서울의 공연 기획사 PMG코리아와 5년간 계약된 상태라 어쩔 수 없었다.

그리고 오늘 무대에 나가면 리허설 때보다는 약간 빨라질 수도 있으니 네 마음껏 연주하면 자신이 알아서 맞춰줄 테니 염려하지 말라고 했다. 지금까지 여러 오케스트라와 협연했지만 이 정도로 배려해주는 지휘자는 단 한 사람도 만난 적 없었다. 덕분에 이날 밤 연주도 아주 성공적으로 잘 마쳤다. 박수 소리가 그치지 않아 앙코르 곡을 두세 곡 정도 했다. 솔리스트들은 협연의 앙코르는 대개 한 곡으로 끝나는 게 기본이다. 자기만의 독주 무대가 아니기 때문에 그렇게 하는 게 오케스트라에 대한 예의다. 하지만 그날은 아주 특별해서 몇 곡을 더 했다. 긴장 속에서 진행했던 부산시향과의 협연을 잘 마치고 우리는 다시 미국으로 돌아왔다.

프랑스 연주회 때의 에피소드

부산시향과 협연이 끝난 지 얼마 지나지 않아 프랑스에서 연락이 왔다. 프랑스 제2의 도시 리옹에서 오주영 연주회가 결정됐다는 것이다. 세 번째 갖는 유럽 연주회였다.

우리 부부는 해외여행을 따로 가지 않고, 주영이 연주회 때 같이 다니기로 했기 때문에 항상 셋이서 같이 다니면서 연주도 보고 때로는 관광도 했다.

물론 주영이도 성인이니까 혼자서 얼마든지 다닐 수 있다. 하지만 연주자는 연주 후에 오는 고독감도 무시하지 못한다. 무대에서 화려하고 열광적인 청중들의 박수와 환호를 받다가 막상 무대를 벗어나 호텔로 돌아오면 혼자라는 쓸쓸함은 무대의 뜨거운 열기와는 정반대로 더 차갑고 더 외롭게 느껴진다. 그래서 한국에서는 연주 후에 뒤풀이를 하는지도 모르겠다. 더구나 낯선 외국의 경우 우리가 함께하는 것이 주영이의 정신적 안정을 위해서도 좋을 것 같다는 생각에서 그렇게 했다. 나는 적어도 유럽의 대표적 국가라 할 수 있고 음악적인 정서가 풍부한 오스트리아, 독일, 프랑스, 영국, 이탈리아 등에서는 연주회를 가질 필요가 있다고 생각해왔다. 내 능력으로 어떻게 할 수 있을지 몰라도 언젠가는 이루어지리라 믿고 추진하고 있었다. 그런데 독일 베를린에 이어, 비엔나, 이제 프랑스 리옹까지. 그렇다면 앞으로 이탈리아, 영국에서만 하면 우선 목표는 달성되는 셈이었다.

파리에 도착하자마자 비행기 안이 추웠는지 감기 증세가 내 온몸을 감싸면서 심해지기 시작했다. 2월 초라 날씨가 상당히 쌀쌀했으며 외국에서 마음대로 약을 살 수도 없어 우리를 가이드해주러 나오신 리옹 대학 교수가 구해준 상비약을 먹었지만 아무런 효과가 없었다. 오직 정신력으로 버틸 수밖에 별도리가 없었다.

우리는 가이드를 따라 리옹으로 가는 기차를 타기 위해 역 쪽으로 걸어가고 있었다. 사람들이 많이 운집해 있었는데 주영이가 여기 도둑들이 많이 있을 것 같다고 했다. 그래서 나는 악기를 조심하라고 했다. 그리고 우리를 가이드하는 분이 우리에게 외국에서 온 티가 나기 때문에 조심하라고 했다.

신경을 곤두세우고 기차 객실로 들어가 가이드하는 분이 먼저 자기 손가방을 위에 얹고 그다음 앞쪽에 우리 가방을 받아서 하나씩 올려 주고 있었다. 우리 세 사람의 가방을 다 올리고 보니, 자기 가방이 순식간에 없어졌다. 사방을 둘러보며 가방을 찾으니 옆에 있던 분이 어떤 젊은이가 그 가방을 가지고 재빠르게 나가더라고 했다. 이미 늦었다.

아무리 찾아봐도 보이지 않았다. 이 일을 어쩌나……. 그 속에 다행히 돈은 들어 있지 않았지만, 학생들에게 가르칠 모든 자료가 담긴 디스켓이 들어 있단다. 아마 이 가방이 컴퓨터 가방이라 컴퓨터가 들어 있는 줄 알고 계속 미행한 것 같았다. 그 교수에게는 가장 중요한 자료인데……. 미안하기 짝이 없었다.

그러나 어쩔 수 없이 우리는 리옹으로 갔고, 그 교수는 전화로 파리 경찰서에 일단 연락해두었다. 주영이 엄마는 가방을 찾을 수 있도록 계속 기도만 하고 있었고, 우리는 이 일로 걱정스런 가운데 연주회를 할 수밖에 없었다. 이번 독주회는 리옹의 기독교 협회에서 주최했는데 그 당시에 신년을 맞이해서 그 해를 '바이블의 해'로 정하고 첫 이벤트를 오주영 초청 콘서트를 개최하기로 했다는 것이다. 그래서 연주 장소도 리옹에서 가장 전통 있고 오래된 고풍스러운 교회였다. 프랑스에서 첫 연주회였지만 기립 박수를 세 번씩이나 받았다. 몇 곡의 앙코르로 보답했고, 가지고 간 CD 몇십 장이 순식간에 다 팔리기도 했다.

연주회를 마치고 다시 파리로 가는 날 파리 경찰서에서 연락이 왔다. 가방을 발견했다는 것이다. 정말 놀랍다. 어떻게 찾았을까. 가방을 날치기한 사람이 열어보니 별 볼 일 없으니까 쓰레기통에 버리지 않고 어느 길모퉁이에 둔 것을 경찰이 발견하고 연락했단다. 정말 기적 같은 일이었다. 그 가방을 다른 사람이 주워갔을 수도 있었을 텐데……. 또 하필 경찰의 눈에 띈 걸까. 근심 속에 돌아올 우울한 연주 여행이 결국 밝은 웃음으로 끝맺게 되어 너무나 감사했다.

조수미와의 콘서트

프랑스 연주를 마치고 돌아온 지 얼마 되지 않아 『LA중앙일보』에서 전화가 왔다. 이번에 미주 한인 이민 100주년 기념으로 '조수미 초청 미주 투어 콘서트'를 하는데 주영이에게 특별 출연해달라고 했다. 신이 내린 목소리 콜로라투라 소프라노(coloratura soprano)[3]와 함께하는 것도 의미 있는 일이라 당연히 거절할 이유가 없었다.

이번 연주회는 로스앤젤레스, 뉴욕, 워싱턴, 덴버 이렇게 네 곳에서 있었다. 말할 것도 없이 모두 유명한 대형 콘서트홀이었다. 로스앤젤레스에서 가장 큰 홀인 뮤직센터에서 첫 공연이 시작되었다. 2,000여 석의 좌석이 꽉 찰 정도로 많은 청중이 왔다. 이번 공연은 오케스트라와의 협연인데 주영이는 사라사테의 《카르멘 환상곡 Op. 25(Carmen Fantasia Op. 25)》를 하기로 했다. 이 곡은 비제(Georges Bizet, 1838~1875)의 걸작 가극 《카르멘》의 유명한 가락을 주요 재료

---

3) 빠르게 굴러가듯이 장식적이며 기교적인 노래를 부르는 데에 적당한 소프라노.

로 해서 바이올린 곡으로 편곡한 것인데, 바이올린 주법의 묘기를 다해서 현의 변화무쌍한 정취를 발휘한다. 벌써 로스앤젤레스에서 다섯 번째로 무대에 섰다. 이어서 뉴욕 카네기홀(Carnegie Hall)도 2,000석이 넘었다. 가는 곳마다 초만원이었다. 노래만 듣다가 중간에 바이올린을 들고 나오는 젊은 아티스트의 넘치는 카리스마는 청중들에게 또 다른 재미를 더해주는 것 같았다. 이때만 해도 주영이의 《카르멘 환상곡 Op. 25》 연주는 최고의 기량이었고 열정과 힘이 흘러넘쳤다. 그래서 그런지 청중들의 반응 또한 매우 뜨거웠다. 공연을 마친 후 어떤 분이 오시더니 오늘 주영이의 인기가 대단했다면서 자기는 바이올린 하는 딸과 함께 왔는데 감사하게도 주영이 연주에 더 집중되더라고 말씀하셨다.

그다음 날 공연이 워싱턴에서 있었는데 다른 스케줄이 있어서 못 가고 마지막 덴버 무대에는 또다시 함께했다. 특히, 덴버에는 전에 로스앤젤레스에서 살던 주영이 고모가 그곳으로 이사 갔기 때문에 주영이가 간다고 하니까 그 지역 한인 사회에 더 많은 관심이 쏟아졌다. 왜냐하면 일찍이 1970년대 초 미국에 이민 가서 자리를 잡았던 주영이 고모인 오영주는 당시 라이온스클럽 회원, 『중앙일보』 이사, 콜로라도합창단 단장, 지역장학회 회장 등 그 지역에서 활발히 활동하고 있었기 때문이다. 덴버 공연에서는 이탈리아의 작곡가이자 바이올리니스트 비탈리(Tomaso Antonio Vitali(1663~1745)의 《샤콘느 g단조(Chaconne in g minor)》를 한 곡 더 연주했다. 이 곡도 주영이가 즐겨하는 곡이다. 이날 공연도 2,000석 가까운 홀이 꽉 찰 정도로 사람들이 많이 왔고, 조수미와 주영이가 함께 듀엣으로 앙코르를 연주하기도 했다. 공연도 성황리에 잘 마쳤다.

카네기홀 데뷔 콘서트

조수미와의 콘서트를 마친 후 2개월 만에 카네기홀 데뷔 연주회가 잡혀 있었다. 이때가 2003년 6월이었다. 이것은 카네기홀 데뷔이기도 하지만 뉴욕의 공식적인 데뷔 콘서트이기도 해서 주영이에겐 상당히 비중 있는 연주회였다. 이번 뉴욕 데뷔는 특별히 강효 교수의 주선으로 세종솔로이스츠 주최의 월드 퍼포먼스 시리즈로 기획된 콘서트였다. 이때만 해도 카네기홀에 선다는 것이 얼마나 가슴 설레고 연주자들에게는 꿈같은 무대인지 모른다.

피아니스트는 언제나 단짝인 로버트 쾨니그였다. 이 분은 주영이 눈빛만 봐도 어떻게 맞춰야 할지 아는 감각 있는 최고의 반주자였다. 이날 많은 청중이 참석했고, 기립 박수에 앙코르를 세 곡이나 했다. 그런데 두 번째 앙코르 곡을 연주하기 전에 주영이가 영어로 무슨 말을 했는데, 마이크도 없었고 또 언제나 나는 뒷좌석에서 듣는 게 습관이어서 무슨 말인지 알아듣지 못했다.

연주를 마치고 어느 분이 묻기를, 주영이가 앙코르할 때 무슨 말을 했는지 들었느냐고 물었다. 나는 못 들었다고 대답했다. 그러자 그분이 '오늘 아버지날을 기념해서 제 아버지에게 선물로 드리는 곡'이라고 소개하면서 연주했다는 것이다. 6월 15일, 공교롭게도 미국에서는 아버지의 날(father's day)로 기념하는 날이었다. 이런 멘트가 미국인들에게는 상당히 감동을 불러일으킨다는 이런 뜻밖의 말을 들으며 나는 속으로 '혹독하게 해도 선물을 줄줄 하는 여유가 있구나!' 그렇게 생각하면서 무엇보다도 성공적인 뉴욕 데뷔여서 기분이 좋았다.

연주 후 『뉴욕 콘서트』 리뷰에서는 다음과 같은 기사가 나왔다.

"그는 분명히 놀라운 재능을 가진 연주자라는 사실이 여실히 드러났다. 불같은 기질과 로맨틱한 열정, 그 나이에 걸맞은 젊은 패기와 함께 그는 진정한 거장으로서의 기교와 음악적 감각과 당당함을 고루 갖추고 있다."

이날 연주를 마치고 어느 분을 만났는데, 뉴욕에서 전문적으로 활동하는 A아티스트매니지먼트 대표라고 했다. 그러면서 오늘 주영이 연주에 깊은 감동을 받았다면서 자기 매니지먼트와 계약하자고 했다. 전혀 상상치 못했던 일이었다. 매니지먼트와 계약한다는 게 그렇게 간단치 않은데 이런 분이 나타나다니……. 그동안 주영이 연주회를 만들기 위해 정말 힘들게 진행해왔는데. 이제는 한시름 놓게 되었다는 생각에 그날의 피로가 싹 사라지는 듯했다. 다음 날 그의 사무실에서 만나 우리는 우선 3년간 계약을 체결했다. 그리고 자신이 매니지먼트를 어떻게 하는지 그 모든 과정을 설명해주면서 시간이 나면 수시로 와서 이야기도 나누자고 했다. 그 전에 나는 나름대로 매니저 노릇을 해왔지만, 이곳에서 그의 설명을 듣고 나니 '아…… 이렇게 하는구나!' 하고 확실하게 감이 잡혔다. 이 매니지먼트에는 대략 서른 명 정도의 각 파트별로 아티스트들이 있었다.

주영이에 관한 모든 홍보 자료를 거기서 만들고, 전에 유럽에서 녹음한 것을 우선 홍보 자료로 사용하기로 했다. 이제 적어도 1~2년 후에는 주영이도 더 많은 연주회를 본격적으로 할 수 있는 길이 열린 셈이라 안심이 되었다. 그리고 그분이 첫 스타트를 얼마부터 하겠다는 말을 했다. 스타트가 그 정도면 당시 학생으로서 상당한 개런티라고 생각했다. 이제 차분한 마음으로 때가 되기를 기다리기만 하면 되었다.

그런데 이것은 또 무슨 날벼락이란 말인가! 10개월쯤 지났을까. 이분이 갑자기 심장마비로 돌아가셨다는 소식이 들렸다. 너무 놀라서 확인해보니, 사실이었다. 한 가닥 희망을 걸었던 기대가 한순간에 무너지는 기막힌 순간이었다. 이제 뭔가 될 듯하더니, 또 이렇게 되다니……. 실망의 쓰라림이 내 가슴을 아프게 했다. 이제, 다시 원점으로 돌아가야 한다. 그리고 다시 시작이다. 정말 험난하고 먼 여정이다.

첫 한국 투어 독주회

우리는 카네기홀 데뷔를 기회로 삼아 이어서 한국 투어 독주회 첫 공연을 시작하게 되었다. 이때는 서울의 공연기획사 PMG코리아에서 주영이 매니지먼트를 하고 있을 때였다. 서울 공연은 그분이 기획하고, 나머지 부산, 대구 등 지방 공연 다섯 곳은 내가 개인적으로 기획사를 통해서 이루어졌다. 그동안 오케스트라 협연은 몇 번 있었지만, 독주회 투어는 이번이 처음이라 언론 홍보가 필요하다는 생각이 들었다.

마침 전에 KBS교향악단과 협연 당시 어떤 분이 『조선일보』 기자라고 하면서 앞으로 기사 낼 것 있으면 연락하라고 했다. 그때 받아둔 명함이 생각나서 그분에게 전화해서 카네기홀 데뷔에 이어 한국 투어를 한다니까 자료를 보내라고 했다. 그 후에 기사를 보니 상당히 많은 지면을 할애해서 기사와 사진을 내주어 너무 놀랐다.

그리고 공연기획사에서도 『중앙일보』와 연락해서 본사까지 가서 기자와 인터뷰를 했다. 얼마 후에 『중앙일보』에 기사가 나왔는데, 먼저 나온 『조선일보』보다 더 크게 나왔다.

양대 일간지에 이렇게 큰 기사와 사진이 나왔으니 상당히 홍보가 잘된 셈이었다. 그리고 『연합뉴스』에도 인터뷰를 했다. 신문에 아버지인 내 이름도 나온 걸 보고 몇십 년 전 중학교와 고등학교 동창들한테서 연락이 와서 결국 서울에서 동창회 모임을 갖기도 했다. 외국에서 자식 공부시키느라 고생한다고 그 자리에서 성금을 거둬서 격려해주었다.

이때도 반주는 여전히 로버트 쾨니그가 동반했고, 주영이는 나이 스물한 살의 혈기 왕성한 시절이었다. 그동안 간간이 주영이가 한국 언론이나 매스컴에 소개되었기에 그런대로 청중들이 참석해서 다행이었다.

대구에서 공연을 마치고 나오는데 어느 분이 따라오면서 하는 말이 자기는 얼마 전까지만 해도 대구에서 공연기획사를 경영했는데 초등학교 1학년생 자기 딸도 바이올린을 하는데 천재라는 소리를 듣는단다. 그러면서 아무리 바이올린 잘하는 연주자가 와서 공연해도 중간쯤 되면 꼭 졸고 잠을 잤는데, 오늘은 이상하게도 아이의 눈망울이 또랑또랑하면서 전혀 졸지 않고 끝까지 봤다며 신기하다고 했다. 그리고 자신도 무척 감동받았다면서 다음 날 공연 장소인 창원까지 자신의 차로 운전해주겠다고 했다. 설마 그렇게까지 할까 싶었는데 그는 진짜로 약속대로 우리를 창원까지 데려다주었다. 정말 고마웠다.

우리는 지방 공연을 모두 마치고 마지막 공연을 서울 영산아트홀에서 하게 되었는데 그날 오후 약간 늦게 공연장에 도착했다. 시간적인 여유가 없어서 저녁을 간단히 요기만 하고 바로 공연을 시작하기로 했다. 그래도 왠지 마음에 걸려서 잠시만 무대 사운드 체크라도 하고 식사하자고 했다. 잠시만 하기로 했는데 이상하게 주영이가 10분 정도 끌고 있었다. 그래서 빨리 마치라고 말하려는 순간, 꽝 하고 소리가 나면서 E 스트링이 터졌다. 만일 리허설을 1~2초만 일찍 마쳤더라면 아마 공연을 시작하자마자 이런 일이 일어났을 것이었다.

물론 줄을 갈아 끼우면 되겠지만, 그래도 연주를 시작하자마자 얼마나 황당하겠는가. 또 새 줄을 끼우면 음이 다소 내려가기 때문에 신경이 쓰여서 연주에 지장이 있을 수 있었는데, 얼마나 다행인지 모르겠다. 지금까지 수많은 공연을 했어도 단 한 번도 연주 도중 줄이 끊어진 적은 없었다.

영산아트홀은 좌석 수 600석 정도인데 만석은 아니었지만 그래도 꽤 많은 청중들이 참석했다. 그리고 연주도 성공적으로 잘 마쳤다.

연주 후 『더 스트라드』 잡지 기자가 내게 와서 말하기를, 스물한 살이 저 정도인데 앞으로 10년 후면 어떻게 되겠느냐며 상상이 되질 않는다고 했다. 벌써 10년이 더 지났는데, 내가 보기에는 예나 지금이나 그렇게 달라진 게 없는 것 같다. 아니 그때보다 오히려 더 파워가 식지 않았나 싶다. 그땐 정말 활력이 흘러넘치는 연주를 했는데……. 주영이는 나이가 들수록 외향적인 것보다 음악적인 면에 신경을 쓰는 것 같다. 연주는 나이가 들수록 테크닉이 더 발전하는 것이 아니라 테크닉은 현상 유지만 하면 다행이고 음악적으로는 더 성숙해진다. 그만큼 삶과 인생 경험이 음악으로 표출되는 것이다. 우리는 한국 투어 공연을 잘 마치고 다시 미국으로 돌아왔다.

딜레이 교수의 죽음으로
크게 좌절하다

주영이가 삼성문화재단에서 대여받은 스트라디바리우스는 몇 년
간 사용하다가 기간이 만료되어 반납하게 되었다. 다시 악기 문제가
머리를 아프게 했다. 연주가 있을 때 악기점에서 한두 주일 정도 빌
릴 수는 있지만 그것도 한두 번이지 매번 그렇게 할 수는 없는 노릇
이었다.

한두 달 고민하다가 할 수 없이 주영이는 용기를 내어 딜레이 교
수에게 악기가 필요한데 지금 구할 길이 없다고 했다. 그러자 딜레
이 교수는 왜 진작 말하지 않았냐면서 그 자리에서 당장 전화 한
통화로 해결해주었다. 줄리아드학교 악기 담당자에게 가면 줄 것이
니 받으라고 했다. 그때 받은 악기가 프랑스 악기인 뷔욤(Vuillaume)
이다. 그 이후부터 계속 이 뷔욤을 잘 사용했다.

딜레이 교수는 주영이에 대해 상당한 관심을 가지고 있었고, 아스펜음악제도 전화 한 통화로 전액 장학금으로 참석할 수 있도록 해주었다. 이처럼 줄리아드학교에서 딜레이의 파워는 대단했다. 그래서 많은 학생들이 딜레이를 가장 선호하고 있었다.

주영이가 딜레이를 만난 지 3년이 지날 무렵 강효 교수는 주영이에게 딜레이 교수한테 가서 국제 콩쿠르에 한 번 나가면 어떻겠느냐고 물어보라고 했다. 그래서 레슨 때 물어보니까, 딜레이 교수는 이렇게 말했다.

"주영아, 네가 왜 국제 콩쿠르에 나가려고 하니? 너는 나갈 필요 없다. 내가 다 알아서 한다."

그래서 어쩔 수 없이 포기할 수밖에 없었다.

그러나 강효 교수는 주영이에 대한 기대감이 있었기 때문에 그 이듬해 다시 한 번 딜레이 교수에게 국제 콩쿠르에 나가면 어떻겠느냐고 물어보라고 했다.

그래서 또다시 물어보니까, 딜레이 교수는 이렇게 물었다.

"내가 작년에 너는 국제 콩쿠르에 나갈 필요 없다고 말하지 않았니? 국제 콩쿠르에 나가서 우승하면 스타가 되는 줄 아느냐? 내가 키운 제자 중에 국제 콩쿠르 출신이 있느냐? 너는 내가 하는 대로만 하면 된다."

사실 그랬다. 미도리, 사라 장, 길 샤함(Gil Shaham, 1971~) 등 딜레이 교수가 스타로 키운 제자들은 모두 그의 손에서 이루어졌다. 주영이는 딜레이 교수를 만난 지 불과 몇 년밖에 되지 않았다. 주영이는 딜레이 교수가 대학 졸업과 동시에 세상에 내보내려고 한 마지막 제자일지도 모른다. 그러기에 딜레이 교수는 주영이에겐 최고로 기대할 수 있는 버팀목이고, 마지막 희망이었다.

당시 딜레이 교수는 나이도 많고 몸도 비대하여 심장이 좋지 않아 자주 학교에 빠졌다. 그래서 늘 건강이 염려되었는데 결국 어느 날 심장 질환으로 세상을 떠나게 되었다. 우리에겐 청천벽력과 같은 일이었다. 마지막 한 가닥 희망의 불꽃마저 사라지게 되었으니, 주영이의 심정이 어떠했을까.

그다음 날 뉴욕 언론에는 "뉴욕 음악계의 대모 도로시 딜레이 타계"라는 제목으로 대서특필로 기사화되었고 전 세계 음악계의 빅 뉴스가 되었던 것이다. 주영이의 길은 너무 험난하게 펼쳐지고 있었다. 이제 더 이상 쳐다볼 것이 없었다. 사실상 연주가의 길로 나가는 것은 여기서 끝난 거나 마찬가지였다.

이 당시를 기점으로 주영이는 학교도 바이올린도 다 귀찮다면서 1년 동안 휴학을 하게 되었다. '얼마나 충격이 컸으면 스스로 휴학을 할까. 그래…… 1년 늦게 졸업한다고 뭐 별일 있을까. 나는 대학을 한참 늦게 들어가기도 했는데…….' 우선은 주영이가 안정을 취하면서 다시 계획을 세워야 했다.

휴학과 함께
연주회에 매진하다

1년 동안 휴학을 하면서 쉼과 함께 마음의 여유를 가지고 다시 연주를 위해 도전하기 시작했다. 세계적인 연주가가 별거 있나 세계를 다니면서 연주하면 되는 거지……. 이렇게 자위하면서 말이다. 말이 휴학이지 연주회를 하러 다니느라 바쁜 한 해이기도 했다.

오스트리아 잘츠부르크컴머필, 샌디에이고 챔버오케스트라, 콜로라도심포니 등과 협연, 아시안 페스티벌 초청 연주, 그리고 도쿄, 오사카, 치바, 요코하마 등 일본 다섯 개 도시 순회 연주회, 한국 유라시안필 신년 음악회 등등. 정말 많이도 돌아다녔다.

한번은 주영이 친구가 이렇게 물었단다.

"주영아, 너는 매니지먼트도 없는데 어떻게 그리 연주회를 많이 하니?"

"우리 아버지가 다 만들어준다."

주영이가 대답했다.

"그럼, 너희 아버지가 매니지먼트하시니?"

그 친구가 이렇게 되묻더란다.

아마 시원찮은 매니저는 이 정도도 못할 거다.

솔직히 나는 목숨을 걸다시피 해서 만드는 연주회다. 연주회를 기획하는데 심지어 5년에서 6년 정도 걸리기도 한다. 주영이가 열여덟 살 때 KBS교향악단과 협연을 성공적으로 마쳤을 때 어떤 분한테서 연락이 왔다. 모 기획사를 하는 대표인데 한 번 만나자고 했다. 이유를 물어보니, 주영이 매니저를 해보고 싶다는 것이었다. 그래서 출국하기 전 인천공항에서 만나 식사하면서 이야기를 나누었다. 그분은 어떤 수단과 방법을 다해서라도 주영이를 한국에서 띄우겠다고 했다. 나는 남의 말을 잘 믿는 성향이 있어서 사기를 당할까 봐 늘 주위에서 걱정이었다. 그러나 이것은 사기당할 일도 아니고, 또 기획사에서 자신 있게 장담하고, 게다가 주영이가 이때까지만 해도 한국에서 어느 정도 알려져 있었으므로 잘될 수 있겠다는 생각이 들었다. 5년간 계약했으면 좋겠다고 해서 그분의 뜻대로 그렇게 했다.

그러나 매사가 인간의 뜻대로 되지 않는 세상인지라 그분의 주장과는 달리 별다른 성과 없이 5년이 휙 지나가 버렸다. 한번은 그분에게 몇 개의 오케스트라 협연 투어를 만들어볼 것을 제안했더니, 어떻게 오케스트라 협연 투어를 할 수 있느냐면서 반문한다. 물론 오케스트라마다 연주 날짜가 다른데 연결해서 투어를 한다는 것은 말도 안 되는 소리다. 상식적으로도 거의 불가능하다. 그러나 나는 당시 국내 다섯 개 오케스트라와의 투어 협연을 만들어냈다. 지금 생각해도 2~3일 간격으로 스케줄이 기적적으로 잡혔다.

특히, 한국 연주는 인맥이나 학맥이 없으면 보통 힘든 게 아니다. 주영이는 초등학교 졸업 후 바로 미국으로 갔기에 한국에 인맥도 학연도 없다. 어느 누구 하나 연주를 도와줄 사람이 없다. 단지 오주영이란 이름 하나만 가지고 관계자들과 접촉할 수밖에 없는, 외로운 길을 가는 상황이었다. 그래도 주영이를 아는 공연 관계자들의 초청에 의해 꾸준히 한국 연주가 이어지고 있었다.

한번은 고향에서 연주회가 있었는데 이 공연을 계기로 지역신문에 다음과 같은 기사가 실린 것을 보게 되었다. 모 공연기획 관계자가 쓴 글인데, 글 제목이 '두 천재 음악가 장OO와 오주영의 비교'였다.

요점은 스포츠로 치면 장OO는 메이저리그에서 뛰고 오주영은 마이너리그에서 뛰고 있다. 그 이유는 장OO는 세계적인 매니지먼트에서 관리하고, 오주영은 아버지가 매니지먼트하기 때문이란다. 그러면서 앞으로 오주영이 메이저리그에서 뛰려면 매니저를 바꾸고 또 어떻게 해야 할 것이라고 몇 가지 제언한 것을 봤다. 나는 속으로 '누가 그걸 모르나. 이가 없어서 잇몸으로 힘들게 먹고 있는데…….' 이렇게 생각했다. 띄워주는 사람이 없으면 혼자 뜰 수 없는 것이 연예계나 음악계가 다 마찬가지다.

그래서 매니저가 필요하고 가능성 있는 아티스트를 키워서 스타로 만드는 것이 진정한 매니저라고 믿는다. 마치 히딩크가 박지성을 발굴해서 스타로 키웠듯이……. 그러나 일반적으로 기획사에서는 이미 스타가 된 아티스트를 기획해서 공연하는 것이 흥행상 유리하기 때문에 뜨지 않고서는 음악계에서 발붙이기가 보통 어려운

게 아니다.

한번은 주영이가 뉴욕에서 연주회를 했는데, 이날 약 20분 정도 두 곡을 했다. 내가 지금까지 들었던 연주 중에 가장 인상 깊은 연주였다. 나는 연주가 언제나 이 정도만 되면 더 이상 바랄 게 없겠다 싶었다. 연주 후 리셉션에서 어느 미국 노인분이 주영이와 무슨 이야기를 하고 있었다. 내가 그분이 무슨 말을 하더냐고 물었더니, 자기가 지금까지 세계적인 바이올리니스트 이작 펄만, 미도리, 길샤함 등 많은 연주가들의 연주를 들었는데 오늘 너처럼 이렇게 감동적인 연주는 처음 들었다고 했단다.

하기사 연주는 다분히 개인적 성향에 따라 다르지만, 그날만큼은 그럴 만하다고 생각되었다. 사실 이런 말들은 자주 듣는다. 바로 얼마 전 이곳 바이올린 워크숍에서 커티스 음악학교에서 첼로를 전공한 젊은 여자분을 만났다. 그분이 말하길 자기도 음악을 전공한 사람이지만 오주영 씨 연주를 들으면 뭔지 모르게 뭉클해지며 가슴이 좁여 온다.

한번은 로스앤젤레스에서 한국의 유명한 바리톤 최현수 교수와 주영이가 조인트 연주회를 했는데 이때 최 교수 부인도 같이 왔었다. 이때 연주회를 마치고 대화할 때 최 교수 부인이 주영이가 연주 잘한다는 말은 들었는데 이렇게까지 감동적일 줄은 몰랐다고 했다. 그러면서 최 교수가 해마다 일본에 공연하러 가는데 그때 주영이를 꼭 부를 테니 와서 연주하라고 했다. 그리고 그 뒤 어느 날 일본에서 전화가 왔다. 최 교수 매니저라고 하면서 최 교수 부인이 주영이의 연주가 너무나 좋다고 하면서 얼마나 칭찬을 하던지 이번에 같이 초청하니까 와서 특별 연주를 해달라고 요청했다. 그래서 주영이는 일본 도쿄 오페라시티 콘서트홀에서 특별 출연했다. 그 때 너무나 반응이 좋아서 내년에 다시 주영이 혼자만 초청해서 독주회를 하겠다고 했다. 그래서 그 이듬해 가서 독주회를 하기도 했다. 그리고 그 매니저는 해마다 와서 해달라고 했다.

연주자들에 대한 비교는 다분히 개인적인 성향이 반영된 것이라서 그렇게 큰 의미는 없다고 생각한다. 연주자들의 연주 스타일이나 개성이 다르기 때문에 팬들의 입장에서도 자신의 스타일에 맞는 연주자를 선호하는 경향이 있다. 즉, 개인에 따라 생각이 다를 수 있다. 그래도 주영이의 음악을 이렇게 인정하고 있는 팬들이 곳곳에 있다는 게 다행스럽고, 지금도 연주가로 활동할 수 있는 힘이 되어 주고 있다.

복학, 그리고
강효 교수와 9년 만에 이별하다

휴학 기간 1년도 연주하러 다니다 보니 금방 지나가 버렸다. 다시 학교에 복학한다기에 등록만 하면 되는 줄 알았는데, 새로 시험을 쳐야 한단다. 복학인데 무슨 시험을 치르나 싶어서 걱정하고 있는데, 주영이는 염려할 필요 없다며 실기 시험은 이미 다 준비되었단다. 그래도 만약 떨어지는 날에는 얼마나 창피하고도 낭패란 말인가. 하지만 나는 복학 때 왜 다시 시험을 치고 들어가야 하는지 더이상 묻지도 않았고, 또 알려고 하지도 않았다. 휴학을 정상적으로 하지 않았는지, 아니면 누구나 1년 쉬면 다시 재시험을 치는지 나는 줄리아드학교 시스템을 잘 모른다.

어쨌든 시험은 무사히 통과되었고, 나머지 1년만 어떻게 잘 마무리하면 되었다. 이미 희망을 걸었던 딜레이 교수가 세상을 떠났고, 주영이도 별다른 기대를 걸 만한 그 무엇도 없었다. 강효 교수에게도 너무 오랜 기간 지도를 받았기에 이제 다른 교수를 만나보는 것도 괜찮겠다는 생각이 들었다. 마침 주영이가 강효 교수에게 대학 과정 나머지 1년은 다른 교수님과 공부해보고 싶다고 하니까 그렇게 해보라고 허락을 받았단다. 이것으로 강효 교수와 만난 지 9년 만에 헤어지게 되었다. 그동안 그분께 많은 은혜를 입었다. 서울대에서 처음 만났을 때 "이런 아이는 세계적인 연주가로 키워야 합니다"라는 말이 아직도 귓가에 머물고 있는데……, 결국 꿈을 이루지 못한 채 헤어지게 되었다. 하지만 어린 주영이가 이만큼이라도 키워진 밑바탕에는 강효 교수의 힘이 있었다는 것 또한 부인할 수 없는 사실이다. YCA 오디션 우승, KBS교향악단과의 협연, 삼성문화재단 장학생을 비롯해 스트라디바리우스의 대여, 아스펜음악제 협연, 일본 데뷔 연주, 카네기홀 데뷔 등 주영이의 연주 활동을 위해 강효 교수의 커다란 도움이 있었다.

당장 주영이를 지도해줄 새로운 교수를 찾아야 했는데 원하는 교수는 이미 학생들이 모두 결정된 상태라 선택의 여지가 없었다. 그래서 학장에게 의논했더니, 자신이 직접 지도해주겠다고 했다. 이분은 학교 행정을 보면서 학생들을 지도했는데 그렇게 유명한 분은 아니었다. 남은 1년간 마무리하겠다는 생각에서 그렇게 하기로 결정하고 그분에게 지도를 받기 시작했다. 그분 역시 나름대로 주영이에게 관심을 가지고 성의껏 잘해주었다.

주영이의 대학 생활은 바이올린을 더 배웠다기보다는 연주 활동 기간이었다고 말할 수 있다. 사실 워낙 잦은 연주회로 인해서 새로운 곡을 배울 기회도 별로 없었다. 안 믿기겠지만 대학 4년 동안 바이올린 협주곡 두 개 정도 배운 것 같았다. 비외탕의 《바이올린 협주곡 제4번 d단조 Op. 31(Concerto for Violin and Orchestra No. 4, in d minor, Op. 31)》은 공부할 부분이 있다면서 배웠고, 그리고 나머지 하나는 체코의 작곡가 안토닌 드보르자크(Antonín Dvořák, 1841~1904) 의 《바이올린 협주곡 a단조 Op. 53(Concerto for Violin and Orchestra in a minor, Op. 53)》을 새로 배웠다. 그 외는 소나타 몇 개 정도만 배웠다. 주영이의 대학 생활이 이랬기 때문에 나는 아들 주영이를 위해서 줄기차게 연주회를 만들 수밖에 없었다.

줄리아드학교 콩쿠르에서
예기치 못했던 결과를 얻다

주영이가 어느 날 내게 이런 말을 했다.

"아빠, 줄리아드학교 콩쿠르에 한 번 나가봐야겠어요."

해마다 학교 내에서 행해지는 행사였건만 지금까지 한 번도 그런 말을 하지 않아서 그런 데에는 전혀 관심이 없나 보다 하고 그냥 지나쳤었다. 그런데 이번에는 스스로 말하기에 무슨 일이냐고 물었더니 이렇게 대답했다.

"이제 4학년이 마지막 기회인데 졸업하기 전에 그래도 줄리아드학교 오케스트라와 협연이라도 한 번 하고 졸업해야 되지 않겠어요."

이 대회에서 우승하면 대학 오케스트라와 협연할 수 있는 기회를 갖게 된다. 그것도 좋은 생각이다 싶었다. 대회가 언제 있느냐고 물었더니, 열흘 정도 남았단다. 열흘 남았는데 어떻게 준비를 할 수 있냐고 했더니 걱정할 필요 없단다. 지정곡이 멘델스존의 《바이올린 협주곡 e단조 Op. 64》라는 것이었다.

그러면 해볼 만하다는 생각이 들었다. 멘델스존은 주영이가 가장 많이 했던 곡이 아닌가. 이번이야말로 졸업 기념이 되겠구나 하는 기대감이 부풀어 올랐다.

드디어 대회가 시작되었다. 예선, 준결선, 본선으로 치러진단다. 전 세계에서 모인 줄리아드학교 학생들, 거기서도 내로라하는 실력 있는 학생들의 대결이었다. 마치 작은 국제 콩쿠르를 연상시키는 대회이기도 했다.

주영이는 예선을 통과했고, 준결선도 통과해서, 결선에 진출했다고 연락이 왔다. 우리 부부는 결선은 직접 가서 보고 싶어서 학교로 갔다. 결승에 여섯 명의 학생들이 뽑혔다. 주영이가 네 번째로 연주했다. 앞의 세 학생 모두 결선답게 훌륭한 실력들이었다. 그다음 주영이가 나와서 연주하기 시작했다. 전 악장을 다해야 했다. 마치 나는 심사 위원이라도 된 듯 냉정히 듣고 있었다. 그리고 나름대로 순위도 생각해 보았다. 확실히 앞의 세 학생과는 차별화된다는 것을 느낄 수 있었다. 다섯 번째도 주영이를 능가하지 못할 것 같은 느낌이 들었다. 그런데 마지막 여섯 번째가 약간 걸렸다. 러시아 출신의 대학원 여학생인데 상당히 잘하고 있었다. 만약 주영이가 맨 마지막으로 나왔다면 분명히 더 좋은 점수를 얻을 수 있었을 것이란 생각이 들었다. 맨 뒤에서 잘하면 더 인상 깊게 전달되는 점도 무시하지 못하기 때문이었다. 심사 위원들이 어떻게 평가할지 모를 일이었다. 우리는 밖으로 나와 결과를 기다리고 있었다.

끝난 지 오래되었는데도 발표가 나지 않아서 궁금증은 더해갔다. 여섯 명의 학생들 중에서 최종적으로 두 명을 뽑고, 그중에서 첫 번째 학생이 오케스트라와 협연하고, 나머지 한 명은 자동으로 두 번째가 되어 유사시 첫 번째 학생을 대신해서 협연하게 되어 있었다. 역시 내가 짐작한 대로였다.

한참 뒤, 주영이 지도 교수는 이 상황을 이렇게 설명해주었다. 그 여자 대학원생과 주영이 둘을 놓고 심사 위원들이 누구를 뽑아야 할지 결정하기 힘들어서 고심했다는 것이었다. 그래서 시간이 많이 걸렸고, 결국에는 지휘자에게 둘 중에서 선택하라고 최종 선택권을 주었다고 했다. 그런데 지휘자가 대학원 여학생을 선택했다는 것이었다. 그 말을 듣는 순간, 나는 '결국 일이 이렇게 되었구나!' 하는 깨달음과 함께 '인과응보'라는 단어가 떠올랐다. 분명히 주영이도 나와 같은 생각이 들었을 것이다.

사실 주영이는 대학 때 오케스트라에 별로 관심이 없었다. 그래서 포지션 오디션 때 늘 성의 없이 해서 항상 오케스트라 뒷좌석에 앉아서 긁적이고 있어서 지휘자의 신임을 얻지 못했다. 한 번쯤 악장 자리도 욕심내 볼 만하건만 전혀 그런 생각이 없었고, 뒤에 앉아서 편하게 하고 있었다. 그러니 누가 이런 학생을 선택하겠는가. 당연한 결과로 받아들일 수밖에 없었다. 당시 그 여학생은 오케스트라에서도 지휘자의 인정받고 있는 학생임이 틀림없었다. 그래서 졸업 기념으로 생각했던 줄리아드학교 오케스트라와의 협연은 무산되고 말았다.

콜로라도심포니와의
협연을 통해 본 연주회 기획 방법

    한번은 콜로라도심포니(Colorado Symphony)에 주영이 자료를 보낸 적이 있었다. 왜냐하면 그곳에 이미 조수미와 함께 연주했고, 또한 한인들이 많이 참석했다는 내용이 주영이를 소개하기에 좋은 자료였기 때문이다. 회신이 왔는데 내가 보낸 CD를 들어보고 관심이 있다고 했다. 그런데 지휘자가 어떻게 생각할지 모르겠다는 것이었다. 오케스트라 매니저가 아무리 관심이 있어도 매니저 마음대로 결정하는 게 아니라 오케스트라 협연자 결정권은 지휘자에게 있다. 이것은 전 세계가 마찬가지다. 오직 지휘자만이 그것을 선택할 권리가 있다.

    콜로라도심포니는 콜로라도 주의 대표적인 오케스트라로 미국에서 A급 오케스트라에 속한다. 이런 오케스트라와의 협연을 어느 개인이 접촉해서 따낸다는 것은 그야말로 말도 안 되는 소리라고 할 수 있다. 그러나 나는 그들이 관심을 가질 만한 조건이 있으므로 그렇게 시도해본 것이었다. 다름 아닌 당신들이 주영이를 초청하면 연주회 때 많은 한인들이 티켓을 사서 공연장을 가득 메울 것이라고 했다. 그리고 조수미와 함께 협연할 때 많은 한인이 참석한 이야기도 했다. 왜냐하면 로스앤젤레스에서 살던 주영이 고모가 덴버로 이사 가서 살고 있었기 때문에 티켓 판매가 가능하다고 생각했던 것이다. 적어도 수백 매 이상을 팔 수 있다고 생각했다. 그리고 주영이 고모와 연락할 수 있도록 했다. 그렇게 해서 서로 만나서 합의되어 구두로 초청 약속이 이루어졌다. 하지만 연주회가 당장 열리는 게 아니라 적어도 1~2년 후의 일이다. 그리고 공식적인 계약서에 사인하지 않은 이상 언제 마음이 바뀔지도 모른다.

그래서 나는 주영이가 덴버에서 연주회를 한 번 하는 게 확실하겠다는 생각이 들어서 덴버 한인 신문사 후원으로 연주회를 추진했다. 이때 콜로라도심포니의 매니저와 관계자들을 초청해서 주영이의 연주 실황을 직접 보기를 요청했는데 쾌히 승낙하고 참석했다. 그들도 실제 연주가 어떨지 궁금했을 것이다. 덴버의 어느 호텔에서 연주회를 개최했는데, 이때 많은 한인들이 왔고, 공연도 물론 잘 마쳤다. 이 모든 상황을 본 콜로라도심포니 관계자들은 그 자리에서 바로 계약을 하고 연주회 날짜를 잡았다. 아무리 연주 실력이 좋아도 매니지먼트를 통하지 않고는 이런 이름 있는 오케스트라와의 협연은 절대로 불가능한 게 현실이다.

1년을 기다린 후, 드디어 연주 날짜가 되었다. 우리는 덴버로 갔고 콜로라도심포니와의 협연이 시작되었다. 공식적인 연주를 3일 동안 연속하기로 되어 있었고, 장소는 보에처(Boettcher) 콘서트홀이었

다. 지휘는 객원 지휘자인 마이클 스턴(Michael Stern)이 맡았는데 그
는 그 유명한 아이작 스턴(Isaac Stern, 1920~2001)[4]의 아들이다. 협연
곡은 멘델스존의 《바이올린 협주곡 e단조 Op. 64》였는데 첫날 연
주회가 아주 인상이 깊었다. 엄청나게 큰 홀인데도 청중들이 3층까
지 꽉 찼다. 보통 연주 후 기립 박수를 칠 때 이쪽저쪽 앞뒤로 띄
엄띄엄 일어나는 게 보통이다. 그런데 이날 주영이의 연주가 끝나
자마자, 무슨 약속이라도 한 듯 1·2·3층의 전 관객들이 일제히 동
시에 벌떡 일어나 기립 박수를 쳐서 깜짝 놀랐다. 물론 한인들도
꽤 많이 참석했지만, 거의 미국인들이었다. 그동안 수많은 기립 박
수를 받았지만 이런 일은 처음이었다.

그다음 날 『덴버 포스트(The Denver Post)』에는 다음과 같은 리뷰가
실렸다.

"그는 눈부실 만큼 멋진 기교와 전광석화처럼 힘 있는 속도 조절, 그리고 최고
의 연주를 보여주었다. 그러나 가장 감명 깊었던 것은 지극히 성숙된 음악적
감각과 무대에서의 안정된 자세였다. 젊은 나이에 그렇게 놀라울 정도로 뛰어
난 연주를 하는 것은 불과 11세의 나이에 그가 산호세심포니오케스트라와 협
연했다는 사실을 떠올리면 능히 그럴 수 있다고 생각된다."

───────────────────────

4) 러시아 출신의 미국 바이올린 연주자. 세계 각지에서 연주 활동을 했으며 피아노의 E.
    이스토민, 첼로의 L. 로즈와 트리오를 결성. 베토벤 프로그램 연주로 절찬을 받았다. 정
    확한 주법과 풍부한 울림을 가진 연주자로 근년에 와서는 서정적 표현을 강화하고 비브
    라토와 운궁법(運弓法)의 변화로 음량과 음색에 색다른 느낌을 주어 브람스나 바르토크
    의 작품에 개성을 불어넣었다.

줄리아드학교
대학원 과정에 진학하다

주영이가 대학 4년간 줄리아드학교에서 듣고 보고 경험한 모든 것들이 그의 음악적 자산이 되었다. 하지만 중·고등학교 6년, 대학교 4년, 대학원 2년이면 총 12년인데, 이 긴 기간을 같은 학교에서만 수학한다는 것은 너무 지루하고, 또 더 이상 특별히 배울 것도 없을 것 같았다. 그래서 대학원은 다른 곳으로 가길 원했는데, 어찌하다 보니 또 줄리아드학교로 가게 되었다. 대학원은 대학과 달라서 시험이 약간 어렵긴 하지만 주영이한테는 그렇게 부담이 되지 않았다.

대학원에서 지도 교수는 딜레이 교수 후계자로 온 이작 펄만을 생각하고 있었다. 주영이는 딜레이 교수 레슨 때 펄만이 대신 한두 번 레슨해준 경험이 있어서 이미 서로 아는 사이였다. 그래서 한번은 이작 펄만을 만나 대학원에서 당신에게 배우길 원한다고 하니까 이작 펄만이 주영이가 이미 너무 커버려서 더 이상 자기가 가르치기에는 맞지 않는다며 "노"라고 했단다. 당시 펄만은 줄리아드 예비학교 학생들과 대학 초년생들의 지도를 선호하는 편이었다.

그래서 대학원 생활은 지도 교수 선택에 더 이상 신경을 쓰지 않고 여전히 연주회 활동에만 치중했다. 대학원 1학년이 그럭저럭 지나가고 있었는데 마지막 학기 실기 시험 성적이 펑크가 났다. 어떻게 된 일이냐고 물으니 지난 학기 시험 친 곡을 이번에 한 번 더 했더니 했던 곡은 점수를 줄 수 없다면서 그렇게 했다는 것이다.

정말 기가 막혔다. 어떻게 지난 학기에 시험 친 곡을 이번에 또 할 생각을 할 수 있을까. 그동안 무얼 하고, 얼마나 놀았기에 시험 칠 곡도 준비하지 못했느냐고 따졌다. 그러나 왜 그렇게 되었는지 다 알고 있었기에 더 이상 깊이 언급하지는 않았다. 그러던 차에 주영이는 그 교수하고 공부하고 싶지도 않고 더 이상 줄리아드학교가 재미없다면서 다시 휴학해야겠다고 했다.

'이 녀석 휴학에 재미 붙였나…… 심심하면 휴학이라니…….' 그런 생각을 하면서도, 한편으론 '그래, 이제 지루할 때도 되었지' 하는 생각도 들었다. 그리고 이번 기회에 잘됐다 싶기도 했다. 그렇잖아도 줄리아드학교에 너무 오래 머무는 게 음악적으로 더 이상 발전이 없다는 걸 벌써부터 알고 있었다. 하지만 그 길을 찾지 못해 어쩔 수 없이 차일피일 미뤄왔지 않았던가.

차라리 이번에 휴학하고 유럽으로 가서 유럽 음악을 경험하는 게 연주가로서 나가는 데 훨씬 유익할 것 같았다. 미국 음악과 유럽 음악은 질이 약간 다른 걸 알고 있었고, 언젠가는 유럽으로 가서 좀 더 폭넓은 음악을 접하고 음악적 시야를 넓히는 게 좋겠다고 생각해왔기 때문이다. 그래서 주영이한테 이번에 휴학하고 유럽으로 가서 2년간 공부하고 오면 좋겠다고 제안했다. 주영이도 줄리아드학교가 싫증이 난 데다 딱히 거부할 이유가 없었는지 흔쾌히 동의했다.

나는 아들 주영이에게 물었다.

"유럽에서는 누구하고 공부하고 싶니?"

"전부터 생각했는데 러시아 출신의 바이올리니스트 자카르 브론(Zakhar Bron, 1947~)과 공부하고 싶어요. 그분의 연주를 본 적 있는데 제가 바라는 스타일과 비슷해서 좋을 것 같아요."

자카르 브론…… 그분이 누구인가. 지금도 그렇지만 수많은 인재를 배출시킨 바 있는 유럽 최고의 바이올린 교수로 명성이 자자한 분이었다. 특히, 세계에서 장래가 가장 유망한 신진 바이올리니스트 막심 벤게로프(Maxim Vengerov, 1974~)와 바딤 레핀(Vadim Repin, 1971~)을 키워서 더 유명해졌다. 그런데 어떻게 그런 유명한 교수를 만날 수 있으며, 그분에게 주영이의 지도를 부탁해야 할지 몰라서 그저 막막하기만 했다.

미국도 아닌 유럽이라 그분에 대한 정보를 전혀 알 수 없었다. 답답하기만 할 뿐 아무리 생각해봐도 길이 보이지 않았다. 그분의 제자들 중에 한국인이 있다는 사실은 알고 있었지만 연락할 방법은 없었다.

자카르 브론 교수를 만나다

　어떻게 자카르 브론을 만나야 할지 고민하던 중, 어느 날 부산에서 연락이 왔다. 주영이가 자카르 브론 교수와 공부할 수 있는 길이 열렸다는 것이다. 대체 이게 무슨 소리인가. 우리는 만날 길이 없어서 머리 터지게 고민하고 있었는데······.

　사실은 이렇다. 전에 주영이가 진주에서 연주회를 끝냈을 때 있었던 일이다. 어떤 젊은 청년이 와서 하는 말이 자기가 부산에서 주영이의 연주를 보고 너무나 감동받아서 오늘 이곳 진주까지 와서 한 번 더 봤다고 했다. 그러면서 자기는 러시아에서 10년간 바이올린을 공부하고 이제 막 돌아와서 주영이의 연주는 처음 보게 되었다고 했다.

　그렇게 서로 짧게 인사를 하고 헤어졌는데, 그 이듬해 다시 부산에서 연주회를 했을 때 그 청년이 다시 나타나서 하는 말이 주영이의 연주가 너무 아까워서 러시아나 유럽 쪽에서도 연주할 수 있었으면 좋겠다면서 러시아의 자기 교수가 발이 넓으니까 주영이를 소개하고 싶은데 자료를 달라고 했다. 나는 '좋은 친구구나!'라고 생각하고 미국에 가서 보내주겠다고 했다. 미국으로 돌아와서 주영이의 DVD와 프로필 등을 그 청년에게 보내주었다. 그리고는 까맣게 잊어버리고 있었다.

얼마나 지났을까 그로부터 연락이 왔다. 러시아의 자기 교수한테 주영이의 자료를 보냈는데 교수가 DVD를 보고 나서 이런 연주자는 자기보다는 오히려 자카르 브론이 가르치는 게 좋겠다면서 자카르 브론에게 주영이를 추천했으니까 만나보라고 했다는 것이다. 그 청년이 추천했던 러시아 교수가 바로 자카르 브론과 친구였던 것이다. 아무리 생각해도 너무 기가 막힌 타이밍이 아닌가.

이제 고민거리가 하나 해결된 셈이었다. 그리고 인터넷으로 검색해본 결과, 자카르 브론이 주관하는 음악 캠프를 발견할 수 있었다. 포르투갈에서 약 2주 정도 하는 음악 캠프가 있었다. 우선 그곳에 가서 자카르 브론을 만나서 공부도 하고, 러시아 교수에게 추천을 받았다면서 인사도 할 겸 연주도 보여주는 게 좋을 것 같아서 그 음악 캠프에 주영이를 보냈다.

음악 캠프를 마치고 돌아온 주영이는 자카르 브론이 자기를 좋게 생각한다면서 독일 쾰른 음대에서 공부하기로 약속했다고 했다. 나는 주영이에게 이왕 독일에서 2년간 공부할 바에야 정식으로 입학해서 학위를 하나 따는 게 좋지 않겠느냐고 제안했다. 그랬더니 그러면 독일어를 공부해야 하는데 그 시간에 차라리 바이올린을 연습하는 게 더 낫겠다면서 자기는 학위에는 별로 관심이 없다고 했다. 그래서 레슨만 받기로 하고 독일로 떠나게 되었다.

주영이를 독일로 보내고 나니, 우리 부부는 신경 쓸 일이 줄어들었다. 다만, 주영이가 어떻게 잘 지내는지가 걱정될 뿐이었다. 그리고 우리 부부도 더 이상 이곳에 있을 필요가 없어서 주영이가 돌아올 때까지 2년 동안 콜로라도 주 덴버의 주영이 고모 집에 가서 공짜로 살다 오기로 했다. 그래서 모든 짐을 짐 맡기는 곳에 맡겨두고 옷가지만 가지고 덴버로 갔다.

4악장

독일에서의 공부와 연주 활동

1 KBS 1TV 〈클래식 오디세이〉 촬영 장면. 삼월이었는데도 그날따라 아주 날
씨가 쌀쌀해서 야외 연주 녹화할 때 손이 얼어서 연주하느라 무척 고생했다.

2 주영이에게 한국예술비평가협회 글로벌 아티스트 대상을 수여한 탁계석 회장 (왼쪽)과 후원 협약식을 한 웰니스병원의 강동완 원장 부부(오른쪽).

3 NFMC 주최 '영 아티스트 콩쿠르' 우승 후 주최 측 관계자들과 함께한 오주영.

4 워싱턴 존F.케네디센터에서 오주영과 피아니스트 카를로스 아빌라의 연주 하는 모습. 이날 공연 후 청중들의 뜨거운 기립 박수가 끊임없이 이어졌다.

주영이는 독일에서,
우리 부부는 덴버에서

　나는 콜로라도 주 덴버에서 다시 바이올린 레슨을 해야 주영이의 독일 생활비와 레슨비를 보낼 수 있었다. 누님 집에 사니까 집세는 안 들어서 경제적으로 큰 부담은 되지 않았지만 새로운 지역에서 더구나 한인들이 별로 많지 않은 지역에서 레슨하기가 쉽지는 않았다.

　주영이에게서 자카르 브론을 만나서 레슨을 받고 있다는 연락이 왔다. 그래서 레슨을 받은 소감이 어떠냐고 물었더니, 약간 다른 맛이 있다면서 음악이 어디에서 와서 어디로 흘러가는지 그 과정을 잘 지도해준다고 했다.

　그 얼마 후에는 이제 이분의 레슨 스타일을 다 파악했다면서 레슨을 받는 데 별문제가 없다고 다시 연락해왔다. 그런데 자카르 브론은 마치 레슨에 취한 사람 같다고 했다. 독일 쾰른 음대 학생만 레슨을 하는 게 아니라 스위스 등 주위 몇 나라와 일본까지 다니면서 레슨을 한다고 했다. 그래서 일본의 명예시민까지 되었단다. 그래서일까 일본 아이들에게 관심이 있어서 한 번 가면 보통 2~3주 정도 걸리고, 돌아오면 학교 학생들 레슨이 우선이라서 그분과의 레슨 스케줄 잡기가 힘들다고 했다.

그래도 그곳에서 다른 연주자들의 연주도 보고, 한국 유학생들과도 사귀면서 서로 음악을 교류할 수 있는 기회가 되어 도움이 될 것이라 믿었다. 사실 이렇게 미국과 다른 서구 유럽 음악을 경험함으로써 주영이는 미국과 유럽의 음악이 섞인 스타일을 소유했다는 말을 듣기도 한다.

아무튼 나는 이왕 유럽에 있으니까 그쪽에서 연주할 기회를 가졌으면 좋겠다는 생각이 들었다. 그래서 폴란드국립오케스트라에 전화해서 어느 분과 통화하면서 바이올리니스트 오주영에 대해 소개했더니, 자신이 바로 지휘자라면서 관심을 가지는 것이었다. 그러면서 주영이에 대한 자료를 보내라고 했다. 지휘자가 직접 전화를 받는 일은 거의 없는데 우연찮게도 그런 행운을 잡을 수 있었다. 지휘자가 보내라고 했으니까 분명히 확인할 것이었다. 나는 바로 주영이의 DVD와 프로필을 보냈다.

얼마 뒤 그로부터 연락이 왔다. 자기네 오케스트라와 협연하자면서 연주 날짜까지 정해왔다. 그리고 멘델스존의 《바이올린 협주곡 e단조 Op. 64》를 해달라고 했다. 폴란드에는 한 번도 가본 적이 없어서 가고 싶었지만 동구권에 이미 가본 적이 있으므로 주영이 엄마가 대신 동행했다.

이번 연주의 지휘자는 나와 통화한 그분이 아니라 객원 지휘자가 와서 지휘했단다. 주영이가 연주를 마치고 난 후 그 자리에서 내년에 한 번 더 초청하겠다며 날짜까지 정하고 계약하고 왔단다. 게다가 지휘자가 이번에는 객원 지휘자가 했으니까 내년에는 자신이 직접 해보고 싶다고 했다는 것이다. 얼마나 청중들을 감동시켰으면 그 자리에서 바로 재계약했을까. 못 가본 것이 후회스러웠다.

힘들지 않게 연주회 기회를 잡는 방법은 재초청을 받는 것이다. 그러나 이런 경우는 정말 연주가 대단한 반응을 얻는 성공적인 연주회가 아니면 쉽게 이루어지지 않는다. 주영이는 이런 재초청의 경우가 많다. 이미 언급한 바 있지만, 일본에서 특별 게스트로 출연했다가 그다음 해에는 단독 연주회를 하기도 했고, 뉴욕에서 아시안 문화 페스티벌에 한인 대표로 참석해서 연주했는데 역시 재초청으로 단독 연주회를 했다.

타코마심포니도 협연이 끝난 후에 재초청이 있었고, 뉴욕의 매서피쿼필하모닉오케스트라(Massapequa Philharmonic Orchestra)는 해마다 가을에 이벤트가 있는데 주영이가 열네 살 때 협연한 이후로 연속 5년간 초청이 있어서 세 번만 하고 두 번은 포기한 적이 있었다. 그 오케스트라 매니저는 다른 연주자들도 많은데 왜 주영이만 줄기차게 불렀는지 모르겠다. 국내에서도 KBS교향악단 등 몇 곳에서 재초청으로 협연한 바 있었다.

주영이가 독일에 간 지 수개월쯤 지났을 때 놀라운 일이 벌어졌다. 사실은 이렇다. 우리가 뉴저지에 살다가 덴버로 오면서 같은 집에 살던 한국 여자분에게 혹시 우리한테 오는 우편물이 있으면 모아두었다가 전화를 하면 보내달라고 부탁했었다. 그런데 어느 날 그분한테 전화를 해봐야겠다는 생각이 들었다.

그래서 그분께 전화해서 혹시 우편물이 왔느냐고 물었더니, 며칠 전에 중요한 우편물 같은 게 왔다고 했다. 그래서 덴버의 우리 집

주소를 알려주면서 보내달라고 부탁했다. 며칠 후 우편물이 도착해서 보니 편지 봉투에 발신이 줄리아드학교였다.

놀라서 열어 보니, 정말 어이가 없었다.

"지금 세 번째 마지막 우편물을 보낸다. 이것을 받고도 연락이 없으면 너를 경찰에 수배조치 내린다"는 최후통첩이었다. 사실인즉 주영이가 학교에서 빌린 뷔욤 악기를 아무 말도 없이 반납하지 않고 휴학했으므로 그 악기를 가지고 사라졌다고 판단했던 것이다. 그래서 날짜를 정해 그때까지 반납하지 않으면 수배 조치하겠다는 것이었다.

날짜를 보니 불과 며칠밖에 남지 않았다. 정말 비상사태였다. 나는 즉시 독일의 주영이에게 연락해서 이 사실을 알리고 당장 비행기 표를 사서 줄리아드학교로 가서 악기를 반납하라고 했다. 주영이도 정신없이 그다음 날 바로 뉴욕으로 가서 악기를 반납했다.

이런 일을 당할 때마다 나는 곰곰이 생각해본다. 왜 하필이면 그날 뉴저지 그분에게 전화해볼 생각이 났을까. 만약 며칠만 늦게 전화했다면 어떤 사태가 벌어졌을까. 정말 온몸에 소름이 돋는다. 주영이가 공항에 들어오자마자 잡혀서 철창신세를 질 거고……, 재판을 받아야 하고……, 변호사를 선임해야 하고……. 얼마나 복잡했을까.

우선 학교 규정을 어기고 말도 없이 악기를 가지고 간 게 큰 잘못이다. 휴학하고 독일 갈 때 왜 학교에 말하지 않고 그냥 가져갔는지……. 그때 주영이도 나도 미처 그 생각을 하지 못했다. 휴학이니까 복학해서 사용해도 되겠지 하고 막연하게 생각했던 것이다. 그런 막연한 생각이 절대로 미국에서는 통하지 않는다. 미국에서는 한 번 걸리면 그다음부터는 상당히 골치가 아파진다.

악기를 반납한 주영이는 너무 허탈해하면서 연습용 악기라도 가지고 가서 연습해야겠다고 푸념했다. 그래서 잘 아는 동네 악기점에 가서 이야기하고 빌려보라고 했다. 다행히 하나 빌려주었는데 아쉬운 대로 사용할 만한 것 같다고 했다. 주영이는 다시 독일로 돌아갔고 해프닝은 그렇게 끝이 났다.

독일에서도 연주회는 계속되다

　주영이가 독일에 있으면서 레슨만 받고 있기는 너무 답답할 것 같아서 계속 연주회를 만들었다. 사실 연주회는 연줄 없이는 절대로 이루어질 수 없을 만큼 어렵다. 하지만 운 좋게도 체코라디오심포니와 협연할 기회를 가질 수 있었다. '작은 프라하'로 불리며 유네스코 세계문화유산으로 등재된 유서 깊은 체코 보헤미아 주 남쪽의 소도시 체스키크룸로프(Cesky Krumlov)에서 열리는 세계적인 음악 축제 '체스키크룸로프 인터내셔널 뮤직 페스티벌'에서 체코의 유명한 바이올리니스트 파벨 슈포르츨(Pavel Šporcl)과 바흐의 《두 개의 바이올린을 위한 협주곡 d단조 BWV 1043(Concerto for 2 Violins and Orchestra in d minor, BWV 1043)》을 협연하기로 되어 있었다.

　체코도 이미 가본 적이 있어서 주영이 혼자 가도록 했다. 지휘는 이스라엘 지휘자 아모스 탈몬(Amos Talmon)이었다. 연주를 마친 후 한 한국인이 무척 반가워하면서 인사를 했는데 알고 보니 체코 영사였다. 그분은 한국인이 체코에서 연주한다는 소식을 듣고 먼 거리를 달려와 격려를 해주고 식사 대접까지 해주었단다. 정말 고마운 분이다. 물론 영사가 주영이 연주회에 참석해서 축하를 해준 적은 더러 있었지만 대개는 같은 시내일 경우였다. 그런데 그분은 거리가 굉장히 먼 데도 직접 와서 축하해주었으므로 더 가슴이 뭉클했다.

주영이가 페루의 수도 리마에서 페루국립음악학교 주최 음악 페스티벌에 3인의 초청자 중 한 명으로 초청되어 특별 콘서트를 한 적이 있었다. 이때도 연주회를 마친 후 어떤 젊은 분이 꽃다발을 들고 숨차게 달려와서 축하해주었는데 페루 영사를 대신해서 온 분이었다. 호주 시드니에서 콘서트할 때는 영사 직원들 전부가 참석해서 어린 주영이를 격려해주기도 했다.

그다음 연주회는 이탈리아 로마 근교에 있는 오케스트라와의 협연이었다. 오케스트라 이름은 오케스트라 리리코 신포니카 델라 프로빈시아(Orchestra Lirico Sinfonica Della Povincia)였는데, 파가니니의 《바이올린 협주곡 제1번 D장조 Op. 6(Concerto for Violin and Orchestra in D major, Op. 6)》을 해달라고 했다. 이 곡은 주영이가 열네 살 때 줄리아드 예비학교에 가자마자 처음 배운 것인데, 협연은 처음이었다. 무척 빠른 곡이기 때문에 손가락을 돌리려면 상당히 많이 연습해야 했다. 이때도 해외 구경을 좋아하는 주영이 엄마만 참석했다. 여름이라 야외에서 공연을 했는데 젊은 지휘자가 직접 공항 픽업도 해주고 데려주기도 하면서 친절하게 잘해주었단다.

다음은 프라하방송교향악단과의 협연이 있었다. 그때는 내가 직접 가봐야겠다는 생각이 들었다. 악단의 수준도 있고, 또 프라하에서 가장 전통 있고 아름다운 드보르자크홀에서 연주하므로 기대가 되었기 때문이다. 러시아의 작곡가 글라주노프(Alexandr Konstantinovich Glazunov, 1865~1936)의 《바이올린 협주곡 a단조 Op. 82(Concerto for Violin and Orchestra in a minor, Op. 82)》를 해달라고 해서 준비했다. 주영이한테 맞는 곡은 아니었지만, 요구 사항이니 어쩔 수 없었다. 이런 곡들은 모두 어릴 때 공부한 것들이라 다시 복습하는 기분으로 하면 아무래도 덜 부담스럽다.

연주자로 나가려면 미리 일찌감치 연주곡목을 많이 준비해두는 게 좋다. 주영이 열네 살 때 베를린 연주회를 마치고 관광차 프라하에 들렀을 때 언젠가는 여기서 한 번 공연할 기회가 오겠지 하고 생각했었는데 드디어 그 기회가 온 것이었다.

드보르자크홀은 전통적인 유럽풍의 아름다운 고전미가 넘치는 분위기였다. 이날 1~2층 모두 많은 청중들이 자리를 차지하고 있었다. 과연 음악의 도시 프라하의 자존심인가. 쌀쌀한 2월인데도 많은 사람들이 참석했다. 더구나 협연자는 이름도 얼굴도 모르는 낯선 동양인인데……. 주영이가 등장해서 연주가 시작되었다. 이 곡은 나도 워낙 오랜만에 듣는 곡이고 현대적인 선율들이 많아 그저 지켜볼 수밖에 없었다.

나중에 주영이가 말하기를 연주 도중 청중석을 한 번 슬쩍 봤더니 모두가 인상이 굳어서 자기를 째려보는 눈치라서 오늘 연주 반응은 별로겠구나 짐작했단다. 그런데 주영이의 연주가 끝나자 박수를 치기 시작하는데 끝도 없이 계속 치는 것이었다. 커튼콜로 몇 번을 들락거려도 박수소리가 끝나지 않자 할 수 없이 지휘자가 앙코르 곡을 아무거나 하나 하라고 했다. 사실 이날은 앙코르 곡을 연주할 생각을 전혀 하지 않았지만 도리 없이 즉석에서 무반주 앙코르 곡을 하나 하고서야 겨우 끝이 났다.

이날 연주 후에 어떤 백발의 바이올린 주자 한 분이 다가와서 주영이의 바이올린을 한 번 보자고 했단다. 그래서 보여드렸더니, 이게 무슨 악기냐고 물어서 잘 모르겠다고 대답했단다. 주영이의 대답을 들은 그분은 어떻게 너 같은 연주자가 이런 악기를 사용하느냐고 하면서 무엇보다 너는 악기부터 바꿔야겠다고 조언하더란다. 사실 이때는 줄리아드학교에 악기 뷔욤을 반납하고 별 볼 일 없는 악기를 사용하고 있어서 그럴 만도 하다는 생각이 들었다. 연주자에게 악기가 얼마나 중요한지 다시 한 번 뼈저리게 느끼는 순간이었다.

그리고 이어서 4월에 상트페테르부르크필하모닉과 협연이 있어서 우리 부부는 먼저 독일로 가서 주영이와 같이 러시아로 가기로 했다. 상트페테르부르크필하모닉은 1882년 러시아 궁정 오케스트라로 창설된 러시아에서 가장 오래된 교향악단으로서 차이콥스키와 쇼스타코비치의 작품 연주로 세계적인 명성을 얻었고, 현재는 러시아 작품 위주로 다양한 연주곡목을 연주하면서 세계 최고 수준의 오케스트라로 평가받는 곳이다.

이때 주영이는 독일에서 방 하나를 얻어 자취하고 있었다. 남자애들이 대개 그렇듯 음식은 적당히 해먹었지만 사는 게 말이 아니었다. 그래도 처음 독일에 갔을 때는 방을 구하지 못해 학교에서 한 시간 정도 떨어진 곳에서 버스로 다녔는데, 얼마 후에 학교 가까이 방을 얻을 수 있어서 편리해서 좋단다. 내일 아침 일찍 비행기로 출발해야 하므로 저녁에 잠을 충분히 자야 해서 일찍 불을

껐지만, 주영이는 밤늦도록 컴퓨터 앞에 앉아 있었다. 아들에게 빨리 자라고만 하고 우리 부부는 피곤해서 곧 잠이 들고 말았다.

그런데 다음 날 아침 주영이가 서둘러야 한다면서 재촉하는 것이었다. 아직 시간이 있는데 왜 그러느냐고 했더니, 어젯밤 컴퓨터를 끄고 자려는데 컴퓨터에서 무슨 소리가 나기에 보니까 서머타임으로 시간이 변경되어 한 시간이 빨라졌다는 것이었다. 와…… 만약 어젯밤 주영이가 우리와 함께 잠자리에 들었다면 과연 비행기 시간을 맞출 수 있었을까. 순간 아찔했다. 만약 이 비행기를 놓친다면 러시아 가는 것은 많지 않아서 하루 동안 지체되어 리허설도 제대로 못 하고 연주할 뻔했다. 이럴 때는 늦게 자는 것도 괜찮구나 싶었다.

우리는 무사히 상트페테르부르크에 도착하여 호텔에서 피로를 풀었다. 그곳에는 사진에서 보는 것처럼 고풍스럽고 웅장한 스타일의 옛 건물들이 많았다. 서구 문화를 빨리 받아들이고 있는 느낌이 들었고, 물가는 뉴욕과 비슷하게 비싼 편이었다. 리허설은 공연장에서 했는데, 공연장인 그랜드홀이 아주 멋있고 아름다웠다.

이때는 막스 브루흐의 《바이올린 협주곡 제1번 g단조 Op. 26》을 연주했는데, 리허설을 마친 후 어떤 여자분이 아주 유창한 영어로 이렇게 말해주었단다. 지금 자기네 악장이 말하길, 오늘 너의 2악장 연주에 단원들이 완전히 빠져 들어갔다면서 지금까지 '차이콥스키국제음악콩쿠르'[5] 우승자들과도 협연했지만 오늘만큼 깊이 음악에 빠진 적이 없다면서, 테크닉은 누구나 가지고 있지만 이런 매력

---

5) 러시아의 작곡가 차이콥스키를 기념하여 모스크바에서 열리는 음악 콩쿠르.

적인 음악은 접하기 쉽지 않다고 하더란다. 이 말을 들으니 이렇게 수준 있는 오케스트라에서 인정받는다는 게 쉬운 일이 아니므로 오늘 연주에 기대감이 생겼다고 했다.

공연장은 청중들로 만원을 이루었다. 젊은 사람보다 나이 지긋한 분들이 많았다. 이날 연주도 무사히 성황리에 잘 마쳤다. 다른 곳에서는 꽃다발이 없었는데 여기선 누가 꽃다발을 주기도 했다.

호텔로 돌아오자마자 주영이가 입을 열었다.

"아빠, 오늘 연주가 너무 풀리지 않았어요. 웬일인지는 모르겠지만 너무 힘들었어요."

하지만 난 전혀 그런 것을 느끼지 못했다. 아니 모든 청중들도 그랬을 것이다. 다만, 평소 주영이가 가진 다이내믹한 표현이나 열정이 약간 아쉽기는 했었다.

이어서 주영이는 이렇게 말했다.

"오늘 리허설 때 악장의 찬사 때문에 제 나름대로 오늘 연주는 정말 끝내주게 해야겠다고 저 자신을 너무 믿고 교만했던 것 같아요."

실황은 언제, 어디서, 어떻게 실수가 나올지 모른다. 그래서 나는 자신감도 중요하지만 언제나 겸손한 마음으로, 그리고 믿음으로 준비해야 된다는 걸 늘 입버릇처럼 강조하곤 했다.

아무튼 자신의 재능에만 의존할 때 실패할 수 있다는 걸 깨닫게 해준 아주 뜻깊은 연주회였다.

나는 주영이가 어릴 때 순수한 믿음과 때 묻지 않은 마음으로 바이올린을 연주할 때 감동이 밀려오는 것을 많이 경험했다. 그때 "저 애는 바이올린을 위해 태어난 아이 같다"는 말도 여러 번 들었다. 심지어 주영이 연주를 들으면서 눈물을 흘리는 분들도 더러 보았다. 그러나 점점 자라면서 청소년기에 온갖 풍상을 겪으면서, 또 신앙심에 변화가 밀려오면서 주영이의 연주에도 변화가 생기는 것을 관찰할 수 있었다.

우리는 흔히 누구는 신이 내린 목소리라는 말을 하곤 한다. 이처럼 '신이 내린 목소리'가 있다면 '신이 내린 바이올린 소리'는 없는 것일까. 나는 그 신이 내린 바이올린 소리를 듣고 싶다. 그것은 결코 노력으로 해결될 일이 아니라고 생각한다. 자신의 피나는 노력과 놀라운 재능, 그리고 거기에 플러스알파. 이것은 신이 주지 않으면 얻을 수 없는 것이라고 믿고 있다.

플러스알파는 결코 인간이 만들어낼 수 없는 영역의 것이다. 나는 그 플러스알파 때문에 주영이가 지금까지 버텨왔다고 생각한다. 줄리아드학교만 해도 주영이 정도의 테크닉과 소리를 내는 학생들은 사실 많다. 그런데 왜 오주영일까. 그것은 플러스알파 때문이다. 이 플러스알파가 사라질 때 주영이의 음악도 매력을 잃고 힘이 약해질 것이라고 생각한다. 왜냐고? 웬만하면 그 정도는 누구나 다 하니까. 이 플러스알파를 계속 유지하기 위해서는 끊임없이 영감을 얻기 위해 하늘과 소통하지 않으면 결코 얻을 수 없다고 생각한다.

독일의 작곡가 베토벤(Ludwig van Beethoven, 1770~1827)의 말처럼 "음악은 신이 인간에게 준 최고의 선물"이니까. 그 선물을 준 신의 영감 없이는 작곡이든 연주든 사람의 가슴을 파고들지 못한다. 주영이가 그걸 알고 있는 게 다행이다. 알고 있는 것만 아니라 자기 것으로 만들어야 한다는 걸 잊지 말아야 한다.

수년 전 바이올린 카페 회원들이 주관해서 카페 회원들만을 위한 특별 콘서트를 가진 적이 있었다. 당시 수고해주신 분들께 늘 감사한 마음을 가지고 있다. 특히, 이때 카페 회원의 바이올린을 가지고 연주회를 치러서 그런지 더욱 깊은 인상을 간직하고 있다. 그토록 많은 연주회를 가졌지만 카페 회원들을 위한 콘서트는 처음이었던 것 같다. 그때 자녀들과 함께 부모들이 많이 참석했는데 벌써 여러 해가 지났으니 그 아이들도 많이 성장했을 것이다.

 이때 바이올린 카페 게시판에 '오주영 씨의 연주에 대한 한마디……'란 제목으로 소감을 적은 어느 분의 글이 인상적이라 여기에 옮겨 본다. 이분의 음악적 통찰력이 보통 이상인지라 어느 부분은 두세 번 읽어야 이해가 되었다.

"(중략) …… 뛰어난 연주는 어김없이 군더더기 없이 간결하면서도 정확합니다. 그럼에도 불구하고 기계적이지 않죠. 기본에 충실하다는 이야깁니다. 그렇다면 뛰어난 연주자는? 네. 일단 뛰어난 연주자들은 일단 모두 테크닉이 뛰어납니다. 그런데 뛰어난 연주자들 중에는 두 부류가 있는 것 같습니다. 첫 번째 부류는 정말 테크닉이 뛰어나고, 화려하다, 잘한다, 라는 생각이 드는 사람입니다. 두 번째는 정말 대단한 연주다, 어떻게 저런 음악이 나올까? 라는 생각밖에 안 드는 사람입니다. 사실 별 차이가 없어 보이지만, 차이가 있습니다. 첫 번째 연주자는 테크닉이 뛰어나서 멋진 음악이 나온 것으로 생각하는 것이지만, 두 번째 연주자는 이유가 뭐건 간에 음악 자체에 감동받는 것이 가장 큽니다. 나중에 실컷 감동받고 나서 왜 그랬을까 생각해보니 테크닉이 뛰어난 건 당연한 거고. 즉, 두 부류 모두 뛰어난 테크닉을 가지고 있음에도 불구하고, 두 번째 부류의 연주자는 그 뛰어난 테크닉이 음악 자체에 파묻혀서 테크닉을 테크닉 자체로 느껴지지 않게 하는 레벨의 연주자라는 거죠. 굳이 말씀드리자면, 한 수 위의 연주자라고나 할까요.
저는 개인적으로 이작 펄만의 동영상은 지구상에서 사라져야 한다고 보고 있습니다. 왜냐하면 바이올린을 모르는 사람이 펄만의 동영상을 보면 '바이올린 되게 연주하기 쉬운가 보다'라고 착각할 수 있기 때문이죠. 너무 편하고 쉽게 연주하지 않습니까? 아무리 어려운 곡도.
오주영 씨의 연주를 최근에 자주 접하게 되는데, 오주영 씨의 연주는 절대적으로 두 번째 부류에 속한다고 보고 있고, 오주영 씨가 현재 국제 콩쿠르에는 참가하고 있지 않지만, 현재 국제 콩쿠르 우승자에 비해 결코 기량이 떨어진다고 보지 않습니다. 떨어지지 않는 것이 아니고, 웬만한 국제 콩쿠르 우승자들 중에서도 오주영 씨와 같은 '음악'을 만들어내는 연주자는 흔치 않더군요.

'테크닉'의 완벽성만 놓고 본다면, 오주영 씨 같은 수준의 연주자들이 많지만, 그보다 한 단계 높은 두 번째 부류의 연주자에 속하는 연주자를 찾기는 쉽지 않죠. 그래서 저는 오주영 씨를 '대가'라고 봅니다. 연주 스타일로만 본다면 개인적으로 벤게로프보다 높은 점수를 주고 싶습니다.

저는 최근에 제임스 에네스(James Ehnes)의 연주를 많이 듣고 있는데, 오주영 씨와 음악적 스타일이 약간 비슷한 것 같기도 합니다. 굳이 비유해서 설명하자면, 매우 정교하고 완벽한 테크닉을 가지고 있는데, 음악 자체는 하이페츠나 코간(Leonid Borisovich Kogan, 1924~1982) 같은 스타일보다는 오이스트라흐 쪽이라고나 할까요? 테크닉이 느껴지지 않고 가슴을 울리는 음악만 느껴지는 스타일이라고나 할까요. 테크니션(technician)들의 연주는 귀를 시원하게 하는데, 오주영 씨의 연주는 한마디로 '가슴을 후벼 판다'라고 할 수 있겠습니다."

이상의 내용인데 물론 개인적인 견해이긴 하지만 맨 마지막 결론이 나의 마음을 뭉클하게 했다. "테크니션들의 연주는 귀를 시원하게 하는데, 오주영 씨의 연주는 한마디로 '가슴을 후벼 판다'라고 할 수 있겠습니다."

NFMC 주최
'영 아티스트 콩쿠르'에 출전하다

독일로 간 지 1년쯤 되었을 때 미주 전 지역을 대상으로 하는 '전
미주 음악 클럽(National Federation of Music Clubs, NFMC)'에서 주최하는
'영 아티스트 콩쿠르'가 있다는 걸 봤다. 나는 주영이가 여기에 한
번 도전해봤으면 하는 생각이 들었다. 이 대회의 우승자에게는 2년
간 주최 측에서 연주회의 기획을 맡아서 해주는 프로그램이었다.
내가 이 대회에 관심을 갖게 된 것은 일반 콩쿠르처럼 등수를 뽑
는 게 아니라 2년 동안 연주회 활동을 시킬 연주자를 뽑는 오디션
과 같은 대회이기 때문이었다. 그래서 주영이가 나가면 유리한 점
이 있겠다 싶어서 본인도 모르게 접수했다. 요구하는 곡들을 CD
편집 작업을 해서 보내는 게 쉽지 않았지만, 이런 일을 위해서 미
리 배워두었기에 원하는 곡들을 뽑아서 보낼 수 있었다.
　CD의 곡들이 통과되었다는 연락이 왔다. 그래서 주영이에게 연

락하여 콩쿠르에 나갈 준비를 하라고 했다. 주영이는 콩쿠르에 별로 관심이 없는 터라 연주자를 뽑는 오디션이라고 설명해서 이해시켰다. 만약 우승한다면 독일 생활비에 약간 도움이 될 것 같아서 시도했던 것이다. 대회는 2년마다 전 미주를 옮겨 다니면서 개최되는데 이때는 유타 주 솔트레이크시티에서 하게 되었다.

나는 그곳에 가지는 않지만 주최 측에서 찍은 사진들을 보내주어서 행사 분위기를 한눈에 볼 수 있었다. 주영이가 결선까지 가서 현악부 전체에서 우승했다고 연락이 왔다. 이때 성악 남녀 각한 명, 피아노 한 명, 현악부에서 주영이가 뽑히게 되었는데, 사진을 보니 모두 성인들이었다. 미국에서 '영(young)'이란 개념은 보통 30세 전후까지를 포함하고 있다. 그래서 영 아티스트 콩쿠르는 일반 국제 콩쿠르에 준하는 나이 개념으로 보면 된다.

그날 저녁 우승자 갈라 콘서트를 했는데 주영이의 연주에 청중들이 굉장한 반응을 보이자 심사 위원 중 한 분이었던 유타심포니 오케스트라 관계자가 다음 기회에 자기네 오케스트라와 한 번 같이 연주회를 하자면서 명함까지 주었단다. 우승 상금은 1만 달러였지만 아쉬운 때에는 이것도 큰 도움이 되었고, 또한 2년 동안 힘들이지 않고 연주회를 열 수 있는 기회를 갖게 되었으니 일거양득이 아닌가!

드디어, 런던 위그모어홀에 서다

카네기홀 공연을 마친 후 언젠가 반드시 영국 런던 위그모어홀 (Wigmore Hall)에도 서야 한다는 생각이 늘 내 머릿속을 떠나지 않고 맴돌았다. 위그모어홀은 런던 위그모어 36번가에 있는 영국에서도 가장 전통 있는 연주회장으로 세계적인 연주자들이 공식적으로 반드시 거쳐 가는 잘 알려진 유명한 홀이다. 뉴욕 카네기홀도 세계적인 홀이기는 하지만, 특히 웨일 리사이틀홀은 이제 웬만하면 누구나 연주할 수 있는 홀로 변해 버렸다. 심지어 아직 배우는 학생들의 발표회장으로도 얼마든지 사용할 수 있는 홀이 되어 버린 지오래다. 그래서 카네기홀에서 연주했다고 알아주는 시대는 지난 것 같다.

하지만 위그모어홀은 아니다. 적어도 세계적인 수준이라면 위그모어홀 공연은 빠트릴 수 없고, 또한 꾸준히 세계적인 연주자들이 찾는 곳이기도 하다. 이 무대에서 데뷔하는 것만으로도 실력을 인정받을 수 있고, 경력에 큰 도움이 된다.

　대체 어떻게 해야 이 무대에 설 수 있을까. 흘러가는 구름을 잡아본 적 있는가. 또 허공을 향해 아무리 외쳐도 반응 없는 공허한 상황을 경험해본 적이 있는가. 내 상황이 딱 그랬다. 비록 앞이 보이지 않는 상황이었지만 난 결코 포기하지 않고 길을 찾고 또 찾았다. 주영이의 그동안의 경력으로 볼 때 이곳에 설 만한 자격이 충분하다는 확신이 있었기에 이곳에서의 연주회만은 꼭 이루고 싶었다. "찾고 찾으면 찾으리라"는 믿음의 결실인가…… 드디어 또 하나의 꿈이 현실로 다가왔다.

　런던 위그모어홀에서 연주가 가능하다는 통보를 받게 되었고, 연주 날짜까지 정해졌다. 2007년 12월 28일이었다. 주영이는 독일에서 런던으로, 우리 부부는 미국에서 런던으로 가서 만나 리허설을 위해 공연장으로 갔다. 유명세에 비해 그렇게 크지 않은 약 500석 정도의 홀이었다. 수백 년의 역사와 전통이 있고, 그동안 수많은 세계적인 연주자들의 데뷔 무대였으므로 유명한 것은 당연하리라는 생각이 들었다.

　과연 이 작은 무대가 연주자에게 미치는 영향이 무엇이기에 이렇게 이 무대에 서기를 선호하는 것일까. 연주가 시작되기 전 대기실에서 준비하고 있던 주영이가 갑자기 배가 아프다고 했다. 시간을 보니 15분밖에 안 남았다. 저녁 먹은 게 잘못되었나 싶어서 걱정과 함께 혹시 오늘 저녁 연주를 망칠까 봐 가슴이 떨렸다.

　'저녁 식사 때 식당에 별로 먹을 게 없어서 회를 몇 점 먹었는데…… 혹시 그것이?'

　나는 바로 밖으로 뛰어나가 가게를 찾기 시작했다. 그러나 가게

들이 거의 문을 닫았다. 사방을 정신없이 왔다 갔다 하는데 어느 길모퉁이에 불빛이 하나 보였다. 가보니 다행히 아직 문이 열려 있었다. 마침 소다수가 있어서 하나를 사서 죽을힘을 다해 뛰었다.

대기실로 뛰어들어가니 시작 5분 전이었다. 소다수를 먹으면 좀 가라앉을 것이라고 얼른 주영이에게 주고 나왔다.

나는 속으로 이런 생각이 들었다. '이 녀석…… 런던 위그모어홀이 겁났나. 왜 갑자기 배가 아프지. 그래도 계속 아프면 안 되는데…… 이 중요한 시점에.'

드디어 주영이의 연주가 시작되었다. 좀 가라앉았는지 아픈 기색은 없어 보여서 약간 마음이 놓였다.

이날의 연주 상황을 참고로 옮겨본다.

2007년 12월 28일

런던의 최고의 실내악 홀로 알려진 위그모어홀에서 데뷔 독주회를 가졌다. 홀 내부가 화려하지는 않았지만, 우아하면서 감상하기에 편안한 아늑한 분위기였다. 음향도 어느 연주홀보다 훌륭했다.

편안한 검은색 상의를 걸치고 나온 주영이는 첫 곡인 모차르트의 《바이올린 소나타 6번 KV. 301(Violin Sonata No. 6, KV. 301)》을 연주했다. 약 15분 정도의 길지 않은 곡을 가벼운 몸놀림으로 모차르트의 감미로운 선율을 풀어나가기 시작했다. 대개 유명한 홀에서의 데뷔는 경직되고 긴장된 모습을 감추기 어려운데, 그의 수많은 연주 경력으로 인해서 그런 모습은 전혀 보이지 않았다. 그러나 이미 다 외우다시피 한 곡이었지만 악보에서 눈을 떼지 않고 음 하나하나의 충실한 소리를 위해 신경을 쓰는 모습이었다. 모차르트의 곡 해석에 있어서 독특한 그만의 해석은 보이지 않았지만 전체적으로 무난하게 끝을 맺었다.

두 번째는 요하네스 브람스(Johannes Brahms, 1833~1897)의 《바이올린 소나타 제3번 d단조 Op. 108(Sonata for Violin and Piano No. 3 in d minor, Op. 108)》을 연주했다. 많이 연주하는 곡 중의 하나지만 표현하기가

힘들고 자칫 잘못하면 의미 없고 밋밋한 곡이 될 수도 있는 것이 《바이올린 소나타 제3번 d단조 Op. 108》이 아닌가 생각한다. 모차르트의 곡에 비해 다소 무게를 지닌 브람스의 곡에서 그는 점점 에너지를 붙여가기 시작했고, 빠른 템포에서는 그의 열정이 살아나기 시작했다. 이제 시동이 걸린 듯 그의 내면 깊은 곳에서 소리를 뽑아내고 있었으며, 청중들은 서서히 그의 음악 속으로 빠져들고 있었다. 연주를 마치자 청중들은 열광적인 박수를 쳤고, 박수가 계속되자 또 나와서 여유 있게 인사를 하고 들어갔다. 막간의 휴식 시간에 어떤 영국분이 나를 보고 엄지손가락을 세워 보이면서 "원더풀"을 연발했다.

후반부의 첫 곡으로는 무반주곡인 외젠 이자이(Eugéne-Auguste Ysaye, 1858~1931)의 《소나타 6번 E장조 Op. 27(Sonata No. 6 in E major op. 27)》이었다. 약간의 미소를 머금고 여유 있게 걸어나온 그는 첫 시작부터 자신의 카리스마를 번뜩이기 시작했다. 거의 80퍼센트가 현악기의 두 현을 동시에 누르면서 켜서 소리를 내는 이중음(double-stop)으로 이루어진 이 난곡(難曲)을 거침없이 질주하듯이 완벽하게 처리하고 있었다. 외젠 이자이의 소나타 여섯 개 중에서 힘들다고 하는 이 곡을 그만의 자신감 넘치는 테크닉과 음악적 열정으로 표현하는 바람에 청중들이 압도당하고 있었다. 아마 오늘 밤 연주는 주영이의 음악이 어떤 것인지 제대로 보여준 백미였다고 생각된다.

연주가 끝나자 우레와 같은 박수를 보냈고, 어떤 사람들은 팔을 높이 치켜들고 박수를 쳐서 그 모습이 무척 인상적이었다. 아직도 두 곡이 남았음에도 커튼콜이 이어지기도 했다.

그다음에 연주한 곡은 폴란드의 바이올린 연주자이자 작곡가 헨리크 비에니아프스키(Henryk Wieniawski, 1835~1880)의 《레겐데 g단조 Op. 17(Légende in g minor, Op. 17)》이었다. 전체가 느린 곡으로 분위기를 다소 바꾸면서 청중들의 마음을 차분히 가라앉게 했다. 이어서 마지막 곡인 사라사테의 《카르멘 환상곡 Op. 25》를 연주했다. 그가 가장 많이 연주하는 곡이어서 그런지 그의 몸놀림은 극히 자연스러웠으며, 마지막 빠른 템포에서 혼신을 다하는 그의 열정적인 모습은 청중들을 음악 속에 완전히 몰입하게 만들었다.

연주가 끝나자 청중들의 뜨거운 박수가 그치지 않아 첫 앙코르 곡으로 이탈리아의 작곡가이자 바이올리니스트 몬티(Vittorio Monti, 1868~1923)의 《차르다시(Czardas)》를 선물했다. 두 번째 앙코르 곡은 'MBC 드라마 〈주몽〉의 선율을 사용해 자신이 직접 만든 변주곡(variation)'이라는 코멘트를 한 후 연주를 시작했는데, 주제 선율의 애잔함과 아름다운 비브라토에 가슴이 저며 오는 듯한 선율 뒤에 폭풍처럼 터져 나오는 지독히도 빠른 고도의 테크닉을 구사했다. 연주가 끝나자 청중들의 박수가 쉴 새 없이 터져 나오기 시작했다.

오늘 밤 그의 연주는 수십 년 동안 이 홀을 드나들면서 세계적인 연주가들의 연주를 감상하며 살아온 런던 클래식 팬들의 고급화된 귀를 만족시켜 무려 여섯 번의 커튼콜을 받게 했고, 두 곡의 앙코르 곡을 할 정도로 청중들을 압도한 연주회였다.

연주회 후 『런던 타임스(The Times of London)』에 '여섯 번의 커튼콜, 두 곡의 앙코르'란 제목으로 청중들을 매료시킨 감동적이고 인상 깊은 연주회였다는 기사가 실렸다. 연주회를 마치고 우리는 런던 시내를 관광하면서 하루를 보낸 후, 주영이는 다시 독일로 갔고, 우리 부부는 미국으로 돌아왔다.

서울시향 그리고 KBS교향악단과의 협연을 다시 추진하다

　나는 주영이가 독일에서 활동한 굵직한 오케스트라와의 성공적인 협연, 그리고 런던 위그모어홀 등에서의 연주회를 계기로 다시 서울시향 및 KBS교향악단과의 협연을 위해 연락을 취했다.

　사실 2000년 KBS교향악단과의 협연 이후 꾸준히 공연 담당 관계자와 연락을 취해왔다. 이미 두 번이나 협연했기에 주영이를 너무나 잘 알고 있어서 연락할 때마다 긍정적인 반응을 보였지만 협연은 쉽지 않았다. 과거 두 번은 다른 연고에 의해서 어렵지 않게 했지만, 이번에는 개인적으로 연락하는 것이라 상황이 달랐다. 그러나 이번에 유럽에서 좋은 연주 경험이 있었기에 설득력 있게 이메일로 여러 차례 연락했더니, 어느 날 답이 오기를 자신들이 심사숙고한 끝에 주영이를 초청하기로 결정했다는 것이다. 정말 기분 좋은 순간이었다. 그동안 인내하며 포기하지 않았던 결과였다.

나는 이때 동시에 서울시향에도 연락을 했는데. 이미 서울시향 관계자도 주영이를 잘 알고 있다고 했다. 그리고 자료를 보내라고 해서 보내주었다. 내 생각에는 주영이가 어린 시절 서울시향과 협연한 적도 있었지만, 2~3년 전에 부산시향과 협연 시 곽승 지휘자가 당시 서울시향도 지휘자로 있었기 때문에 주영이와 리허설한 후 바로 서울시향에 연락해서 오주영 스케줄을 잡으라고 해서 주영이를 알고 있을 것이라 짐작했다. 그런데 그 후 그분이 서울시향을 떠나면서 협연이 무산되었고, 몇 년이 흐르고 말았다. 나는 수시로 서울시향과 연락하면서 대화를 나누었지만 협연 일정은 잘 잡히지 않았다.

하지만 언젠가는 기회가 오겠지 다짐하면서 기다리고 있던 중 드디어 협연의 기회를 얻게 되었다. 한 번의 협연을 위해 오랜 세월이 흘렀지만 결국에는 마음이 뿌듯하고 보람찬 기쁨을 맛보게 되었다. 국내 정상의 오케스트라와의 협연은 생각보다 쉽지 않기 때문이다.

사실 한국인이면서 한국에서 연주회 만들기가 보통 힘든 게 아니다. 우리는 내세울 만한 연고도 없고, 그렇다고 학맥도 인맥도 없다. 그저 혼자서 나름대로 단지 실력 하나만 믿고 밀어붙였다고 할까. 하지만 실력이 있다고 꼭 통하는 세상도 아니잖은가. 한번은 어느 지방 시향과 협연을 했는데, 지휘자가 나와 같이 공부했던 사람이었다. 그의 말에 따르면, 이런 지방 오케스트라와의 협연도 어떤 경우엔 대단한 배경을 가지고 들어온다는 것이었다. 한국의 실정으로는 그럴 만하다는 생각이 들었다.

2008년 서울시향과의 협연은 세종문화회관 대극장에서 이루어졌고, 성황리에 잘 마쳤다. 그때 독일에서 활동 중인 최희준이란 젊은 지휘자가 객원 지휘자로 함께했다. 이때 주영이는 막스 브루흐의 《바이올린 협주곡 제1번 g단조 Op. 26》을 연주했다. 몇 번의 커튼콜을 받고 앙코르를 한 곡 했다. 청중들의 반응도 생각보다 좋았다. 그때 너무 사람들이 많이 와서 나는 3층 뒷좌석에서 봤는데 음향 구조가 어떻게 되었는지 모르지만 좋지 않은 좌석이었지만 소리가 잘 들렸다.

그리고 그 이듬해인 2009년 KBS교향악단과의 협연이 있었다. 그때는 멘델스존의 《바이올린 협주곡 e단조 Op. 64》를 연주했다. 그날 청중들의 반응이 대단했고, 앙코르 곡도 대단히 인기가 많았다. 연주회 후에 신문에 주영이 기사가 실렸는데 무척 인상적이었다. 주영이 연주 전날 유명한 피아니스트 김선욱이 같은 장소인 예술의 전당에서 협연한 것을 가지고 그 신문 기사에서 "그 전날 피아니스트 김선욱 못지않게 놀라운 반응을 불러일으킨 연주였다"라고 호평했기 때문이었다.

이처럼 한국의 대표적인 오케스트라 두 곳과의 협연을 연속해서 두 해에 걸쳐 성공적으로 마침으로써 주영이가 한국 연주에 박차를 가할 수 있는 좋은 발판을 만들 수 있었다.

이때의 협연을 계기로 때마침 KBS 1TV 《클래식 오디세이》 출연 제안이 들어와서 촬영을 했다. 춘삼월이었는데도 그날따라 아주 날씨가 쌀쌀해서 야외 연주 녹화를 하느라 엄청 고생을 했다. 다행히 현장 녹음이 아니라 이미 녹음된 CD를 사용했지만, 연주를 실제 연주처럼 그대로 해야 했기 때문에 너무 추워서 손이 얼어 마음대로 할 수 없어서 혼났다. 다행히 실내 녹화도 있어서 그나마 다행이었다.

아찔했던 순간들

언젠가 한국에서 공연을 마치고 출국장에서 우리는 심사를 모두 마치고 나왔는데, 아무리 기다려도 주영이가 나오지 못했다. 무슨 일인지 확인해 보니, 국내 체류 기간을 초과해서 출국할 수 없다는 것이었다. 날벼락을 맞은 것 같았다. 한 번도 그런 일이 없었는데……. 국내 체류 기간을 초과했다는 말을 도저히 이해할 수 없었다. 그때 한국에서 불과 열흘 정도밖에 머물지 않았기 때문이다. 병역 미필자의 영주권자 국내 체류 기간 계산법이 너무 복잡했다. 답답하고 염려스러웠지만 다른 방법이 없어서 우리만 미국으로 돌아왔다. 한국에 머물러 있어야 하는 주영이가 보통 걱정되는 게 아니었다. 만약 미국에 들어오지 못하게 되면 어떻게 될까. 지금 한창 공부하는 중인데……. 그래서 다시 들어오는 데 필요한 서류를 준비해야만 했다.

또한 주영이도 줄리아드학교로 전화해서 상황을 설명하고 학교에서 다시 미국에 들어올 수 있도록 서류를 준비해서 한국으로 보냈다. 공교롭게도 그때 방학 기간이라 날짜 계산에 차질이 생긴 것 같았다. 다행히 다시 미국으로 들어올 수 있었지만 앞으로는 더 세심히 주의할 필요가 있었다.

연주회를 다니다 보면 별일이 다 생긴다. 한번은 도쿄에서 오사카 연주를 위해 일본 고속열차 신칸센(新幹線)을 타기 위해 개찰구로 가는데 그날따라 어떻게 된 일인지 약간 늦어져서 출발 시간이 촉박했다. 그래서 우리는 뛰다시피 해서 개찰구 앞까지 와서 열차표를 집어넣고 다들 나갔다. 그런데 마지막으로 내가 집어넣었던 열차표가 웬일인지 빠져나오지 않는 것이었다. 아무리 살펴봐도 어떻게 해야 할지 몰랐다. 시간은 없고 모두 발만 동동 구르고 있었다. 할 수 없이 역무원이 있는 곳에 달려가서 도움을 요청하니, 담당자가 와서 기계를 열고 열차표를 빼내주었다. 시계를 보니 출발 시간이 다 되었다. 그래서 우리는 그야말로 100미터 달리기하듯 죽을힘을 다해 뛰었다. 우리가 뛰어오는 것을 역무원이 보고 있었는지 아직 출발하지 않아서 다행히 기차에 오를 수 있었다. 우리가 타자마자 바로 움직이기 시작했다. 한숨이 절로 나왔다. 만약 이 기차를 놓쳤더라면 그날 저녁 연주회는 어떻게 되었을까. 생각만 해도 아찔하다.

한번은 대학 때 타코마심포니와의 협연을 마치고 집으로 돌아와서 잠시 휴식을 취한 후, 맨해튼의 스튜디오에서 자취하고 있는 주영이를 데려다주기 위해 차에 올랐다. 어두운 밤이라 내가 운전하고 갔는데, 스튜디오에 도착해서 가방을 내리면서 주영이가 이상한 소리를 했다.

"어?…… 바이올린이 없네……?"

"그게 무슨 말이냐? 네가 가지고 나오는 걸 내가 분명히 봤는데……."

"제가 가방과 바이올린을 가지고 나와서 둘 다 땅바닥에 놓고 가방을 먼저 차에 싣고, 그다음에 바이올린을 실어야 되는데…… 그냥 땅바닥에 둔 것 같아요."

이게 무슨 소린가. 바이올린을 땅바닥에 두고 오다니. 밤이었지만 길이 훤하게 가로등이 켜 있고……. 누군가 그것을 보면 끝이 아닌가. 갑자기 숨이 콱 막혔다. 나는 정신없이 다시 차를 돌려 맨해튼 거리를 질주하기 시작했다. 정신없이 달리고 있는데 옆에 앉은 주영이 엄마가 신호등도 안 보이냐면서 야단이었다. 지금 신호등이 문제가 아니었다. 사람만 없으면 막 달려야 했다. 그러면서 내 머릿속에서는 온갖 잡생각들이 스쳐 지나갔다. '만약 바이올린이 없으면 어떻게 하나. 그 많은 돈을 어떻게 물어야 하지. 아냐, 하늘이 지켜주겠지…….' 속으로는 열심히 기도하면서도 마음 한편으로는 여전히 불안했다.

이때의 악기가 줄리아드학교에서 대여해준 뷔욤이었다. '맨해튼까지 왕복 45분 정도인데…… 이 시간만 누가 길을 지나가지 않으면 얼마나 좋을까.' 별별 생각이 다 들었다. 동네 길이지만, 차도 자주 다니고, 밤에 사람들이 산책도 나올 수 있는 지역이었다. 그리고 자동차 헤드라이트가 비치면 바로 보이는 곳에 바이올린 케이스가 있었다.

정신없이 차를 달려 집 앞까지 와서 자동차의 헤드라이트를 비췄지만 악기 케이스가 보이지 않았다. 순간, 가슴이 철렁 내려앉았

다. 그때 누군가 개를 한 마리 데리고 우리 집 앞을 지나가고 있었다. '혹시 저분이…….'

나는 정신없이 차를 세우고 나와서 주위를 둘러보았다. 다행이었다! 바이올린이 있었다! 분명히 집 앞 도로변에 세워두었던 바이올린이 이상하게 도로 안쪽 가장자리 작은 정원수 앞에 놓여 있었다. 그때의 내 심정을 누가 알까. 무슨 말로도 표현할 수 없는 그런 순간이었다.

누가 그렇게 옮겨 놓았을까. 지금까지도 누가 그랬는지 모른다. 그래서 우리는 기념으로 그것을 사진으로 찍어두었다. 그 뒤부터는 무슨 일이 있어도 바이올린을 어깨에 둘러메고 절대 손에서 놓지 않는다.

또 한번은 애틀랜타(Atlanta)에서 공연할 때였다. 공연 전에 잠시 무대 리허설을 하던 중 갑자기 어깨 받침이 부러졌다. 세상에…… 어떻게 어깨 받침이 부러진단 말인가. 스트링(string)은 여벌을 준비해 가지고 다니지만 어깨 받침은 생각하지도 못했다. 너무 황당했다. 이 밤중에 어디 가서 살 수도 없고……. 주영이는 어깨 받침에 익숙해 있으므로 없이 연주한다는 것은 거의 불가능했다.

어찌해야 할까. 할 수 없이 운전해준 분에게 가서 어깨 받침을 살 만한 곳이 있는지 물어볼 수밖에 없었다. 악기점이 어디에 있는지도 모르고, 게다가 시간적인 여유도 없었다. 그리고 미국에서는 개인 가게는 밤에 일찍 문을 닫기 때문에 어깨 받침을 산다는 게 거의 불가능한 상태라 머리가 돌 지경이었다.

그때 운전해준 분이 젊은 의사였는데 어깨 받침이 부러져서 지금 악기점으로 가야 한다니까, 병원에서 자기가 가끔 사용하는 바이올린이 있는데 이상하게도 오늘 그것을 차 트렁크에 싣고 싶어서 가져왔다며 어깨 받침을 가져오겠다고 했다. 정말 희한했다. 어떻게 이런 일이 있을 수 있을까. 게다가 가져온 어깨 받침을 보니 주영이가 사용하는 어깨 받침과 똑같았다. 놀랍지 않은가! 만약 그 어깨 받침이 공연 중에 부러졌다면 얼마나 황당했을까. 정말 놀라운 은혜요 감사한 일이었다. 그래서 그날 연주회를 무사히 잘 마칠 수 있었다.

미국에서 만들고 싶었던
두 개의 연주회

  적어도 프로 연주자라고 하면 미국의 유명한 공연장에는 서야 한다는 게 나의 생각이다. 미국의 대표적인 공연장으로는 뉴욕의 카네기홀과 링컨센터(Lincoln Center), 워싱턴의 존F.케네디센터(John F. Kennedy Center), 로스앤젤레스의 월트디즈니콘서트홀(Walt Disney Concert Hall) 등이 있다.

  주영이가 위에서 언급한 공연장에서 모두 연주회를 했지만, 워싱턴의 존F.케네디센터에서는 아직 서지 못했다. 그리고 샌프란시스코에서는 협연은 했지만 독주회는 하지 못해서 나는 이 두 곳을 꼭 해야겠다는 생각을 하고 어떻게 추진해야 할지 곰곰이 생각해보았다. 내가 뉴저지에 있으면서 워싱턴과 샌프란시스코에서 연주회를 기획하는 것이 관건이었다.

  아무리 생각해봐도 별 뾰족한 수가 떠오르지 않았다. 그 지역에 한국 신문사에 연락해서 주최해달라고 해도 클래식 공연은 너무 힘들다고 했다.

그러던 중 한 가지 아이디어를 생각해냈다. 그곳에서의 연주를 위해 나의 심부름을 해줄 수 있는 영어권 한국인을 소개받으면 가능할 것 같았다. 그래서 그분을 통해 필요한 일만 해놓으면 나머지는 홍보만 하면 해결될 것 같았다. 때마침 나를 도와줄 한인 청년을 찾게 되어 샌프란시스코부터 일을 시작했다. 우선 공연장에 가서 공연 날짜에 맞춰 신청을 하도록 했고, 그 뒤부터 필요한 모든 것들은 이메일로 공연장 측과 주고받으면 되었다. 사실 미국 공연장 신청은 엄청나게 힘들고 까다로운 점이 많다.

어쨌든 이 모든 것을 다해서 연주회 날짜가 결정되었다. 홍보를 위해서 한인 신문사에 연락해서 후원을 얻어냈는데,『한국일보』와 『중앙일보』에 전면 광고를 각각 열 번씩 내도록 요구했다. 이 정도면 한인 사회에 잘 알려질 것이었다. 대개 후원은 한 신문사만 해주는 게 일반적인데, 이번에는 양쪽에서 모두 후원해주는 행운을 얻게 되었다. 그리고 포스터를 부착하고, 전단지는 공연장에 미리 갖다 두어 미국분들이 가져갈 수 있게 했다. 그렇게 해서 공연 준비를 마쳤다.

모험이기는 하지만 그래도 그 정도의 홍보라면 해볼 만하다는 생각이 들었다. 드디어 공연 날이 되었다. 주영이는 독일에서 왔고, 우리는 샌프란시스코로 갔다. 피아노 반주자는 샌프란시스코에 사는 외국인 반주자를 소개받았다. 각 신문사를 통해 공연 전날 인터뷰 기사가 나가면서 대단한 관심을 보였다. 공연 당일 샌프란시스코 허브스트 극장(Herbst Theatre)의 900석이 거의 찰 정도로 청중들이 와서 놀라움을 금치 못했다.

연주가 끝나고 『중앙일보』는 그날의 연주 분위기를 이렇게 소개했다.

"열정적인 바이올리니스트 오주영(25) 씨가 뛰어난 기교와 풍부한 감성을 자랑하며 샌프란시스코의 밤을 물들였다. 10일 저녁 7시 30분 피아노 반주자 드미트리 코간 씨와 함께하는 '오주영 독주회'가 샌프란시스코 허브스트 극장에서 열렸다. 이번 공연에서는 사라사테의 《타란텔라(Tarantella)》, 《치고이너바이젠》, 《카르멘 환상곡》, 비아니아프스키의 《D장조 폴로네즈(Polonaise Brilliant)》, 쇼팽의 《녹턴(Nocturne)》 등이 프로그램으로 무대에 올랐다.

앙코르 곡으로는 몬티의 《차르다시》, 찬송가 《어메이징 그레이스(Amazing Grace)》, 그리고 오 씨가 《주몽 OST》에서 영감을 얻어 편곡한 곡 등이 이어졌다.

관객들은 "굳이 클래식 음악에 정통한 팬들이 아니어도 누구나 한 번쯤 접했을 귀에 익은 작품들이 무대에 올라 편안하게 감상할 수 있었다"면서 "결코 쉽지 않은 곡들을 흔들림 없이 소화해내는 기교 또한 대단하다"고 평했다. 《헝가리 무곡》 등 연주 중 두 차례 활털(hair)[6]이 끊어지는 열정을 과시한 오 씨의 연주 스타일에 대해서는 "기교적인 현란함이 아니라 풍부한 감성의 현란함이 대단한 것 같다"며 "특히 2부 《녹턴》, 《카르멘 환상곡》 등 연주에서부터 앙코르 곡까지 무대에 완전히 빨려들었다"고 했다.

이날 공연장에 참석한 클래식 음악 애호가 에린 메톤 씨는 "샌프란시스코에 살면서 세계적인 수준의 연주가들의 공연을 빼놓지 않고 본다"며 "경이적인 오주영 씨의 연주는 그 어떤 연주가들에 비해 뒤지지 않는다"고 극찬했다.

관객들의 웃음을 자아내는 오 씨의 유머 넘치는 멘트 등 무대 매너도 관객들의 호평을 받았다. 따로 팬 사인회가 마련되지는 않았지만, 연주 후에도 관객들은 한 시간가량 오 씨와 인사를 하고 사진을 찍기 위해 극장을 떠나지 못했다. 오 씨는 12일, 사사하고 있는 자카르 브론 교수가 머물고 있는 독일 쾰른으로 돌아간다."

---

6) 말의 털(말총)로 만들어지며 활털은 활 밑부분의 조임나사로 그 장력을 조절한다. 오른손의 둘째 손가락과 셋째 손가락이 패드 부분에 닿는다.

그 이듬해 워싱턴 존F.케네디센터 테라스 극장 공연도 이와 같은 방법으로 추진했다. 『워싱턴한국일보』 후원으로 시작했는데, 『한국일보』 관계자는 이곳에서의 클래식 공연은 한인들 위주로는 많이 와야 100명에서 150명 정도니 그렇게 알고 있으라고 했다. 연주회에 그 정도면 한인 인구에 비해서 결코 적은 숫자는 아니었다. 그런데 당일 뚜껑을 열어보니 생각보다 많은 청중들로 가득 찼다. 게다가 샌프란시스코에 비해서 미국인들이 많이 보러 왔다. 이날의 공연도 청중들의 기립 박수와 반응이 아주 좋았다.

이제, 미국 대도시에서의 연주는 거의 다한 셈이다. 다음 날 『워싱턴중앙일보』에는 '바이올린 선율에 흠뻑…… 워싱턴DC를 물들인 젊은 바이올리니스트 오주영 연주회 관객들 기립 박수'라는 제목 아래 이런 기사가 실렸다.

"늦여름 워싱턴 클래식 팬들에게 감동을 선사한 바이올린 연주회가 28일 저녁 워싱턴DC 존F.케네디센터 테라스 극장에서 열렸다. 객석들로 가득 찬 테라스 극장은 한국이 배출한 또 한 사람의 젊은 연주가 오주영의 황홀한 바이올린 선율로 가득했다. 지휘계의 거장 주빈 메타가 '장래가 촉망되는 특별한 재능을 가진 연주자'라고 격찬한 말에 걸맞은 눈부신 연주가 이어졌고, 관객들은 뜨거운 박수로 화답했다."

오주영 후원 협약식과 한국예술비평가협회 글로벌 아티스트 대상 수상

어느 날 공연기획사 부산문화의 박흥주 대표로부터 연락이 왔다. 주영이가 부산 웰니스병원 원장의 후원으로 앞으로 5년간 연속 부산 공연을 하게 되었다는 것이었다. 그래서 우리가 한국에 나오는 대로 후원 협약식을 갖자고 했다.

이때가 2010년이었다. 웰니스병원 강동완 원장이 매년 오주영의 부산 공연을 위해 5년간 1억 원을 투자하는 계약 조인식을 롯데호텔부산에서 갖게 되었다. 즉, 매년 한 차례 공연에 2,000만 원 정도 후원하게 되는 것이었다. 물론 이 계약을 주도한 것은 부산문화의 박 대표였다. 그분 역시 주영이의 연주에 매료된 후 어떻게 하면 매년 주영이를 부산 공연에 초청할까 생각하다가 고안해낸 것이 바로 후원자를 찾는 것이었다.

그래서 주영이 음악을 좋아하고 평소에 교분이 있는 강 원장을 만나 서로 합의가 된 것이었다. 강 원장 역시 마음이 넓고 음악을 무척 사랑하는 분이다. 그동안 주영이의 연주를 몇 번 관람하고 관심이 있었으리라 생각되지만, 그래도 피 한 방울 섞이지 않은 남의 자식이 아닌가. 그럼에도 1억이란 큰돈을 선뜻 투자한다는 게 결코 쉬운 일은 아니다. 가졌다고 누구나 쉽게 내놓지 않는 게 현실인데 그만큼 이분은 음악에 대한 애정이 많기 때문에 그렇게 할 수 있는 것이다. 그가 경영하는 병원은 매주 토요일마다 음악회를 열어 지금까지 400여 차례 공연해오고 있다. 로비 음악회를 통해 환자와 환자의 가족들이 자연스럽게 치유될 수 있도록 하는 것이다. "환자의 육체는 의술로, 환자의 영혼은 음악으로 치유하겠다"는 것이 그의 신념이기도 하다. 강 원장의 오주영 후원 협약식과 함께 한국예술비평가협회로부터 '글로벌 아티스트 대상' 수상식도 같은 장소에서 이루어졌다.

그동안 주영이가 국내외적으로 왕성하게 활동한 연주 경력과 그의 음악적 재능에 대해 인정받게 된 것이었다.

한국예술비평가협회 탁계석 회장은 주영이가 어릴 때부터 연주 활동을 지켜본 분으로서 누구보다 주영이의 음악에 대해 잘 아는 분이고, 오래전에 신문에 "오주영을 국제 브랜드로 키워야 한다"는 제목의 칼럼을 싣기도 했다. 그래서 한국에서 가장 먼저 인연을 맺은 음악 관계자이기도 하다. 그때 신문 칼럼의 일부를 소개하면 다음과 같다.

"……(생략) 지금껏 한국을 빛낸 월드 스타들은 모두 자력으로 세계 무대에 섰다. 사라 장, 장한나, 김지연 등이 그러하다. 줄리아드학교의 스타 제조기로 불리는 도로시 딜레이 문하에 또 한 사람 일본 연주가 미도리가 있다. 그리고 타계한 선생의 마지막 제자라 할 수 있는 진주 출신의 오주영이 있다. 안타까운 것은 선생이 조금만 더 사셨더라면 오주영이 이들을 능가하는 스타가 되었을 텐데 그렇지 못한 불운에 가슴이 져며 온다.

그는 자기 악기도 없이 학교 악기를 빌려 쓰고 있다고 한다. 뉴욕, 일본 등지에서 연주를 하면 청중들의 기립 박수를 받는 등 현지의 반응이 매우 뜨겁다. 지난 2일 진주 경상남도문화예술회관에서 열린 그의 콘서트를 보며 이 천재에 관심을 갖지 않는 현실이 가슴 아팠다. 아직도 '우리 문화는 멀었구나' 하는 자괴감마저 들었다. 그의 실력이 어느 정도인지 일반인들이 정확히 가늠하기는 어려울지 모른다.

그러나 분명한 것은 그가 세계 무대에서도 손색이 없는 기량과 매력을 가졌다는 점을 말해두고 싶다. 거장 주빈 메타도 그의 잠재력을 높이 평가한 바 있는 것처럼 더 때를 놓치지 말고 국제 문화 브랜드로 만들어야 한다. 미국의 어느 주지사는 아이를 낳으면 자신의 이름으로 클래식 음반을 축하 선물로 보낸다고 한다. 예방접종하듯 좋은 음악으로 행복한 인생을 살라는 뜻이 담긴 것이다.

도시의 브랜드를 만들기 위해 수백 억씩, 또 사람을 모으기 위한 먹거리 축제를 위해서는 수십 억 원을 쓰면서도 정작 한 도시를 더 효율적으로 국제화할 수 있는 아티스트 지원은 왜 하지 않을까.

소니가 유럽에 상품을 팔기 전에 아티스트를 먼저 내세워 사람들을 사로잡는 전략, 즉 유명한 '차이콥스키국제음악콩쿠르'에 후원을 하고, 거액을 들여서 소니의 회장이 베를린필을 지휘하는 등 문화 전쟁이 일어나고 있다. '진주'가 약하다면 '경남'이 눈을 뜨고 이 천재를 키울 수는 없을까."

주영이는 그동안 부산에서 매해 공연이 10년 정도 이어지면서 오주영을 모르는 클래식 음악애호가들이 없을 정도로 이 지역에서는 상당히 인기 있는 연주자로 부상되었다.

그리고 강 원장과의 5년간 연주 계약은 지난 2014년 연주회로 끝맺음을 하게 되었고, 그동안 후원해준 데에 대한 고마움의 표시로 감사패를 전달했다.

마지막 연주회가 끝난 후, 어느 TV 인터뷰에서 강 원장이 이 연주회 후원 계약은 끝났지만 오주영을 2년에 한 번 정도는 초청할 의향이 있다고 언급한 것을 보았다. 한 번 맺어진 귀한 인연이 이렇게 계속 이어진다는 것은 음악을 통해서 서로의 마음이 아름답게 이어지고 있는 결과라는 생각이 다시 한 번 들었다.

부산에서 만난 백재진 교수

2002년 부산시향과의 협연을 시작으로 그다음 해 첫 한국 투어 연주회를 시작하면서부터 매년 부산을 빠트리지 않고 공연을 계속해왔다. 그 부산 공연 때 한 분이 주영이의 연주에 감동을 받았다면서 자신이 만든 챔버앙상블에 주영이를 초청해서 연주회를 갖고 싶다고 했다. 알고 보니 동의대학교 바이올린 교수님이셨는데 자신이 직접 악장을 맡아서 주영이의 협연을 돕겠다고 했다.

세상에 이런 교수님이 있을까. 자기 제자도 아니고, 또 일면식도 없는데……. 그리고 같은 바이올린을 연주하는 입장에서 더구나 교수라는 명예를 가진 분이 일개 젊은 연주자를 초청해서 그를 위해 스스로 악장의 자리에 앉아서 반주하겠다는 것은 보통 사람이 할 수 있는 일이 아니었다. 게다가 이분은 부산에서 가장 많이 연주활동을 하고 계시는 부산 제일의 바이올린 교수님이셨는데 말이다.

사실 이런 분을 보면 절로 고개가 숙여진다. 서로 비평하기 쉽고 자존심이 범람하는 음악 세계에서 이토록 겸손한 연주자이자 교수이신 분이 있다는 게 큰 감동으로 다가온다. 그래서 두말할 여지 없이 연주회를 갖기로 하고, 한국 연주회 투어 때 부산에서 같이 공연을 했다. 타이틀은 '오주영과 함께하는 사라사테의 밤'이었고, 공연은 성황리에 잘 마쳤다. 그리고 그 공연 다음 날 자신이 가르치는 학교의 학생들에게 주영이가 마스터클래스 수업까지 하도록 배려해주셨다. 성공적인 공연에 힘입어 그다음 해에 오주영 초청 앙코르 공연을 한 번 더 하자고 제의했다. 그래서 거의 같은 연주곡목으로 한 번 더 앙코르 공연을 가졌고, 역시 성황리에 잘 마쳤다. 그 뒤에도 같이하고 싶었지만 주영이 개인 사정상 하지 못해서 많이 아쉬웠다.

그는 교수이면서도 늘 자신을 겸허히 낮추는 인간미 넘치는 분이다. 언젠가 주영이가 당장 쓸 만한 악기가 없어서 곤란해 하고 있을 때 자신이 가지고 있던 악기 하나를 선뜻 내주면서 악기를 구할 때까지 그냥 사용하라고 빌려주기도 했다. 뉴욕필하모닉 오디션 때 사용한 악기가 바로 백재진 교수님이 빌려주신 것이었다. 오래된 악기였는데 3년 정도 잘 사용하다가 다른 악기를 구한 후 돌려드렸다. 아름다운 마음을 가진 분으로 늘 내 가슴 깊이 기억하고 있다.

부산은 이렇게 백재진 교수와 강동완 원장 두 분을 이곳에서 만나게 되어 언제나 편안하게 연주할 수 있는 제2의 고향 같다. 진정한 음악가나 음악애호가는 아름다운 음악만큼이나 아름다운 인간미를 간직한 분들임을 이분들을 통해 새삼 다시 느꼈으며 이 자리를 빌려 고마운 마음을 전한다. 언젠가 신문 기사 중에 '부산이 키운 바이올리니스트 오주영'이란 제목의 기사가 있었다. 그만큼 주영이는 부산과 깊은 인연을 맺으며 연주 활동을 해온 게 사실이다.

음악도 비즈니스다

몇 년 전 어느 분이 순천 공연을 기획하면서 내게 한 말이 생각난다. 그분은 본인도 바이올린을 전공했고, 자신의 딸도 바이올린을 전공해서 독일에서 유학을 마치고 돌아온 지 얼마 되지 않았다고 했다. 주영이 연주가 너무 좋아서 자신이 직접 초청 연주회를 기획하고 싶다고 했다. 그는 정말 최선을 다해 홍보도 하고, 대형 현수막도 붙이고, 언론에도 기사화하는 등 할 수 있는 모든 것을 다했다는 것이다. 그래서 적어도 수백 명의 청중은 올 것으로 예상하고 있었단다.

그런데 막상 연주 당일 보니까 기대보다 너무 좌석이 비었다는 것이었다. 이렇게 노력했는데……. 너무 허탈해서 할 말을 잃었단다. 그러면서 앞으로 한국 공연을 위해서는 먼저 오주영을 알리는데 전력을 기울여 달라고 부탁했다. 이렇게 좋은 음악을 아직도 잘모르고 있으니 너무 답답해서 하는 말이란다. 그런데 그날 어느 분이 주영이 연주회에 참석하고 나서 너무 좋아서 부산까지 세 시간 거리인데도 그다음 날 와서 다시 한 번 더 봤다고 했단다. 아마 그 지역은 주영이가 처음 공연을 해서 더 그랬을 것이란 생각이 들었다. 실제 연주회는 큰 도시라 해도 청중이 극히 제한되어 있어서 웬만한 유명 연주자가 아니면 여간 힘든 게 아니란 건 이미 다 아는 사실이 아닌가.

기획사들은 연주자들과 함께 비즈니스를 하는 분들이다. 당연히 상생하는 관계이지만, 서로 잘 만나야 한다. 기획사는 좋은 연주자를 만나야 하고, 연주자는 좋은 기획사를 만나야 한다. 주영이가 열여덟 살 때 한국에서 모 공연기획사와 계약했을 때 기획사 대표는 한국에서 어떻게 해서라도 반드시 띄우겠다고 장담했지만 별 성과 없이 끝나고 말았다. 그 뒤 기획사와 관계 맺기가 약간 두려워졌다.

언젠가 서울 공연을 기획한 대표가 공연을 마치고 미국으로 돌아가기 전 직접 공항까지 나와서 계약을 하자고 제안했다. 심지어 주영이를 한국뿐만 아니라 아시아 전 지역까지 연주 활동을 책임지겠다는 말까지 했다. 그 회사에는 지명도 있는 국내 아티스트 몇 명이 소속되어 있었다. 그러나 나는 생각해보겠다고 했다. 연주자들은 아무래도 나이가 어릴수록 유명세를 타기가 쉬워진다. 그래서 주영이도 열네 살 때 YCA 오디션에서 우승한 후부터 뜨기 시작한 게 아닌가. 그 이후 꾸준히 이렇게 많은 연주 활동을 해오고 있는 것도 그런 연유일 것이다. 2003년 첫 한국 투어 공연을 계기로 주영이는 매년 한국 공연을 꾸준히 하고 있다. 하지만 이렇게 매년 오케스트라와의 협연이나 또는 연주회 투어를 하는 게 그렇게 쉬운 일은 아니다.

2010년인가 세라믹팔레스홀에서 연주회를 했을 때 어느 분이 모 카페에 올린 글을 봤다. 그분은 그 글에서 이렇게 감동적인 연주회에 빈자리가 많아서 안타깝기도 하지만, 화가 치밀어 오르더라고 했는데 얼마나 답답했으면 이런 글을 올릴까 하는 생각이 들었다. 한 연주자의 모든 면을 보려면 협연보다는 독주회에서 더 많은 것을 볼 수 있다는 것은 웬만하면 다 아는 사실이다. 청중이 오지 않는 연주회는 아무런 의미가 없다. 연주자는 맥 빠지고, 그나마 참석한 팬들마저 힘이 빠진다. 하지만 유명세가 없으면 결코 청중들이 움직이지 않는 현실을 어찌하겠는가. 그래서 다들 뜨고 싶어 하는 것이다.

나는 꼭 뜨고 싶다면 다음 세 가지를 갖춰야 한다고 생각한다. 첫째, '실력'은 기본이고, 거기에 둘째는 '재력', 셋째는 '강력한 배경'을 갖춰야 한다. 어떤 분은 여기에 한 가지를 더 추가하여 '운'도 따라야 한다고 주장한다.

아주 특별한 경우를 제외하고, 위의 세 가지 조건이 충족되지 않으면 뜨는 것은 거의 불가능한 것이 음악계의 현실이다. 요즘 한국의 젊은 아티스트들이 국제 콩쿠르를 주름잡고 있다. 그런데 거기서 우승했다고 세계적인 연주가로 뜨는가? 아니다. 그렇다면 뭐가 문제일까? '누가 비즈니스를 더 잘하느냐?'에 달렸다면 지나친 말일까?

주영이가 열네 살 때 노스캐롤라이나 주 머틀 비치에서 연주회가 있었다. 그때 반주자로 동행해주신 분은 당시 줄리아드학교에서 반주 교수였는데, 이작 펄만의 반주자로도 많이 활동하고 계신 분이었다. 연주회가 끝나고 함께 식사를 할 때 "Music is a dirty business"라고 흘리듯 말씀하셨다. 그때 나는 너무 놀랐다. 하지만 나는 '음악이 얼마나 고상하고 아름다운데 더러운 비즈니스라니 말도 안 돼'라고 속으로만 중얼거렸다. 그런데 그 후 점점 세월이 지나면서 왜 그분이 그런 말을 했는지 이해하게 되었다. 어떤 면에서는 그분의 말이 정답인지도 모르겠다.

끊임없이 대두되는 악기 문제

　연주자에게 악기는 생명과도 같은 존재다. 따라서 수준이 높으면 높을수록 더 좋은 악기를 선망하게 된다. 프로 연주자라면 당연히 자신에게 걸맞은 악기가 필수적이다. 유명 연주자가 새로운 명기로 연주한다고 하면 그 악기 때문에 더 큰 관심과 호기심으로 연주회에 참석하기도 한다. 그만큼 클래식 팬들은 악기에 대해 예민하게 반응한다.

　주영이가 그동안 사용한 악기를 살펴보면 다음과 같다. 열세 살 때는 시카고 스트라디바리 협회로부터 4분의 3 갈리아노를 대여받아 사용했는데, 이 악기는 미도리가 어릴 때 사용했던 것으로 그녀가 소유주이다. 이것을 1년 정도 사용하다가 뉴욕에서 YCA 국제 오디션에서 우승한 후 주최 측에서 올버니 악기를 빌릴 수 있도록 해주었다. 300년 정도 된 악기인데 소리는 부드러우면서 올드한 독특한 음색을 가지고 있었다. 하지만 파워가 약해서 오케스트라와 협연하기에는 적절하지 않았다. 이 악기를 사용한 지 1년 후 삼성 문화재단에서 악기은행을 설립하면서 첫 수혜자로 1708년도 스트라디바리우스를 대여받아 몇 년 동안 잘 사용했다. 그다음 줄리아드학교에 들어가서는 뷔욤을 학교 측으로부터 대여받아 졸업할 때까지 어려움 없이 잘 사용했다.

그동안 주영이는 주로 명기만 계속 사용한 셈이다. 이제 사회인으로 연주자의 길을 가는데 악기 해결이 가장 큰 문제다. 이제부터는 본인이 직접 해결하지 않으면 안 되는 상황이다. 고민하다가 궁여지책으로 한국의 K그룹에서 악기를 대여한다는 사실을 전부터 알고 있었기에 그룹 회장님께 편지를 보냈다. 그동안 주영이가 걸어온 과정과 지금의 악기 문제에 대한 심각함을 적은 간절한 호소의 편지였다. 물론 회장님이 직접 볼 리는 없겠지만 누군가는 받아볼 거란 생각에서였다.

시간이 지나도 아무런 연락이 없어서 혹시 중간에서 사라진 게 아닌가 하고 전화를 걸어봤다. 그랬더니 악기 담당자인 K전무를 바꿔주었다. 그에게 자초지종을 이야기했더니, 바로 자신이 그 편지를 받아 읽었다는 것이었다. 그러면서 아버지가 자식을 위해 그토록 열정을 보이는 데 대해 무척 감동받았다면서 한국 나오는 길에 한 번 들르라고 했다. 그래서 한국 나갈 때 그분을 만나게 되었다. 여러 가지 대화를 하면서 그분은 앞으로 이곳에서 연주도 하고 녹음도 하면 좋겠다고 말했다. 그러면서 지금은 악기가 모두 나갔고 기간이 만료된 악기가 들어와야 하므로 좀 더 기다려보라고 했다.

그러면서 국내 유명 모 교수를 거론하면서 그분도 알면 좋을 텐데, 라고 했지만 나는 그저 스쳐 지나가는 말로 듣고 흘려버렸다.

그래도 생각보다 좋은 만남이라 생각하고 그다음 해에는 주영이와 함께 찾아가서 만나기도 했다. 그리고 그다음 해는 주영이 혼자 한국에 갔는데 그때도 그분을 만나서 이야기를 나누고 왔다고 했다.

나는 그동안 계속해서 이메일로 주영이 연주 소식 등을 전하면서 주영이를 기억하도록 했다. 그렇게 그분과 소통한 지 3년 정도 된 어느 날 인터넷에서 K그룹의 그 악기가 다른 학생에게 대여된 기사를 보고 깜짝 놀랐다. 그래서 바로 연락했더니 주영이의 나이가 너무 많다는 것이었다. 3년이나 지났으니 그럴 수밖에 없었다. 이때 주영이가 스물일곱 살이었다.

나이 제한이 있다는 사실은 들었지만, 정확한 제한 나이는 모르고 있었다. 규정이 그러니 어쩌겠는가. 순진한 기대 속에서 3년을 흘려보낸 어리석은 나 자신을 탓할 수밖에……

이처럼 계속되는 악기 문제로 고심하고 있을 때 대학원 지도 교수였던 글랜 딕터로 교수가 추천해주어 뉴욕의 어느 장인이 만든 악기를 구입하게 되었다. 이 악기로 연주회도 하고 KBS교향악단과 협연도 했다.

그러나 2~3년이 지나자 현대 악기 소리에 적응이 안 되는지 아무래도 다른 걸로 바꿔야겠다고 했다. 다른 악기를 찾아야 하는데 주영이의 사정을 잘 아는 딕터로 교수가 자기한테 아주 오래된 악기가 있는데 자신의 아버지가 사용하던 유품과도 같은 것이지만 주영이가 원한다면 사용하라고 했다.

300년 가까이 된 독일 악기인데 아주 건강하고 올드한 소리를 지닌 악기였다. 이 악기로 2013년 예술의전당에서 프라하챔버오케스트라(Prague Chamber Orchestra)와 이탈리아의 작곡가 안토니오 비발디의 대표적인 바이올린 협주곡 《사계》를 협연하기도 했고, 또한 카네기홀에서 연주회 때 연주하기도 했다. 그러나 주영이에게는 만족스럽지 않았다. 작은 홀에서는 사용할 수 있는 악기지만 대형 홀에서 오케스트라와 협연하기 위해서는 좀 더 힘 있는 악기가 필요했다.

지금까지 주로 명기를 사용했으므로 웬만한 것은 귀에 들어오지도 않을 것이었다. 그래서 그런지 근래에는 웬만큼 소리가 나면 소리는 만들기에 달렸으니 그렇게 신경 쓰지 않고 현실에 적응해나가는 것 같았다. 얼마 전에는 한국에서 오케스트라와의 협연에서 지금 가지고 있는 악기보다 소리가 좀 더 큰 것 같다면서 새 악기를 들고 간다고 했다. 하지만 내가 듣기에는 아무래도 덜 성숙된 새 악기의 카랑카랑한 소리가 별로 매력적이지 못한 것 같았다.

그래서 내가 이렇게 말했다.

"솔로이스트가 단원들보다 못한 악기를 가지고 협연한다면 말이 안 된다."

그러자 주영이는 이렇게 반문했다.

"이런 악기로 청중들을 감동시킬 수 있다면 그게 진짜 실력 있는 연주자가 아닌가요?"

문득 이런 글을 읽은 기억이 난다. 옛날 유럽 어느 곳에서 스트라디바리우스 악기로 어느 바이올리니스트가 연주회를 한다고 광고했다. 과연 스트라디바리우스 소리가 어떤 건지 호기심과 관심을 가지고 수많은 청중들이 그 연주회에 참석했고, 호기심을 가지고 음악에 집중했다. 그 연주회의 마지막 곡을 마치자 스트라디바리우스 소리에 감동받은 청중들의 열렬한 환호와 박수가 터져 나왔다. 그때 이 연주자는 그 자리에서 청중들을 앞에 두고 그렇게 좋은 악기를 발로 밟아 깨트려 버렸다. 그 순간 사람들은 너무나 소스라치게 놀라 홀 안에는 숨 막힐 듯한 침묵만이 흘렀다. 그러자 그는 연주자인 자신보다 악기에 관심을 갖는 청중들을 향해 "이 악기는 싸구려 악기입니다!"라는 한마디만을 남기고 무대를 나가버렸다. 싸구려 악기에 청중이 감동을 받는다면 이보다 더 훌륭한 연주자가 있을까.

물론 악기 소리에 대해 조예가 없는 일반적인 음악팬들은 연주자만 훌륭하면 감동을 받을 수 있지만, 악기 소리에 전문적인 지식을 갖고 있는 고급 귀를 가진 팬들은 금방 알아차릴 수 있는 것도 사실이다. 주영이가 전에 제주와 부산에서 그리고 광주에서 평범한 악기로 협연했을 때 일반 청중들은 잘 몰랐지만, 부산의 어느 교수는 연주회 후기를 쓰면서 지금이야말로 오주영에게 스트라디바리우스가 필요한 시점이란 멘트를 남기기도 했다.

그래서 내가 주영이한테 이 사실을 이야기하고 하루 속히 악기 문제를 해결하라고 했더니, 하는 소리가 뉴욕에서 가장 유명한 장인이 있는데 그분한테 2년 전에 갔다 왔는데 악기 가격도 가격이지만 5년을 기다려야 한다고 해서 그냥 포기했단다. 그건 현대 악기지만 올드한 소리가 나올 정도로 좋다는 것이었다.

그래서 나는 주영이에게 5년은 금방 지나간다며 지금 당장 가서 주문하라고 했다. 그랬더니 얼마 후에 그 사람 만났는데 지금은 가격이 더 올랐다는 것이다. 2년 만에 1만 2,000달러가 올랐단다. 그런데 문제는 그것도 주문이 많이 밀려서 이제 더 이상 받을 수 없다는 것이었다. 그래도 그가 만든 샘플 악기라도 구경하자고 하니까 하나 보여줘서 소리를 내보고 연주를 했단다. 그런데 감사하게도 주영이 바이올린 소리를 듣더니만 다른 사람은 못 해줘도 너만은 꼭 해줘야겠다면서 특별히 주문을 받아주어 계약을 했단다. 5년 후에 이 악기를 사용하면 어떤 소리가 날지 궁금하다.

그나저나 앞으로 5년 동안 어떤 악기를 사용해야 될지가 걱정이다. 오케스트라용은 힘은 약해도 소리가 올드한 사운드면 족하다. 그래서 굳이 비싼 악기가 아니라도 될 듯하다. 다만, 솔로 연주회 때에는 악기를 대여받아서 하는 수밖에 다른 묘안이 없다. 앞으로 몇 년 정도 좋은 악기를 어느 누가 대여해준다면 그보다 더 좋은 일이 또 무엇이겠는가.

5악장

뉴욕필하모닉과 맺은 인연

1 줄리아드학교 대학원 졸업 연주 후 글랜 딕터로 지도 교수, 뉴욕필하모닉의 리더인 리사 김과 함께한 오주영.

2 결혼에 통 관심 없던 아들이 "제가 천사를 만난 것 같아요"라며 사랑에 빠져 결혼을 했다. 결혼식 때 신랑 주영이와 신부의 모습.

3 카네기홀 젠켈홀에서 연주가 끝나고 모두 기립하여 열광적으로 환호하며 박수를 보내자 반주자와 함께 인사하는 오주영.

4 카네기홀 젠켈홀 연주회로 세 개의 카네기홀에서 모두 공연하는 기록을 세웠다.

대학원에서 만난 운명의 교수,
글랜 딕터로

2008년 어느 날, 주영이가 독일에서 전화로 나에게 물었다.

"아빠, 대학원에 복학해서 나머지 1년 동안 저를 지도해줄 교수님을 선택해야 되는데 어느 분이 좋을까요?"

"네가 잘 생각해서 결정해라."

그렇게 대답은 했지만 나도 한 번 생각해봤다. 아무래도 연주 활동을 하기 위해서는 연주가 출신이 좋지 않을까 하는 생각이 들었다. 이때 연주 활동을 하다가 잠시 쉬면서 줄리아드학교 교수로 온 너무나 잘 아는 한국인 정경화 교수가 떠올랐다. 특히, 정트리오의 어머님이 이사장으로 있던 세화음악재단의 장학금을 5년이나 받은 인연도 있었으므로 좋을 것이란 생각이 들어서 정 교수를 선택하라고 연락했다.

그런데 주영이한테 연락이 오기를 정 교수의 이메일로 연락했는데 한 번 회신이 오고 그 뒤로 아무리 연락해도 잘 연결되지 않는다고 했다. 선택해야 하는 날짜가 임박해서 할 수 없이 글랜 딕터로(Glenn Dicterow) 교수에게 이메일을 보냈는데 CD를 보내라고 즉각 연락이 왔다는 것이었다. 그래서 지금 보낼 CD가 없으니 유튜브에 들어가서 동영상을 보라고 연락했더니, 바로 '오케이'라는 답이 왔다고 했다.

그래서 대학원에서 글랜 딕터로 교수와 공부하게 되었다. 이분은 뉴욕필하모닉(New York Philharmonic) 악장(concertmaster)이면서 줄리아드학교와 맨해튼 음대에서도 학생들을 가르치고 있었다.

그런데 주영이가 대학원 복학 때 또 시험을 친다고 했다. 하지만 학교 시험이 별로 문제가 되지 않아 바로 오디션을 보고 복학할 수 있었다. 하루는 주영이가 말하기를 딕터로 교수가 자기를 너무 좋아하는 것 같단다. 그리고 둘이서 아주 코드가 잘 맞는다는 이야기를 했다. 참 다행이라고 생각했다. 그렇게 선택하려고 했던 정 교수는 연결이 잘 안 되고, 이분과 즉시 연결된 걸 보면 인연은 따로 있는 것 같았다.

대학원 나머지 1년도 금방 지나갔다. 그동안 배운 실기를 가름하는 졸업 연주회가 학교에서 있었다. 이때 처음 딕터로 교수와 만나 인사를 나눴는데 주영이는 자기가 더 이상 가르칠 만한 게 없다고 했다. 가르칠 연주곡목이야 많겠지만 음악적으로 그런 것 같다는 뜻으로 이해했다.

주영이가 딕터로 교수를 만나는 1년 동안 생각이 조금씩 변하는 것 같았다. 한번은 딕터로 교수가 주영에게 말하기를 "솔로이스트 활동도 중요하지만 오케스트라 공부도 해놓는 게 앞으로 도움이 될 거야"라는 말을 하더란다. 때마침 주영이 친구들 중에 "왜 굳이 힘든 솔로이스트를 하려고 하니? 너 정도면 웬만한 오케스트라 악장도 될 텐데……"라는 식으로 바람을 집어넣는 아이들도 있었다. 게다가 친구 중 하나가 꽤 좋은 오케스트라에 들어갔는데 연봉이 장난이 아니라면서 약간 부러워하는 눈치였다.

대학원 졸업 당시 맨해튼 음대에 오케스트라 프로페셔널 스터디 1년 과정이 있는데 지도 교수가 바로 글랜 딕터로 교수였다. 하루는 주영이한테 여기에 들어와 1년간 공부하라고 하더란다. 거기는 대학원 출신만 두세 명 정도만 뽑았다.

주영이가 어떻게 하면 좋겠느냐고 내게 물었다. 그러면서 1년 등록비가 3만 5,000달러라고 했다. 썩 내키지도 않고 돈도 부담되었던 나는 "야~ 지금 그런 돈이 어디 있니? 전액 장학금으로 들어갈 수 있으면 해보고, 그렇지 않으면 그만둬라"라고 했다. 당시 나는 오케스트라에 별로 관심이 없었다. 그래서 딕터로 교수가 주영이에게 워낙 관심을 가지니까 가능하면 하고 아니면 말라는 식이었다. 그런데 주영이가 딕터로 교수에게 사정을 이야기했더니 전액 장학금으로 가능하다는 것이었다. 세상에 이런 일이……. 딕터로 교수가 확실히 주영이를 좋아하기는 좋아하는 것 같았다. 그렇지 않고서야 두세 명 모집에 전액 장학금은 엄두도 내지 못하기 때문이었다.

대학원 졸업하고 나서 빈둥대는 것보다 차라리 그게 낫겠다 싶었다. 그래서 결국 관심에도 없던 오케스트라 공부를 하게 되었고, 1년 과정을 무사히 마치게 되었다.

어느 날 주영이가 이런 말을 했다.

"만약 앞으로 톱 오케스트라 악장이 된다면, 솔로 활동도 할 수

있고, 지역의 음대 교수도 할 수 있고, 챔버도 할 수 있으므로 일석
삼조(一石三鳥)의 일을 할 수 있어요. 한번 생각해봐야겠어요."

　사실 악장만 된다면야 가장 이상적이다. 하지만 악장이 그리 만
만한 게 아니잖은가. 그것도 최고 수준의 오케스트라에서.

　유능한 솔로이스트는 어쩌면 오케스트라, 앙상블(ensemble) 등 다
양한 경험이 많을수록 더욱 성숙한 연주를 할 수 있을 것이란 생
각이 들기도 했다.

뉴욕필하모닉
오디션에 합격하다

어느 날 주영이가 뉴욕필하모닉 오디션이 발표되었다면서 이번 기회에 한 번 신청해보겠다고 했다. 뉴욕필하모닉 오디션은 대개 몇 년에 한 번 있을까 말까 하는 기회였다. 하지만 너무 힘든 오디션이라 오케스트라 경험도 전혀 없다시피 하면서 학교에서 1년 정도 공부했다고 해서 기대할 수 있는 성격의 것이 아니었다.

어쨌든 공부를 했으니 오디션 보는 거야 말릴 수 없어서 그저 지켜만 볼 따름이었다. 공개적으로 알려진 오디션인 만큼 전 세계에서 얼마나 많은 인재들이 신청하겠는가. 수백 명의 접수자 중에서 CD를 통해 뽑힌 사람들만 1차, 2차, 그리고 결선을 거치는 오디션이었다. 따라서 유명 국제 콩쿠르나 마찬가지였다.

나는 주영이가 솔로이스트 체질이라 오케스트라에 맞지 않다는 걸 누구보다도 잘 알고 있었기에 그렇게 기대하지는 않았다. 드디어 오디션이 시작되었다. 1차에 통과되었다고 연락이 왔다. 열여섯 명인가 올라갔는데 2차에서 반 정도 선택된다고 했다.

주영이 엄마는 언제나 무슨 일이 있으면 기도로 승부를 거는 믿음을 이번에도 보여주고 있었다. 이왕 오케스트라에 생각이 있다면 세계적인 수준의 오케스트라에서 경험하는 것도 좋겠다는 생각이 들었다. 2차에도 통과되었다는 연락이 왔다. 이제 결선만 남았다. 별 기대는 하지 않았지만, 여기까지 오고 보니, 사람인지라 마음이 설레기 시작했다. 과연 될 것인가. 아님 실패할 것인가. 주영이 엄마는 결선을 앞두고는 금식기도에 몰입하는 집념을 보여주고 있었다. 나는 한 끼만 굶어도 비실비실해서 금식은 절대로 못 한다. 그에 비해 주영이 엄마는 나보다 건강이 형편없으면서도 지금까지 정신력과 신앙심으로 잘 살아온 것 같다. 이 세상 모든 어머니들이 그렇듯이 어머니의 위력은 대단한 것 같다.

결선을 앞두고 주영이도 얼마나 긴장이 되었을까. 차라리 협연자를 뽑는 오디션이라면 오히려 부담이 없을지도 모르겠는데, 바로 앞에 앉은 아홉 명의 심사 위원들이 얼마나 두렵게 보였을까. 그동안 수많은 청중들 앞에서 수없이 연주했지만 이것은 성격이 완전히 달랐다. 떨지 않고 자신의 기량을 마음껏 최대한 발휘해야 했다.

그런데 연주하는 중에 기침이 나와서 심사 위원들이 모두 웃는 해프닝도 있었단다. 결선은 여덟 명이 올라갔는데, 그때는 상당히 길게 몇 곡을 연주했다고 한다. 주영이가 연주를 모두 마치고 나오자, 심사 위원인 뉴욕필하모닉 상임 지휘자가 말하기를 "저 친구 완전 솔로이스트 경력인데 왜 오케스트라에 지원했는지 의아스럽네. 혹시 직장 때문은 아닌가?" 이런 말을 했다는 후문이다.

아마 주영이 프로필이 솔로이스트로서 활동한 것을 보고 한 말일 거라 여겨진다. 그리고 그날 연주에 심사 위원들이 푹 빠졌다고 심사 위원 중 한 분이 귀띔해주더란다. 그러면서 만장일치로 합격이 되었단다.

그날 지휘자가 주영이 보고 내일 만나자고 해서 갔더니, 오케스트라는 솔로와는 완전히 다르기 때문에 옆 사람 소리를 잘 듣고 절대로 튀지 않도록 하모니를 잘 맞춰달라고 부탁하더란다. 그렇게 해서 긴장과 떨림의 연속이 일단락되고 주영이는 뉴욕필하모닉에서 활동하게 되는 영예를 얻게 되었다.

뉴욕필하모닉 합격 사실이 알려지자 가장 먼저 연락해온 분은 『뉴욕중앙일보』 문화부 박숙희 기자였다. 대뜸 하는 말이 이랬다.

"아버님, 그동안 주영이가 솔로 활동만 해왔는데 서운하지 않으세요?"

나는 축하라도 해줄 줄 알았는데 엉뚱한 말에 얼떨떨했다. 그분은 주영이가 어릴 때부터 그때까지 솔로 활동 기사를 한 번도 빠지지 않고 써준 분이었다. 그러니 그럴 만도 하다는 생각이 들었다.

그다음 주영이를 아끼는 한국의 곽승 지휘자와의 통화에서 뉴욕필하모닉에 들어갔다는 말을 하자, 그는 이런 말을 했다.

"아…… 너무 아까운데……. 하지만 현실적으로 봐서 우선 경제적으로 안정을 갖고 활동하다가 더 좋은 기회를 찾으면 될 겁니다."

그리고 뉴욕에서 활동하는 모 지휘자는 이렇게 솔직한 심경을 토로했다.

"주영이가 아직 젊은데……. 몇 년 더 버텨 보고 나중에 들어가도 되는데……. 너무 빨리 결정했어요. 아쉽네요."

이처럼 오디션 합격 후 축하보다는 아쉬움을 전하는 사람들이 더 많았다. 그러나 주영이에게는 이나마 빈둥대지 않고 계속 손을 움직일 수 있는 바이올린 연주를 할 수 있다는 게 더 큰 다행일지도 모른다.

암튼 주영이는 2010년 11월부터 뉴욕필하모닉에서 단원으로 활동하기 시작했다.

1년 6개월의 테스트 기간을
통과해야 정식 단원이 된다

오디션에 합격했다고 해서 그게 끝이 아니었다. 앞으로 1년 6개월 동안 테스트 기간으로 정해놓고 오케스트라에 잘 적응하는지, 실력이 되는지, 얼마나 성실한지, 단원들 간에 화합은 잘 되는지 등 테스트를 거쳐야 했다. 물론 급료는 정식 단원과 같았지만, 포지션은 제1바이올린, 제2바이올린 등 아무 자리나 이동시키면서 배치했다. 그렇게 되면 다른 사람들이 신입 단원이 얼마나 잘하는지 저절로 알게 되기 때문이었다. 어떤 때는 수석 옆자리에도 앉아야 했고……. 정말 세상에 쉬운 게 없다. 1년 6개월 죽었다 하고 최선을 다해야 했다. 주영이 말로는 자기 소리가 튈까 봐 슬슬 기고 있다고 했다.

그리고 가장 큰 문제는 오랜 경험이 있는 단원들은 대개 했던 곡이 많기 때문에 연습에 별문제 없었지만 주영이는 거의 처음 보는 악보들이라 엄청 연습이 필요해서 눈코 뜰 새가 없었다. 한 달에 4주 공연에 매주 3~4일 정도 공연을 하는데 매주 곡이 모두 다르기 때문이었다. 아무리 오케스트라 곡이라 해도 한 시간 반 정도의 곡을 매주 새로운 것을 연습해야 하니 얼마나 힘들었을까. 한국은 한 달에 한 번 정도의 정기 연주회를 위해서 한 달 동안 연습하는 경우가 많지만, 여기는 2~3일 정도 리허설하고 바로 공연으로 들어가기 때문에 오케스트라 경험 없는 신입 단원은 아무리 재능이 있어도 연습하느라 정신이 쏙 빠진다.

그래서 하루는 주영이에게 물어봤다.

"적응하기는 어떠니?"

"바쁘긴 하지만 열심히 재미있게 지내고 있어요. 시간이 흐를수록 더 나아지겠지요."

자신도 현재로서는 최후의 보루인데 이걸 지키기 위해서는 어떻게 해야 할지 누구보다 잘 알고 있지 않겠는가.

1년 6개월이 되면 그동안의 성적을 평가하고 이 사람을 뉴욕필하모닉 단원으로 받아들일 것인지 아니면 퇴출시킬 것인지 관계자와 단원들 투표에 의해 최종적으로 결정하게 되어 있었다.

만약 투표에서 부결되면 단원의 옷을 벗고 나가야 하고, 통과되면 종신단원으로 계약되는 것이었다. 잘못하면 공든 탑이 무너질 수도 있었다. 이 투표에서 부결되어 퇴출된 사람도 있다고 들었다. 실력도 중요하지만, 특히 인성, 화합 등 인간적인 면도 많이 작용하는 것 같았다.

하루는 주영이한테서 전화가 왔다.

"아빠, 저 종신단원이 됐어요."

"무슨 소리냐. 아직 기간이 몇 개월 더 남았는데……."

"오늘 지휘자, 오케스트라 관계자 그리고 단원 투표에서 통과되어 종신단원 계약을 했어요. 아마 윗분들이 더 이상 지켜볼 필요 없다고 생각되어 4개월 앞당겨서 종신단원으로 허락된 것 같아요."

정말 감사한 일이다. 그렇지 않으면 4개월을 더 긴장 속에서 살아야 하지 않겠는가.

끝으로 주영이가 이렇게 말했다.

"이제 두 발 쭉 뻗고 잘 것 같아요."

이젠 종신단원에다가 유니온에 가입되기 때문에 신분이 확실히 보장되니 누구도 함부로 어쩔 수 없고, 모든 단원들과 같은 동격의 위치에 서게 되었으니까.

뉴욕필하모닉에 들어간 지 벌써 5년이 지났다. 입단이 엊그제 같은데 정말 세월이 빠르다.

언젠가 같이 연주회 참석을 위해 탄 비행기 안에서 주영이가 이렇게 말했다.

"오케스트라 단원을 오래 하면 왜 솔로 활동을 못 하는지 알겠어요. 몇 년 지나고 보니, 그렇게 될 수밖에 없겠다는 걸 몸으로 느끼겠어요."

솔로의 기질이나 감각이 그리고 힘이 점점 식어가는 것은 어쩔 수 없는 것 같다.

"아빠, 아무래도 솔로 활동을 좀 더 늘려야겠어요."

하지만 그렇게 많은 뉴욕필하모닉 연주 스케줄 속에 어떻게 솔로 스케줄을 만들 수 있을까. 결코 쉬운 일이 아니다. 기껏 여름휴가 기간이나 이용할 수밖에 없다. 아니면 뉴욕을 중심으로 가까운 지역이라야 가능하다. 그래서 조지아 주와 뉴욕에서 주영이의 연주회를 가졌다.

주영이가 얼마 전에 집에 와서 이렇게 말했다.

"아빠, 뉴욕필하모닉 공연 한 번 보러 안 오세요? 벌써 4년이 넘었는데요. 솔직히 내가 오케스트라 단원들 속에 끼어 있는 게 보기 싫죠?"

나는 속으로 이렇게 말했다. '그래, 그렇다. 오케스트라 단원을 만들기 위해서라면 내 평생을 바쳐서 올인하지는 않았을 테니까. 네가 협연을 한다면 물론 가지.' 불가능한 이야기지만, 괜히 한번 해봤다.

내가 생각해봐도 좀 너무 하긴 했다. 그때가 뉴욕필하모닉에 들어간 지 4년 6개월이나 되었는데 한 번도 보러 가지 않았으니까. 공연 티켓도 초대권이 나오는데. 조만간 가봐야 하지 않을까 생각하고 있다. 뉴욕의 음악계나 한국의 음악계에선 한국인 연주자 중에 그래도 성공한 사례로 오주영을 꼽는다. 어쨌거나 어려운 뉴욕필하모닉에 당시 한국 남자 1호로 들어갔으니까.

그래서일까 한번은 줄리아드 예비학교 학부모회 김민선 회장으로부터 연락이 왔다. 학부모회에서 정기 모임 때 아이들의 음악 발전을 위해 강사를 초청해서 강의를 듣는데 와서 해달라는 것이었다. 나는 별 할 말이 없다고 극구 사양했지만 "오주영이 뉴욕필하모닉에 들어갔잖아요"라고 한다. 그동안 주영이 키운 이야기를 해주시면 도움이 될 것 같으니 꼭 해달라고 부탁했다. 그분과 잘 아는 사이라 더는 거절할 수 없어서 허락하고 정해진 날에 가서 한 시간 정도 이야기했다.

줄리아드 예비학교에는 초등학생부터 고등학생까지 다양한 연령대의 아이들이 있다. 특히, 한국 아이들이 많기로 유명할 뿐만 아니라 한국 아이들이 없으면 학교 운영이 어려울 거라는 말도 들었다. 학생들 모두 음악을 전공할 수 있는 수준으로 대단한 실력들을 가지고 있다. 그러나 음악을 전공하기보다는 미국의 일류 대학인 아이비리그 쪽으로 가는 학생들이 많다.

나는 그 자리에서 결론적으로 이렇게 말했다. 아이에게 굳이 음악을 전공시키려고 한다면 반드시 그 이유가 있어야 한다.

> 첫째, 너무 재능이 뛰어나서 이것 아니면 다른 것은 절대로 시킬 수 없다. 그리고 아이도 음악을 너무 좋아해서 전공으로 선택하고자 한다.
>
> 둘째, 재능은 그렇게 뛰어나지 않지만, 아이가 음악을 너무 좋아해서 음악 외에는 절대로 다른 것은 하지 않겠다고 한다.

어릴 때부터 음악을 한 아이들은 대개 머리가 좋고 공부도 잘한다. 이런 경우라면 적어도 미국의 경우는 대개 공부 쪽으로 선택한다. 미국에서 음악을 전공하면 정말 앞길이 험난하다. 가끔 내게 진로 상담을 하는 부모들이 있다. 그때마다 나는 위의 두 가지를 제시한다. 그중에 한 가지에 속하면 선택하라고 한다.

내가 잘 아는 어느 분의 딸이 있는데 주영이와 같이 줄리아드학교를 졸업하고 예일대학원에 가서 졸업했다. 학력으로는 최고 수준이었다. 그런 그가 다시 치과대에 들어가 치과 의사가 되었다. 정말 잘 선택했다고 생각한다. 그리고 줄리아드 예비학교에서 바이올린을 아주 잘하는 어느 여학생도 전공을 포기하고 하버드대학으로 갔다. 하지만 이들은 여전히 음악 활동을 하고 있다. 예일대학원 출신 치과 의사는 뉴욕 의사 출신들로 구성된 오케스트라의 악장을 맡고 있고, 하버드대학에 들어간 학생은 하버드대학 오케스트라의 간부 역할을 하면서 수석연주자로 활동하고 있다. 자신의 전문직이 있으면서 프로 연주자 못지않게 실력을 갖고 여가를 즐기면서 연주 활동을 할 수 있다면 이보다 더 멋진 삶이 있겠는가!

그래서 나는 어릴 때부터 악기를 하면 그 재능에 따라 전공자 못지않은 수준을 유지하면서 그야말로 음악을 통해 인생을 풍요롭고 행복하게 사는 주인공이 될 수 있다고 믿고 있다. 줄리아드학교 출신 학생들의 상당수가 졸업 후 전공을 살리기보다는 다른 방면에서 일하는 경우가 더 많은데 그것은 그만큼 음악으로 현실에 적응하며 살아간다는 게 쉽지 않기 때문이다.

쉽지 않은 짝 찾기

주영이가 뉴욕필하모닉에 들어간 지 2년쯤 지나자 아들의 결혼이 우리 부부의 머리를 짓누르고 있었다. 그때 주영이 나이가 스물아홉 살이었다. 아직 결혼 대상도 없는데 금방 몇 년이 후딱 지나갈 것이었다. 그래서 종신단원이 되고 나서 얼마 후에 주영이에게 이렇게 말했다.

"이제는 확실한 직장도 가졌고, 결혼해야 되지 않겠니?"

그런데 주영이 대답이 어이없었다.

"난 그런 것에 관심이 없어요."

"관심이 없다니…… 그게 무슨 말이냐?"

"내 친구 몇 명이 결혼했는데 전부 이혼했어요."

물론 친구들의 예를 들긴 했지만, 마음속에 청소년기부터 여자 아이들을 접근하지 못하도록 강제로 막은 데 대한 응어리가 아직도 가슴 한구석에 남아 있는지도 모른다. 게다가 친구들의 이혼도 결혼에 대한 두려움과 무관심으로 끌고 갔는지 모른다.

"그럼 이혼하지 않을 사람과 결혼하면 되지. 그러니까 결혼이 그렇게 중요한 거 아니냐?"

그런데 내 말을 받아서 더욱 강하게 응수한다.

"결혼할 대상이 아예 없는데…… 누구하고 하란 말이에요?"

"대상이 없다니?"

"내가 아는 애들은 전부 음악 하는 아이들인데, 음악 하는 사람은 안 된다면서요."

그렇다. 나는 처음부터 결혼 대상은 음악 하는 사람은 절대 안 된다고 못을 박았다. 이렇게 힘든 음악은 우리 집에서 너 하나면 족하다. 왜 힘든 사람을 또 데려와야 하나. 특히, 미국 땅에서 말이다. 주위에 보면 줄리아드, 맨해튼, 메네스 등 뉴욕의 유명 음대에서 석사·박사 학위를 받고도 갈 길이 마땅치 않는 상황을 뻔히 잘 아는데 말이다.

아마도 주위에서는 주영이가 음악을 하니 음악 하는 사람하고 하면 서로 음악적으로도 통하고 서로 잘 이해할 수 있어서 좋다고 권유하는 사람들이 있었다.

결론적으로 주영이는 자신은 음악 하는 사람 외에는 별로 아는 사람도 없으니까 결혼할 수 없는 게 당연하지 않느냐고 항변하는 것이었다.

그렇다면 우리가 찾아보도록 하지. 걱정 말고 기다려라.

하지만 어디서 어떻게 찾느냐는 것이었다. 이 넓은 미국 땅에서 어디선가 나타나겠지…….

사실 뉴욕필하모닉에 들어가기 전 지인으로부터 멀리 다른 주에 있는 전문직의 아가씨를 소개받은 적 있었다. 그런데 그렇게 멀리 있는 사람을 어떻게 만나서 사귀며 그 사람을 어떻게 알 수 있느냐며 아예 처음부터 반응이 없었다. 미국에서 자란 아이들은 소개나 중매 같은 개념이 없다. 같은 지역 사람이라면 교제할 수 있는 조건이 되지만, 더구나 먼 거리에 있으면 사실상 불가능하다. 특히, 요즘 아이들은 자기네들끼리 자연스럽게 만나서 사귀고, 그렇게 해서 자기네들이 알아서 모든 걸 결정한다. 미국은 열여덟 살이면 성인으로 취급되기에 그들의 모든 결정을 부모가 반대할 법적인 이유는 없다. 그러나 주영이는 어린 시절부터 미국에서 살았지만, 워낙 우리와 함께 오래 살아서 한국적 정서가 많이 심어져 있었다. 그래서 우리의 말에 은근히 반항은 하지만, 결코 거부하지는 않았다.

내가 결혼을 늦게 한데다 또 주영이를 늦게 갖게 되어 같은 나이 친구들보다 거의 8년 내지 10년 정도 늦게 주영이가 태어났다. 내 경험에 의하면, 늦은 결혼이 별로 좋을 게 없었다. 그래서 주영이는 제때 결혼하기를 바랐다.

하루는 주영이에게 이렇게 말했다.

"주영아, 넌 무조건 서른두 살 안으로 결혼해야 된다."

그랬더니 주영이가 이렇게 대꾸했다.

"지금 사람이 있어도 적어도 2~3년은 교제해봐야 결정할 수 있지. 무조건 결혼하면 되겠어요?"

"지금부터라도 찾아야지. 아는 분들께 소개를 부탁드렸다."

그래도 전보다는 부탁하기가 낫다. 뉴욕필하모닉 들어가기 전에는 확실한 직업이 없으니까 그 힘든 음악가의 뒷바라지를 하겠냐면서 고개부터 젓는 사람도 있었다. 하지만 이제는 상황이 달라져서 뒷바라지할 필요도 없고, 연봉도 좋은 편이니 말하기가 훨씬 좋아졌다.

그래서 그런지 갑자기 결혼 대상이 나타나기 시작했다. 세 명의 여자를 소개받았는데 모두 의사들이었다. 뉴욕이 아니고 다 거리가 먼 다른 주들이었다. 여전히 주영이는 별다른 관심이 없었다. 그 멀리까지 다니면서 사람 만나고, 그렇게 해서 얼마를 만나야 그 사람을 알 수 있느냐고 투덜댔다.

"요즘처럼 좋은 세상에 얼마든지 대화 수단이 많고, 또 자주 만나지 않아도 교제할 수 있는 수단이 많은데, 무슨 소리를 하는 거야. 화상전화도 되는데 뭐가 안 된다는 거냐?"

다 큰 녀석을 마음대로 요리하려니 쉽지가 않았다. 모든 가정들이 그렇지만, 특히 우리처럼 주영이 하나만 바라보고 평생을 살아온 처지에 사람 잘못 만나면 보통 문제가 아니었다. 이혼을 밥 먹듯이 하는 세상에 자기네들끼리 잘살아만 준다면 얼마나 다행인가. 그래도 이왕이면 식구도 없는데 우리 가정이 함께 좋은 분위기 속에서 관계를 유지할 수 있는 여인이라면 더 좋겠다는 생각이었다.

그래서 우리는 오래전부터 인생에 있어서 가장 중요한 이 문제를 하늘에 맡기고 기도해왔다. 특히, 주영이 엄마의 애타는 지성스런 기도는 하늘도 무심치 않으리라.

우리의 바람은 이랬다. 적어도 한국 여자와 결혼해야 한다. 같은 크리스천이어야 한다. 기왕이면 연하였으면 좋겠다. 시대에 뒤떨어진 고리타분한 발상인지도 모르지만 우리는 그런 그림을 그리고 있었다. 국제화 시대에 굳이 그렇게까지 할 필요는 없겠지만, 아무래도 그래야 서로 소통하기가 편할 것 같았다.

　우리가 아는 분들의 자녀들이 국제결혼을 많이 했다. 서로 좋아하면 국적은 아무런 문제가 아니다. 특히, 미국에서 자란 아이들은 국적 관념이 거의 없다. 모두 같은 문화권이기 때문이다. 다행히 주영이는 이 문제에 대해서 그렇게 반대하지는 않았다. 시간은 흐르고 마음이 조급해졌다. 서른두 살까지 보내야 하는 내 계획에 2년이 남은 상황이었다. 빨리 찾아서 보내야 속이 시원하겠는데…….

　어느 날 주영이 엄마가 미장원에 머리를 하러 갔다가 잘 아는 로스앤젤레스 어느 사모님으로부터 전화를 받았는데 주영에게 좋은 신부감이 있다면서 소개를 해주었단다. 지금 로스앤젤레스 어느 병원에 전문의로 있는 의사인데, 주영이보다 한 살 아래였다. 소개를 해준 그분은 우리가 미국에 첫발을 로스앤젤레스에 디딜 때부터 알게 된 어느 목회자의 사모로 주영이의 연주를 좋아하고 사랑해준 분이다. 로스앤젤레스 연주가 있을 때마다 와서 축하해주고 서포터도 해주신 고마우신 분이다. 주영이가 20대에 접어들자 만날 때마다 좋은 배우자를 만나야 한다며 진심으로 주영이의 결혼에 관심을 가졌던 분이다. 그때 마침 또 다른 아가씨도 소개받았는데 역시 로스앤젤레스에서 한 시간 정도 떨어진 곳에 있는 의사였다. 그런데 문제는 미국에서도 가장 먼 동부와 서부, 즉 끝에서 끝이다. 비행기로 무려 대여섯 시간 거리다. 주영이 말처럼 언제 교제해서 언제 그 사람을 알 수 있을까. 아무리 생각해봐도 묘안이 떠오르지 않았다. 그런데 순간적으로 기발한 생각이 떠올랐다. 바로 그해 8월에 주영이의 한국 공연 스케줄이 있었던 것이다.

　뉴욕에서 한국으로 나갈 때 어차피 서부 지역을 지나가야 하기 때문에 로스앤젤레스로 가서 아가씨 둘을 만나보고 한국으로 가면 되겠다는 생각이 들었다. 주영한테 그렇게 하라고 말했더니, 별 반응이 없었다. 한 번 만나서 무얼 하겠느냐는 태도였다.

그러나 나는 속으로 이런 생각을 했다.

'인연은 백 번 만난다고 되는 게 아니다. 단 한 번만으로도 되는 게 인연이란 걸 넌 아직 모르지. 세상을 덜 살았으니까…….'

그래서 로스앤젤레스로 가서 이틀 정도 머물다가 한국으로 가서 연주를 마치고, 바로 뉴욕으로 돌아오는 스케줄로 무조건 비행기 표를 끊었다. 그러니 어쩔 수 없이 고삐에 끌린 망아지처럼 억지로 로스앤젤레스로 갈 수밖에 없었다. 비행기 표를 이렇게 끊어놓고 두 아가씨 중에 한 사람이라도 잘되었으면 하고 바랐다. 그래서 하늘의 뜻이라면 서로 의사소통이 잘되고 서로의 마음에 좋은 인상을 갖게 해달라고 로스앤젤레스로 가기 전 3개월 정도 더 열심히 기도했다.

드디어 로스앤젤레스로 가서 먼저 한 아가씨를 만난 후 바로 전화로 이렇게 툴툴거렸다.

"아빠, 어떻게 그런 사람을 소개했어요? 그 사람은 음악에 별 관심이 없는 것 같아요. 나와는 맞지 않아요."

"그래, 알겠다. 내일 또 한 사람 있잖아. 너무 실망하지 마라. 내일 만나고 연락을 줘."

괜히 갔다 왔다 몇 시간 동안 시간 낭비했다면서 불만에 찬 아들을 가라앉히며 전화를 끊었다.

두 번째 아가씨는 주영이를 아끼는 사모님이 소개해준 사람이었다. 나는 속으로 '과연 하늘의 뜻이 어디 있을까. 내일 만나는 아가씨일까. 아님 둘 다 아닐까.' 몹시 궁금하고 애가 탔다.

그런데 아무리 기다려도 아들에게서 연락이 없었다. 뉴욕과 로스앤젤레스는 시차가 있어서 그럴까? 뉴욕 밤 12시는 로스앤젤레스는 밤 9시다. 혹시 지금 만나고 있는 걸까? 그다음 날 아침 한국으로 가기 전 공항에서는 연락하겠지 하고 눈이 빠지게 기다렸지만 아무런 연락이 없었다. 연락이 없는 걸 보니 다 틀렸구나, 하는 생각이 들었다. 그래서 이미 마음속으로는 포기하고 접었다. 그리고 주영이 녀석 마음이 얼마나 불편했을까 하는 생각도 했다. 한국에 도착한 지 이틀이 지난 후에야 주영이한테서 연락이 왔다. 그리고 한다는 소리가 정말 어이없었다.

"아빠, 한국에서 뉴욕으로 가는 비행기 스케줄을 바꿔주세요. 두 번째 만난 아가씨는 괜찮은 것 같은데 한 번 더 만나봐야겠어요. 자세한 이야기는 한 번 더 만나보고 말씀드리겠어요."

휴, 다행이다. 그래도 긍정적으로 생각하고 있으니……. 그래서 한국에서 로스앤젤레스로 가서 뉴욕으로 돌아오는 스케줄로 변경해주었다. 그런데 그 아가씨는 어떻게 생각할까 궁금해졌다. 주영이만 괜찮다고 해서 되는 게 아니잖은가. 그러던 차에 소개해준 사모님으로부터 연락이 왔다. 아가씨가 주영이를 아주 잘 본 것 같다는 것이었다. 매너도 좋고 인상도 좋은 것 같다면서.

이렇게 반가울 수가 있나. 듣던 중 최고로 반가운 소리다. 서로 마음에 들어 한다면 이것보다 더 좋은 일이 어디 있단 말인가. 제발 일이 잘됐으면 하는 마음이 더 간절해졌다. 주영이는 한국 연주를 마치고 다시 로스앤젤레스에 도착해서 그 아가씨를 만났다. 그때는 좀 더 시간적인 여유를 가지고 3일 정도 머물도록 스케줄을 조정했다. 주영이는 전화로 특별한 말은 하지 않고, 집에 가서 자세히 이야기하겠다면서 그냥 로스앤젤레스에서 재미있게 지냈다고만 했다.

그런데 뉴욕으로 돌아와서 집에 들른 주영이의 말이 더욱 놀라웠다.

"제가 천사를 만난 것 같아요. 아마 엄마와 아빠가 보시면 아주 좋아할 스타일이에요."

게다가 한술 더 떠서 로스앤젤레스에서 처음 어느 식당에서 저녁 식사를 하기로 약속하고 약간 일찍 가서 기다리고 있는데 그녀가 문에 들어선 순간 보자마자 "바로 저 애다"라는 생각이 들었다는 것이다. 지금까지 주위에서 수많은 여자들을 보고, 또 친구들이 교제하는 여자들도 봤지만, 이 아가씨는 차원이 다르단다. 제 눈에 안경이라더니 빠져도 제대로 빠졌구나. 과연 하늘의 섭리인가, 기도의 응답인가.

결혼이란 과정은 그렇게 쉽지만은 않다. 이제 시작이다. 앞으로 2년 남았으니 그때까지 잘 진행되어야 할 텐데……. 자기 말대로 2~3년은 사귀어봐야 한다고 했으니까. 그래서 이대로 잘 진행이 된다면 2년 후인 서른두 살에 예정대로 결혼시켜야겠다고 마음먹었다.

그런데 한국에서 돌아온 지 한 달쯤 지났을 때 로스앤젤레스에 갔다 와야겠단다. 만나고 싶어 애가 타는 모양이었다. 전에는 어떻게 그 먼 거리를 다니면서 사람을 사귀느냐고 투정부리던 녀석이 이렇게 돌변하다니. 사실은 한 달도 엄청 오랫동안 참은 것이었다. 좋은 사람은 매일 만나고 싶지 않겠는가. 이렇게 사귐이 진행되면서 여건상 자주 만날 수는 없었지만 통신 수단이 발달된 현대에 아마 매일 만나는 것 이상 사귐이 이루어지고 있음을 감지할 수 있었다. 서로가 그토록 좋아하고 마음에 들어 하니 이 이상 더 무엇을 바라겠는가.

주영이가 로스앤젤레스에 두 번쯤 갔다 온 후 어느 날 로스앤젤레스에서 그 아가씨도 부모님께 인사하겠다고 뉴욕으로 온단다. 반가운 소식이었다. 과연 천사 같은 아가씨 어떻게 생겼을까. 이미 주영이와 같이 찍은 사진을 봤기 때문에 얼굴은 대략 알고 있었지만 정말 궁금했다. 나는 '천사 같은 아가씨'라는 주영이의 말을 듣고 이런 생각이 들었다. 만약 이게 하늘의 섭리라면 그 아가씨가 천사 같은 심성을 가졌기에 주영이의 마음을 하늘이 감동시켜 그렇게 보이도록 했을 것이다.

우리가 처음 그 아가씨를 대면했을 때 순수하고 소박하며 착한 아이라고 느껴졌다. 이렇게 해서 주영이가 몇 번 로스앤젤레스에 왔다 갔다 했고, 아가씨도 그 뒤 뉴욕에 한 번 더 왔다. 게다가 더욱 놀라웠던 사실은 그 아가씨의 엄마가 주영이 엄마와 고등학교 동창이라는 것이었다. 정말 인연이 묘하다. 같은 반에서 공부한 동창의 자녀들끼리 이렇게 되다니. 서로 친구인지라 자주 전화를 주고받는 것 같았다.

이렇게 서로 사귄 지 1년쯤 되던 어느 날 주영이가 이렇게 말했다.
"아빠, 결혼 날짜를 잡았어요."
"무슨 소리야? 의논도 없이? 언제?"
"올해 9월 15일이에요."
"왜 그날이니?"

"제 생일이 9월 15일 아닙니까?"

자기 생일날 결혼하겠다는 것이었다. 내 예상보다 1년 빨리 결혼하게 되는 것이었다. 2~3년 사귀어야 한다더니 도저히 그때까지 못 참겠는가 보다.

당시 한국 공연 스케줄을 마치고 바로 로스앤젤레스로 들어와서 결혼하면 된다는 것이었다. 2013년 8월, 한국에서 프라하챔버오케스트라와 투어 협연할 때였다. 한국에서 돌아온 후 예정된 날짜에 결혼하기로 했다. 주영이가 결혼한다는 소문이 났는지 『LA중앙일보』에 결혼 기사가 나오기도 했다.

결혼식은 상당히 오래된 전통 있는 고풍스런 로스앤젤레스 한 교회에서 수백 명의 축하객들이 참석해서 성대히 잘 치렀다. 특히, 예식 순서 중에 신랑이 신부를 위해 특별 연주를 했는데 신부를 위해 자신이 직접 작곡한 곡이란다. 어떤 곡일까 상당히 궁금했는데 감성적이고 듣기 좋은 곡이었다. 그날 참석한 분들이 신랑이 바이올리니스트란 걸 알고 있었으므로 바이올린 연주를 들을 수 있는 좋은 기회가 되기도 했다. 주영이 친구와 후배들이 뉴욕에서 먼 로스앤젤레스까지 와서 축하해주었다.

미국의 결혼식은 한국과 많이 다르다. 미국은 결혼식을 한나절 잡아야 한다. 상당히 복잡하고 순서가 많다. 청첩장 받으면 그날은 아무 일 못 하는 걸로 생각해야 한다. 그래서 식사하고 천천히 가는 분들도 있다. 그런 게 늘 마음에 걸렸던 나는 내 자식 결혼식에서는 모든 걸 생략하고 아주 간단히 해서 축하객들이 지루하지 않도록 해야겠다고 생각했었다. 그런데 막상 결혼식을 치르자니 상대측의 생각도 있으므로 어쩔 수 없이 자기네들 하는 대로 둘 수밖에 없었다.

그런데 이걸로 결혼식이 끝난 게 아니었다. 우리 지인들은 모두 뉴욕과 뉴저지에 있기 때문에 여기서도 또 한 번의 진통을 치러야 했다. 몇 개월 후 다시 날짜를 잡아서 이 지역 사람들을 위해서 예식은 생략하고 리셉션을 하게 되었다. 거의 결혼식을 하는 거나 다를 바 없이 모든 순서들이 진행되었다.

미국은 결혼식에 신랑과 신부를 불러내어 신랑이 얼마나 힘이 센지 신부를 업기도 하고 그 자리에서 공개적인 키스도 하고 같이 춤을 추도록 한다. 그래서 사전에 미리 신랑과 신부가 춤 연습도 해야 한다. 또 어떤 경우는 즉석에서 신부와 시아버지 그리고 사위와 장모가 춤추기도 한다. 이외도 신랑, 신부의 어린 시절부터 현재까지의 추억에 담긴 사진들을 파워포인트로 띄우기도 한다. 그 외에도 많은 순서들이 있어서 여러 시간이 걸린다.

뉴욕 맨해튼 아파트 좁은 공간에 신혼살림을 차렸다. 신혼살림이라야 학생들 자취하는 것처럼 아주 간소하다. 이것이 뉴욕 맨해튼 생활이다. 며느리는 맨해튼 모 종합병원에서 소아과 전문의로 일하고 있다. 결혼한 지 벌써 3년이 되어가는데 얼마 전에 아기를 낳아 이젠 어엿한 아빠가 되었다. 딸이라 예쁘기 그지없는 모양이다. 연습도 해야 되고, 애도 돌봐야 한다. 생활 리듬이 바뀌어서 힘들지만 이렇게 사는 것이 또한 행복 아니겠는가.

한번은 주영이에게 물어봤다.

"지금까지 살면서 말다툼해본 적 있니?"

"아뇨. 말다툼할 일이 생기지 않아요. 그런 게 생겨야 말다툼이라도 하죠."

좋긴 되게 좋은 모양이다. 서로가 너무 잘하니까. 하늘이 내린 배필이 분명하다. 사실 우리에겐 며느리란 개념이 없다. 그저 우리 집안에 딸이 하나 생겼다고 생각한다. 주영이 혼자만 있다가 여자 애가 하나 생겼으니 딸이나 마찬가지다. 그래서 부모가 딸을 위하듯이 한다. 특히, 주영이 엄마는 새로 생긴 딸을 위해서 최선을 다하는 모습이 어떤 때는 내 마음까지 애틋하게 만들었다. 저렇게 섬기다니……. 세상이 많이 변한 건가. 아니면 주영이 엄마만 그런 건가. 아무래도 좋다. 너희들만 행복하다면 무엇이 문제인가. 우리는 살 만큼 살았고, 이젠 너희들 세상이 되어야 하니까…….

다시, 카네기홀에 서다!

카네기홀의 중간 홀인 젠켈홀(Zankel Hall)을 새로 건축한 이후, 이 곳에서 꼭 주영이의 공연을 하려고 늘 생각하고 있었다. 카네기홀에는 본래 두 개의 홀이 있었다. 대형 홀 아이작스턴홀(Isaac Stern Auditorium)과 주로 독주회를 개최하는 소형 홀 웨일리사이틀홀이 있었다. 이 두 곳에서는 이미 주영이가 공연했으므로, 새로 건축한 젠켈홀에서만 하면 세 개의 카네기홀에서 모두 공연하는 기록을 세울 수가 있었다.

그런데 홀 대관료만 만 달러가 넘어서 솔직히 엄두가 나지 않았다. 불과 600석의 중간 크기의 홀이지만 서울에 비하면 약 다섯 배나 비싼 편이다. 그래서 후원해줄 분을 찾았지만, 이 정도의 금액을 후원해줄 분을 찾기란 요즘처럼 경제가 어려울 때는 하늘의 별 따기만큼이나 어려웠다. 그래서 아예 포기하고 있었는데, 어느 날 잘 아는 분과의 대화에서 그 가능성을 찾게 되었다. 그분은 과거에도 주영이를 위해 상당히 많은 후원을 해주신 분이었다. 그래서 다시 부탁하기가 미안해서 생각하지도 않았는데, 대화하는 가운데 긍정적으로 한 번 생각해보겠다고 했다.

그리고 어느 날 연락이 왔다. 한 번 추진해보자고 했다. 정말 감사한 일이 아닐 수 없었다. 그렇게 해서 2014년 카네기홀에서 다시 한 번 더 역사적인 연주회가 시작될 수 있었다. 드디어 세 개의 카네기홀에서 모두 공연을 하는 기록을 갖게 되었다. 청중들도 많이 왔고 성황리에 잘 마쳤다. 그날의 분위기를 글로 옮겨 봤다.

"지난 4월 19일 오주영의 카네기홀 젠켈홀 연주회에는 좌석을 꽉 메울 정도로 청중들이 많이 참석했다. 그는 이날 첫 곡인 사라사테의 《구노의 "파우스트"의 주제에 의한 새로운 환상곡》을 시작부터 강력하고 다이내믹하게 활을 휘둘렀다. 처음부터 청중들을 사로잡겠다는 강한 의지가 보이기도 했다. 이 한 곡을 연주하는데도 마치 온몸의 에너지가 빠져나오는 듯한 인상을 풍겼다.

두 번째로 카미유 생상스의 《바이올린 소나타 1번 d단조》 그리고 후반부에는 그가 자유로운 해방감 속에서 그의 음악적 끼를 마음껏 발산하는 아스토르 피아졸라의 탱고 《나이트클럽 1960》과 번스타인의 《웨스트 사이드 스토리》 중에서 〈섬웨어(Somewhere)〉, 〈아메리카(America)〉가 연주되었다. 그의 연주는 언제나 화려한 테크닉과 고도의 음악성이 돋보이고 그리고 혼신과 열정을 다하는 모습에서 청중들을 끌어안는 포용력을 보여주고 있었다. 연주가 끝나자 청중들은 열광적인 환호와 더불어 두 번의 기립 박수를 보낼 정도로 대단한 반응을 보였다. 오주영은 피아졸라의 《리베르탱고(Libertango)》와 몬티의 《차르다시》 등 세 곡의 앙코르로 보답했다.

참석한 모든 분들이 감동적이고 너무 좋았다고 하나같이 입을 모았다. 줄리아드학교 학부형인 한 어머니는 오주영 씨가 이런 연주회를 자주 했으면 좋겠다고 하면서 아이가 오늘 많은 것을 배운 것 같다고 했고, 뉴욕필하모닉 단원인 한 분은 뉴욕필하모닉 연주도 바쁜데 언제 이렇게 준비했는지 놀랍다고 했다. 이날 카네기홀을 열광시킨 오주영의 카리스마 넘치는 연주는 그가 오케스트라 활동을 하면서도 솔로 활동을 해야 하는 이유를 보여준 그런 밤이었다."

이제 글을 마감하면서 주영이의 연주 행적을 다시 한 번 살펴보고자 한다. 대개 유럽에서 유학하면서 연주 활동을 하는 학생들의 경우는 유럽 지역으로 그 활동이 한정되는 경우가 많다. 그리고 미국 지역에서 유학하면서 연주 활동을 하는 학생들은 역시 미주 지역이 그 활동의 중심이 된다. 그러나 주영이의 경우는 미국은 물론이고 서유럽의 여러 나라를 비롯해 동유럽까지 연주회를 가졌다. 또한 러시아, 일본, 중국 등 아시아 지역, 오스트레일리아, 남미까지 그야말로 전 세계에 걸쳐서 연주한 셈이다.

연주자들에게 연주 장소도 중요한 부분을 차지한다. 미국의 경우 대표적인 홀은 뉴욕의 카네기홀과 링컨센터, 워싱턴의 존F.케네디센터, 로스앤젤레스의 월트디즈니콘서트홀이다. 주영이는 이 모든 홀에서 연주회를 가졌고, 그리고 일본의 오페라시티 콘서트홀, 기오이홀, 프라하의 드보르자크홀, 상트페테르부르크의 그랜드홀에서도 연주회를 가졌는데, 모두 유명한 홀이다. 그리고 런던 위그모어홀은 유명 연주가들에겐 반드시 거쳐 가야 하는 곳인데 그곳에서도 연주회를 했다.

그리고 오케스트라 협연도 LA필하모닉, 프라하방송교향악단, 상트페테르부르크필하모니관현악단, 라이프치히컴머필 등 세계 유수의 50여 개의 오케스트라와 협연을 했다.

국내에서는 서울시향, KBS교향악단 등 모두 열다섯 개 오케스트라와 협연을 했고, 공연 장소는 서울의 예술의전당에서 여덟 번, KBS홀에서 두 번, 세종문화관 대극장에서 두 번, 서울의 대형 홀에서만도 무려 열두 번의 협연을 가졌다.

주영이는 지금까지 무려 450회 이상 연주회를 해왔다. 그리고 놀랍게도 이 모든 경력이 대부분 불과 20대 중반에 이루어졌다는 것이다. 한창 공부할 나이의 학생 입장에서 보면 도무지 상상할 수 없는 것이다. 하지만 주영이는 나이 어린 열한 살에 미국 산호세심포니오케스트라와 협연을 통해 국제 무대에서 데뷔했고, 열네 살부터 프로 연주자로 활동해왔기 때문에 비록 학생의 신분이라 해도 이만한 경력을 얻을 수 있었다. 아마 젊은 연주자들이 이 정도 폭넓은 경력을 갖기가 그렇게 쉽지는 않을 것 같다.

이제 주영이는 뉴욕필하모닉에서 단원으로 활동하고 있지만, 솔로의 꿈을 이어나가기 위해 나름대로 노력하고 있다. 아직도 30대 중반인 연주가에게 얼마나 황금 같은 시기인가! 더욱 성숙해지고, 더욱 에너지 넘치는 시기다. 이 시기를 놓치면 평생 후회할지도 모른다. 더 높이, 더 깊이, 그리고 더 넓게 너의 음악이 펼쳐지길 바란다. 언젠가 너의 꿈이 이루어질 때까지.

그리고 사랑한다. 내 아들 오주영!